成田良悟
Narita Ryohgo
イラスト／森井しづき
原作／TYPE-MOON
Illustration:Morii Siduki
Original Planning:TYPE-MOON

Fate strange Fake

フェイト／ストレンジ フェイク

Fate strange Fake

フェイト／ストレンジ フェイク

CONTENTS

DESIGN:WINFANWORKS

Fate/strange Fake

フェイト／ストレンジ　フェイク

成田良悟

イラスト／森井しづき

原作／ TYPE-MOON

からからから、と、音がなる。

それが全ての終わりと共に響いた音だと気付いた時――

ああ、始まったのだ、と『それ』は考えた。


永い長い時を待ち続けた。

時というものは、元来自分にとってシステムの一部であり、己を構築する要素の一つに過ぎなかった筈《はず》だが、今は違う。

『待つ』という目的に対して生じる、己の中に走るプログラムの僅かな揺らぎ。

外部より転写された『感情』というシステムであると、『それ』は既に理解していた。

同時に、『それ』は理解する。

『存る』という事実そのものを目的として生み出された自分が、ようやく意味を成す時が来たのだと。

ならば、次の段階に移らなければならない。
『それ』は理解していた。
自分がこの先に成すべき事を。
創造主より与えられた、最大にして最後の目的を。
生まれて来た意味を。

――ああ、ああ。

――暮れたのだ。

――終わったのだ。

――辿《たど》り着《つ》いたのだ。

――滅びたのだ。

――完了したのだ。

――最初から、失う事こそが最後のピースだったのだから。

己の生まれた理《ことわり》に従い、『それ』は自らを再起動させた。
創造主から与えられた目的を、ただ果たす為《ため》に。

『それ』は、己に課せられた使命を改めて演算する。
困難な道か、あるいは容易なる道か。
推測に意味などない。
どちらにせよ、やり遂げる以外に道などないのだ。
それ以外に、自分に意味など与えられてはいないのだから。
在り続ける。在り続ける。
真実のヒトとなりて、ただ、星の中に在り続けるだけで良《い》い。

たとえ、この星から――
　『人』として定義されている種を、残らず滅ぼす事になったとしても。

接続章

『半神達の追走曲　act2』

旧《ふる》き時代——黒海沿岸

それは、美しき土地だった。
周囲には深く青き海が拡《ひろ》がり、煌々《こうこう》とした日差しが平原と森を照らしている。

都市国家、テミスキュラ。

神聖なる海、あるいは神そのものを語源とするその土地には、黒海南岸の沃野を広く望み、船での交易を主とする都市が形作られている。
四方を海に囲まれた島であるとも、半島であるとも、神々の力によって自在にその姿を変えるとも、様々な言い伝えと共に語り継がれるその都市だが——肝心な事は、都市の成り立ちや地形ではなく、その周辺の土地が一つの部族によって支配されているという点だ。

アマゾネス。

あるいはアマゾーンと呼ばれるその部族は、女性のみによって成り立つ特徴を持っており、子孫を残す事を望んだ者が周辺都市の男達と交流を持つ時を除き、狩りも、農耕も、畜産も、生活のあらゆる環境を女性のみで行っている。

それを快く思わない男達——周辺都市の王や、山を根城とする野盗の類が攻撃を仕掛ける事も多々あったが、彼女達はその悉《ことごと》くを払いのけた。

通常の生活だけではない。

当時都市を護《まも》るにあたり何よりも重要であった軍備に関しても、その全てを女性のみで運営しており、特に馬術や弓術においては遠くギリシャ文化圏までその名が轟《とどろ》く程であった。


テミスキュラには、一人の女王がいた。

その女王の母は、アルテミスの敬虔《けいけん》な巫女《みこ》オトレーレ。

かつて神々の一柱として『戦』を司《つかさど》るアレスと交神し、人の身でありながら神との子を宿した英傑である。

だが——オトレーレの娘は、それを上回る英雄だった。


軍神の巫女《みこ》にして一族の女王。

そして、一度戦《ひとたびいくさ》となれば先陣を切って血風を巻き起こす戦士長でもある。

若きその女王は、その力と知恵、戦神から受け継ぎし神気と神器、更には屈強な女戦士達を纏《まと》め上《あ》げるカリスマを持って周辺の土地を力強く支配していた。

馬上にて槍《やり》を振るえば海を断ち割り、弓矢を射れば森が震えるとまで言われたその武勇は、身内からの信仰と周辺都市からの畏怖を沸き起こらせるには充分であり、その名声を広くギリシャ圏へと走らせる。


だが――その女王に、そしてアマゾネスという部族そのものに、大きな転機が訪れる。

命運を分かつ風が、一隻の船をテミスキュラに運び入れた。

船に乗っていたのは、当時のギリシャ圏――いや、後の世も含め、ギリシャに大英雄ありと謳《うた》われる一人の男。

若き女王は、その男を大層気に入ったのだという。

惹《ひ》かれた理由は単純であるが、それ故に複雑でもあった。

強き子孫を残すという使命感からではない。

肉体的な快楽を求める情欲の類でもない。

憧憬。

それまで、神々以外に真の強者《つわもの》の存在を知らなかった女王は――その男を見て、初めて己の起源である戦神に見合う男を目にしたのだ。

生き残った部族の人間の言葉によれば——その時の女王は、オリュンポスの神々の話を語られた時の子供達のように目を輝かせていたという。

とある王の命により、戦神の軍帯を譲り受けに来たというその大英雄に対し、女王は迷う事なく滞在と交渉の許可を出した。

無論、己の感情に血迷い、無策で渡すと決めたわけではない。

子を欲しがっている部族の女達と船に乗っていた英雄の男達と交流を持たせたり、大英雄が所属する都市国家との物資的な交易の取り決めを行ったりといったやり取りを経て、平和的な形で軍帯が委譲される形となった。

王が軍帯を欲しがっているのではなく、その王の娘が望んでいた……という事も話が穏便に進んだ理由の一つとなる。

『遠き地に住まう女性に力を与える形となるのであれば』と、女王も部族の者達も最終的には納得したのだ。

最終的に、かの大英雄と平和的な協定を結ぶ事は、アマゾネスという部族にとって、軍帯よりも価値のある事だと考えたのだ。

男達の軍の陰に隠れるような真似《まね》は、女王も含め部族の者達は決してしない。

仮にその大英雄と戦う事となろうと怖《おそ》れはしないが、女王は意味も無く戦をする程の狂戦士でもなかった。

その大英雄も男である以上、部族の身内として受け入れる事はできないが、対等な関係として切磋琢磨《せっさたくま》する事で、部族の女達にも競争心を芽生えさせる事ができ、より確固たる部族としての強さを持つ事ができるのではないかと期待していたのだ。

感情的に戦場を駆け抜ける一方で、政治の場ではそういう決定を下す事が昔から多かった為《ため》、女王は部族の者達からは二面性を持つ女王として――だが、そのどちらの面も敬意をもってして受け入れられていた。

大英雄達に対する彼女の選択が当時の社会情勢を踏まえて現実的であったのか、それとも机上の空論に過ぎなかったのか、その答えは分からない。

結果が出る事は、永遠になかったのだから。

女王が思い描いた部族と大英雄との関係は、帯を渡そうとしたその調停の場において、全て崩れ去る事となった。

とある『女神』の謀略の糸が招き寄せた――


女王自身の、無惨《むざん》な死によって。

×　　　×

スノーフィールド市　大通り

漆黒の濃霧をかいくぐり、巨大な馬が割れたアスファルトの上を疾走する。

最初は四頭いた馬も、一頭、また一頭と迫り来る闇に呑《の》み込《こ》まれ、蹄《ひづめ》の音を響かせるのは残り一頭となっていた。

輩《ともがら》の姿がこの世界から隠されようと、最後の巨馬は欠片《かけら》も怯《ひる》む事はなく、己の背に乗せた異質なる英霊──アルケイデスの操るままに、ただ、ただ夜の町を駆け続ける。

だが、斯様《かよう》な大英霊をもってしても、一時的な退避を選択せざるを得ない状況だった。


黒が迫る。

黒が迫る。


街路樹の葉と共に揺らいだ空気に乗り、ビルの谷間を吹きすさぶ風に乗り、既に呑《の》み込《こ》まれかけた者の絶望的な吐息にすら乗りながら、圧倒的な黒の群れがアルケイデスへと追い縋《すが》った。

滅びの色に歪《ゆが》んだ泥の如《ごと》き魔力を内包するアルケイデスだが、彼を追う黒き影はまた違う種類の闇を体現している。

その『黒い霧』がなんであるのか、アルケイデスは正確な所を知るわけではない。

だが、彼の積み上げてきた経験と、直前までの死闘で研ぎ澄まされた感覚により、『それ』がただならぬ存在である事を理解していた。

漆黒に呑《の》み込《こ》まれた者がどうなるのか、それは理解できない。

しかし、一つ気付いている事がある。

戦闘の最中に傷ついた己の宝具の一部、『ケルベロス』の霊基が、いつの間にかこの土地から消失していた。

魔力のリンクが完全に途絶えたわけではないが、呼び戻す事も、消し去る事もできない。

まるで、巨大な結界そのものが自在に蠢《うごめ》き、こちらを隔離しようとしているかのようだ。

生前、地中海沿岸の乾燥地域で見かけた砂塵嵐《カムシン》を黒く染めたかのような闇の奔流が背後に迫る中、ようやく馬の足が『黒い霧』の速度を上回る。

もはや馬を邪魔する存在は前に無く、このまま逃げる事は容易かと思われた。

その刹那――風を切る音が、かすかにアルケイデスの耳朶《じだ》を震わせた。

「……ここで、か」

煩わしげな声の中に、僅かに別の感情を混ぜ、復讐者《ふくしゆうしや》と化した弓兵が呟《つぶや》く。

「この状況で仕掛けるか。勇ましいな、女王よ」

同時に、馬を駆ったまま弓に矢をつがえ、上半身を捻《ひね》りながら撃ち放った。

衝撃音が走り、夜の大通りに火花が輝く。

次の瞬間、『黒い霧』とビル群の狭間《はざま》から蹄《ひづめ》の音が唐突に鳴り響き、アルケイデスの駆る巨馬のそれと派手な重奏を織りなした。

現れたのは、尋常ならざる動きを見せる一頭の駿馬《しゅんめ》と、その背に跨《また》がる一柱の英霊。

「……――アルケイデス！」

互いの姿を認めると同時に、馬上の女性――騎兵クラスの英霊、ヒッポリュテが叫んだ。

「貴様……その様はなんだ！　死毒を呪いで抑え込み、あの勇者達の偉業を穢《けが》すつもりか！」

それを聞いたアルケイデスは、身体《からだ》の中に渦巻く『ヒュドラの毒』を、バズディロットから流し込まれた『泥』の力で抑え込みながら、布地の下でなお不敵な笑みを浮かべて見せる。

――成る程、合点《がてん》がいった。

アルケイデスの脳裏に浮かぶのは、つい先刻まで相対していた警官隊。

――あの人間達、ジョンと名乗った男はともかく……如何《いか》に宝具を持っていようと、並の者達が我が力の前に立ち続けられるとは思えぬ。

その魔力の奔流のみで蹴散らせる筈《はず》だった有象無象の警官達。

だが、結果として彼の者達は最後まで戦場で生き延びた。

今は黒い霧に呑《の》まれてどうなったかは解《わか》らないが、不自然なまでの頑強さ――というよりも、何か外因的な要素が彼らの力を底上げしていた事は確かである。

「女王よ」

全力で馬を駆ったまま疑念を脳内で瞬時に煮詰め、アルケイデスは辿《たど》り着《つ》いた答えを淡々と口にした。

「貴様……連中に加護を与えていたな？」

「……」

沈黙したまま馬を加速させ、次の矢を撃ち放つヒッポリュテ。

それを弓で打ち払うと、払われた矢が前方に飛び、アスファルトを大きく捲《めく》り上《あ》げた。

だが、復讐者《ふくしゅうしゃ》の駆る巨馬はその粘性のある障害物を事もなげに踏み散らし、力尽くで前へ、前へと躍り出る。

アルケイデスは横に薙《な》ぎ払《はら》った弓の動きを止める事なく、流れるような動きで反撃に転じた。

己の矢を三本同時につがえ、馬の加速に合わせて撃ち放つ。

三本の矢はそれぞれ異なる軌道を描きながら空気を裂き、ヒッポリュテの前方、後方、上方から立体的に囲い込むように突き進んだ。

だが、ヒッポリュテはそのまま馬を巧みに操り、ビルの壁面を走らせる。

当然ながら、通常では有り得ない走法。

ダムの壁面を歩く山地の鹿のような体勢から、ハヤブサの如《ごと》き勢いで『市街地』という環境の中を滑るように走り続ける一頭の駿馬《しゅんめ》。

まさに人馬一体といった様子で、そんな馬の動きに振り回される事なく弓を操り続けるヒッポリュテ。捕らえきれぬ速度も相まって、伝説に名高いケンタウロスと見紛《みまが》うかの如《ごと》き動きだった。

時に『原初の騎馬民族』とも言われるアマゾネスの女王は、その若き見た目からは想像できぬほどに完成された――いや、現代における『完成』とは別の道筋を辿《たど》った馬術の極みをその霊基の奥底から引き出しながら、夜の闇を馬の嘶《いなな》きと共に切り裂いていく。

アルケイデスは、自らの馬に揺られながら、そんな女王に問《と》い質《ただ》した。

「あの官吏の者どもには男も混じっていた筈《はず》だ」

「……」

「聖杯の輝きと戦の理《ことわり》にあてられ、貴様も矜恃《きょうじ》を捨てたか？　女族《アマゾネス》の王よ」

「……黙れ」

言葉を交わしながらも、攻防の手は一切緩めていない。

「何を願うのかは知らぬが……聖杯という願望器目当てに、己の在り方にさえ背を向けようと言うのか？」

「黙れと言っている！」

煩わしげに語気を強めるヒッポリュテに、静かだが、力ある言葉が浴びせかけられた。

「かつて我々を裏切った、あの時のように」

何かを試すような、アルケイデスの言葉。

「……」

それに対する女王の答えは──怒号ではなく、沈黙。

激情に燃えていたヒッポリュテの目から表情が消え、馬が深夜の景色を風の如《ごと》き勢いで背後に置いていく中、彼女の心の時間だけが綺麗《きれい》に止まる。

全ての表情が消え去ったか、あるいは逆に様々な感情が上乗せとなり石炭のように押し潰されたかのような顔を夜の闇の中に曝《さら》け出《だ》した。

だが、それは一瞬。

馬が地を蹴り再び足を着けるまでの、ただの一瞬だけの事だった。

世界が凍り付いたかと錯覚させるかのような虚無の間を置いて、彼女が顔面に貼り付けたのは──不敵な笑みだった。

「笑止！」

彼女は己の馬を一気にアルケイデスの駆る巨馬へと寄せ、己の霊基の奥底より顕現させた長大な槍《やり》を振りかざす。

「！」

「私を試したつもりか？　ならば言葉にもっと嘲りを乗せるべきだったな、復讐者《ふくしゅうしゃ》よ」

それは持ち主であるヒッポリュテの背丈よりも長い槍《やり》で、馬上でそれを振りかざしながらアルケイデスの命を削るべく差し迫った。

その槍《やり》を持つ手には、いつの間にか彼女の宝具である軍神の戦帯が巻かれており、神気を纏《まと》わせた一刺しがアルケイデスの持つ弓へと目がけて突き進む。

対するアルケイデスも即時に同じ宝具――軍神の戦帯を発動させ、神気を纏《まと》わせた弓でその一撃を打ち払った。

槍《やり》の穂先を強弓のリムがいなし、派手な衝突音が夜の町に響き渡《わた》る。

散らされた神気が周囲の闇を切り裂き、追《お》い縋《すが》っていた『黒い霧』の動きを遅らせた。

二度、三度斬り結んだ後、馬の距離を一旦置いてヒッポリュテが叫ぶ。

「この私が、斯様《かよう》な挑発に乗ると本気で思っているわけでもあるまい！」

馬の蹄《ひづめ》と矢の飛び交う風切り音の中、二人の声は不思議と互いの耳朶《じだ》を力強く震わせる。

再び動きを取り戻した『黒い霧』が後方から迫る中、馬の進路を立体的な軌道で交えつつ、お互いに攻撃を加えていく。

「動きに余裕が無いぞ、アルケイデス！」

「ほう……」

『ネメアの獅子《しし》の毛皮』による護《まも》りの隙間を弓で狙いつつ、時折槍《やり》へと持ち替え武器そのものを攻撃する。

走り続ける馬の動きと完璧に連動した、無休の連撃。

霊基の内包する魔力の差に技術で食い下がる形だが、今はアルケイデスも連戦において消耗しており、力任せに振り払う事はできない状態だ。

更に——

——……。

女王の槍《やり》を防ぎながら、アルケイデスは気付く。

——力が、増しているな。

峡谷で相まみえた時と比べ、魔力の質も量も明らかに上昇している。

——令呪を使って一時的な底上げをしたか……？

——いや、そんな瞬間的なものではない。確実に霊基としての底が補強されている。

「侮辱の言葉は取り消そう。女王よ」

「……」

「身を隠しながら他者に加護を与え、こちらの隙を突いてくる策かと思ったが……貴様はあくまで、正面から我が身を食い破るつもりなのだな」

「当然だ」

事もなげに言うと、女王は馬上で更に吼《ほ》えた。

「アルケイデス……貴様は勘違いをしている」

「ほう」

「我が妹達や一族の者達の考えがどうあれ、それを否定するつもりもない」

右腕に巻いた布地──『戦神の軍帯』に力を溜《た》めながら、彼女は朗々と叫び続ける。

「だが、貴様は知るまい！　我が部族が世《よ》に生まれ出でた意味を……」

右腕が輝き、彼女の身体《からだ》に満たされていた神気が爆発的に膨れあがった。

その輝きの大半を右手の槍《やり》に収束させ、残りを自らが操る馬へと流し込む。

人馬一体の更に先、武器すらも一体とした女王とその愛馬は、一つの鏃《やじり》と化してアルケイデスへと強烈な一撃を叩《たた》き込《こ》んだ。

「あの魍魎達《もうりようたち》が渦巻く沃野の果てで、私が真《しん》に望んだものを！」

刹那、『黒い霧』が二人の姿を完全に覆い隠すが──

一際《ひときわ》大きな衝撃音が響き、黒い霧を再び霧散させた。

「……見事だ、女王よ」

黒い霧が晴れた後──馬上では、左腕を槍《やり》に貫かれたアルケイデスの姿があった。

「どうやら、余程優秀なマスターと出会えたようだな」

「……」

「この僅かな時の合間に、随分と戦い慣《な》れたか、あるいは余程的確な調整をされたとみえる。神代から遠ざかったこの世界でここまで神気を引き出させるとは、大したものだ」

だが、致命傷には程遠く、まだ穂先が骨の合間を貫いているというのに、既に赤黒い『泥』が裂けた傷を埋めるべく蠢《うごめ》き始めている。

「……アルケイデス、貴様……何を内包している？　その『泥』は一体……」

右手に槍《やり》を握ったままのヒッポリュテが、顔を険しくしながら問う。

槍《やり》の穂先はアルケイデスに突き立ったままなので、自然と並走せざるを得ない状態が続く。

そんな中、相手の傷口から滲《にじ》む『泥』を見て槍《やり》を抜く事を一瞬躊躇《ためら》ったヒッポリュテの腹に、アルケイデスの右腕が振るう弓が食い込んだ。

「ぐッ……！」

咄嗟《とっさ》に軍帯の神気を流し込んで防いだが、勢いで槍《やり》が抜け、二頭の馬に再び距離が空く。

アルケイデスは、穂先が抜けた後の傷口が泥によって塞がれる様を確認し、事もなげに言ってのけた。

「……さてな。だが、今の我が身に馴染《なじ》むという事は――これは、『人』の一部なのだろう」

次の瞬間――傷口から零《こぼ》れた泥の一部が急激に増幅し、赤黒い奔流となってヒッポリュテへと襲いかかる。

「なれば、心せよ半神の女王よ」

「これは……！」

「人の果てを、神の力如《ごと》きで貫けるなどと思わぬ事だ」

『黒い霧』とは違う、腐りかけた血のような赤黒さを湛《たた》える『泥』が、巨大な粘液生物のようにヒッポリュテを包み込もうと躍り掛かった。

彼女と馬は、既《すん》の所でそれを避ける。

だが、独自の意志で蠢《うごめ》いているかのようなその『泥』は、更にヒッポリュテに追《お》い縋《すが》り、巨大な粘性体の顎《あぎと》と化して、一息に彼女を呑《の》み込《こ》もうとした。

「くッ……こんなもの……！」

ヒッポリュテは再び腕に巻いた軍帯に魔力を滾《たぎ》らせ、神気を引き出そうとしたのだが——

それに反応したかのように、泥が爆発的に拡散した。

「！」

大通りの交差点の中心から蜘蛛《くも》の巣《す》のように拡《ひろ》がった『泥』は、四方から迫る巨大な泥煙となってヒッポリュテとその愛馬を包み込もうとしていた。

黒い巨木の森が四方から迫ってくるかのような光景を前に、ヒッポリュテは危険を承知で自らの霊基そのものを布と融合させ始めたのだが——。

『令呪を持って命じる』――――

ヒッポリュテの中に、念話を通り越した、霊基の本質そのものに語りかける声が響く。

『地脈より龍を引き出し、神の力と共に撃ち放て！』――――

「……！　マスター⁉」

次の瞬間、彼女の周囲――スノーフィールドという霊地そのものから魔力が湧き出で、ヒッポリュテの『戦神の軍帯』へと引き込まれた。

刹那、夜の闇を虹色の光が照らし出す。

宝具だけではない。

英霊自身の内包している魔力も爆発的に膨れあがり、彼女を中心とした膨大な光の奔流をもって、迫り来る『泥』の大半を吹き飛ばしたのだ。

眩《まばゆ》い輝きが収まり、ヒッポリュテが周囲を見渡すと――そこには既に、『泥』も、『黒い霧』

も、そしてアルケイデスの姿さえも消え去っている。

どうやら今の隙に離脱したようだと理解したヒッポリュテは、ギリ、と歯を軋《きし》ませる。

「私とは、決着を付ける価値もないというつもりか……！」


ヒッポリュテはその怒りを鎮《しず》めた後、虚空《こくう》に向かって問いかけた。

「マスター、貴重な令呪を……」

念話を用いての、マスターとの交信。

抗議するかのように言いかけたヒッポリュテだが、それ以上続ける事はできなかった。

「……いや、感謝するマスター。そして謝罪を。私はまだ力不足だったようだ」

令呪によって瞬間的に底上げされた霊基で消し飛ばした瞬間、自分に返ってきた反動や逆流しかけていた『泥』の歪《いびつ》な魔力を鑑《かんが》み、確信する。

――あのままでは、防ぎきれなかっただろう。

アルケイデスの血や膨大な量の魔力と入り混じったあの『泥』は、恐らく、令呪の力が無ければ完全には振り払えなかったと推測できた。

そして――あの『泥』に何かをされた場合、まず間違いなく不味《まず》い事になる。

あるいは、状況を観察していたマスターの方がより重く判断したからこそ、虎の子の令呪を使ってまで自分を救ってくれたのだろうと考えた。

——仮にマスターが令呪を全て使い切ったとしても、叛意《はんい》を抱く事はないだろうが……。

ヒッポリュテは、自分のマスターである存在を嫌ってはいない。

多少意見の合わない所もあるが、共に駆けるに値する存在だと考えている。

だが、だからこそ——自分の因縁の相手との攻防で令呪を使わせてしまった事に対して負い目のようなものも感じていた。


「……」

アルケイデスが去り、黒い霧が引いた後の街の中。

馬の首筋を撫《な》でながら、ヒッポリュテは周囲を見渡した。

既に大通りからは外れ、『黒い霧』が湧き出した病院からは大分離れている。

空が白み始める中、病院近辺では人払いされていた街の人々が蠢《うごめ》く気配が感じとれた。

「どのみち、このまま戦闘を続けるわけにもいくまい。マスター、一旦出直すとしよう」

ヒッポリュテは念話ごしにマスターに告げると、馬に再《また》び跨がった。

「よく走ってくれたな、カリオン。マスターの元で休もう」

ヒッポリュテは穏やかな表情を浮かべて馬の名を呼ぶと、霊体化してマスターの居る拠点へと戻るべく、人目の無い路地へと向かいゆっくりと駆け出した。

立ち去る少女と馬の姿は、霊体化する前に何人かには目撃される。

だが、宣伝に馬を使っているカジノなどもある為《ため》、そうした類の馬だろうとさして気にしておらず、ヒッポリュテの服装もイベントに纏《まつ》わるものであろうと判断し、そのまま自分の歩む先へと視線を戻していった。

今、スノーフィールドの人々にとっては、そうした些細《ささい》な状況に眼《め》を向けていられる余裕など無かったのだから。

街の外に向かった筈《はず》の人々が、何故《なぜ》か戻って来ては『街の外に出たくない』と言い出す奇妙な状況。

動物達の間に蔓延《まんえん》する謎の奇病。

警察署を襲撃するテロリスト。

そして、砂漠で起きたガス会社のパイプラインの爆発や、街に起こった突風による被害、そして工場区域の火災騒動。

様々なトラブルが立て続けに起き、ニュースや気象情報をチェックしていた者達は、揃《そろ》って一つの事を予感した。

現在、アメリカ西部を騒がせている巨大な台風。

突然発生したその台風は、真《ま》っ直《す》ぐにこの地域に向かってきているという話だったが——

恐らくは、逸《そ》れる事なくこの街を直撃するに違いないと。

これはもはや偶然ではなく——確実に、この街に何かが起こりつつあるのだと。

根拠などない。

ネットなどに書き込んでも、余所《よそ》の土地の人間からは『運が悪かったね』『呪われてるんじゃないの』などという反応だらけだ。

人死にが殆《ほとん》ど出ていないという事もあるが、目立つ被害が国家の一部機関によって隠蔽されているという点も理由の一つとなっているが、住まう人々の間では、不安が大きく膨れあがっていた。

それでも、パニックや暴動と呼ぶべき状況には陥っていない。

この町が作られた時から街の中に仕込まれた無数の暗示や結界によって、彼らはそうした情動をある程度抑えられているのだから。

だが——

それにも、限界が近づきつつあった。

事態のまずさを感じ取った人々の顔には、抗《あらが》いではなく諦めの色が浮かび始めている。

何が起こるのかは分からない。

あくまで感覚の奥底だけで渦巻く不安。

恐らくスノーフィールドという街は、もうすぐ終わりを迎えるのだろうと。

自分の命も他人の命も、何もかもを巻き込みながら。

×　　×

空の上

魔術の力により、通常よりも遙《はる》かに高層を飛ぶ一機の巨大飛行船。

スノーフィールドでの『偽りの聖杯戦争』において、黒幕の一人である魔術師――フランチェスカの工房でもあるその飛行船の中で、主である魔術師の少女が、自らの呼び出したキャスター、フランソワ・プレラーティと共に地上の様子を観察している。

フランソワの『幻術』により空間の距離を騙し、使い魔も通さずに、まるで間近に起こっているかのように病院前の戦いを観察していたフランチェスカだが――

「おっかしぃなあ……」

「どうしたの？」

パンプキンパイを頬張りながら尋ねるキャスターの問い掛けに、マスターであるフランチェスカは、小首を傾《かし》げながら答えた。

「色々とおかしいんだよねー。まあ、予想外な事が起こるのは大歓迎なんだけどさ、答えが分からないとそれはそれでモヤモヤしちゃうって奴《やつ》?」

「わがままだなぁ。流石《さすが》僕だ」

カラコロと笑いながら言うキャスター、プレラーティの言葉を聞き流しつつ、フランチェスカは更に考える。

「アマゾネスの女王様、峡谷で見た時よりも霊基の質が上がってるんだよねー。運気はともかく、身体能力とか内包魔力とかが一段階上がってる感じ?」

「へえ、そういう事ってあるの? 途中でサーヴァントが成長するなんて」

「注がれる魔力が底上げされたりすればね。……もしかしたら、マスターのドリスちゃん、いよいよ禁じられた領域まで強化魔術を極めたのかな? 寿命だけじゃない、魔術刻印すら使い潰す覚悟で、自分の魔術回路を無理矢理強化した……?」

「へえ。確かあの女王様のマスターって『こっち側』の魔術師だから、聖杯が歪《いびつ》な偽物《にせもの》だってのは知ってるんでしょ? それなのに命を懸けるなんて酔狂だねぇ」

興味を抱いたのか、口元についたパイのかぼちゃクリームをハンカチで拭い、フランチェスカに向き直るプレラーティ。

「まあ、その第三魔法ってのに近づけるかどうかは結果が出るまでのお楽しみって事にしても……魔力量を考えたら、願望器としてはかなり質のいい願いまでは叶《かな》えられるだろうけどさ」

「ま、いっか！　あっさりやられちゃうよりは、もっともっと掻《か》き乱《みだ》してくれないとね！　せっかく大本命のギルガメッシュが沈むなんて大穴展開になってきたんだから！」

勝手に納得して笑い出すフランチェスカに、プレラーティが問う。

「そんな事より、僕は病院から出て来たあの黒い霧の方が気になるけどね？　あれ何？」

「さあ？」

「さあっ、て……。あれ、普通じゃないけどいいの？」

肩を竦《すく》めるプレラーティに、フランチェスカは屈託のない笑みを浮かべて言った。

「君が私の立場だったらどうする？　わかんないよー怖いヨーって焦《あせ》って泣いちゃう？」

「……。まあ、解《わか》らないなら『さあ』って言うかな。でも、性別の違う自分が泣き喚《わめ》いてる姿って、もしかしたら意外と興奮するかもしれないから、ちょっとやってみて？」

「それには同意だけど、面倒臭いから気が向いたらねー。今は、なにが起こるか解《わか》んないこの状況を最っ高に楽しみたい気分だし！」

適当にプレラーティをあしらいつつ、彼女は尚《なお》も考える。

「それにしても……娘の椿《つばき》ちゃんの方がマスターだったっていうのは面白い誤算だけど、どんな英霊なのかは気になるよねえ。なんだか色んな人をどこかに消しちゃったみたいだし？」

「ハルリちゃんだっけ？　あの子が怪物を喚《よ》んでた時は内臓を疼《うず》かせて喜んでたのに、今日は随分とテンション低いね？」

「だって、流石《さすが》に私から見えない所で好き勝手やられるのはつまんないしー？」

フランチェスカは、そこで一度眼《め》を細め、笑みに凶の色を込めながら呟《つぶや》いた。

「吸血種《ひとでなし》が好き勝手動いてるのは……ちょっとだけ嫌な感じだし、ね？」

×　×

ゆめのなか

「さあて、随分とたくさん『この世界』に引き入れたみたいだけれど……どうなるかなあ」

幼い少年の姿を取った吸血種──立場上はアサシンのマスターという形となっている魔術師、ジェスター・カルトゥーレは、己の力により少年の姿へと肉体を切り替え、ビルの上から街を見下ろし、ほくそ笑む。

「アサシンのお姉ちゃんがこの世界の味方になれば、警官達を敵に回す。まあ、元々敵対してたんだけどね」

クスクスと嗤《わら》いながら、ジェスターは一人で呟《つぶや》き続けた。

「この世界の敵に回るなら、アサシンのお姉ちゃんは、自分が護《まも》ろうとしていた椿《つばき》ちゃんを殺さなくちゃいけない。ああ、どっちに転んでも、ぼくにとって損は無い」

子供の姿には似付かわしくない邪悪な笑みを浮かべつつ、ジェスターは更に言う。

「これは聖杯戦争。君を取り巻く全ては敵だ。敵なんだ」

やがてその微笑《ほほえ》みの中に恍惚《こうこつ》の色を浮かべ、陶酔しながら両手を拡《ひろ》げた。

日が昇りきった青空をその身で受け止めるかのように、ジェスターは世界の中に己の喜びを示し続ける。

「ぼくだけが……マスターのぼくだけが、君の味方になれるんだよ……アサシンのお姉ちゃん」


斯様《かよう》な形で、己の快楽に酔うジェスターだが――

彼は、見過ごしていた。

この世界に起こっていた、一つの『異変』を。

椿《つばき》のサーヴァントであるペイルライダーですらも、気付いてはいなかった。

繰丘《くるおか》夫妻の屋敷《やしき》の下で、もう一つの何かが生まれつつある事を。

屋敷《やしき》の地下に作られた、地上部分よりも大きな『魔術工房』。

その中心に厳重に保管されていた、とある『触媒』の周りに、一つの異変が顕現していた。

「……」

怪異、とでも呼ぶべきかもしれない。
少なくとも、誰かのサーヴァントではない。

「───何故《なぜ》」

もしかしたらそうなりうる存在だったのかもしれないが、誰とも魔力は繋《つな》がっていなかった。
恐らくは、何かの影響を受けて浮き上がっただけで、すぐに消えてしまうような存在だろう。
『それ』は、紅《あか》い衣を纏《まと》い、周囲に揺らめく水球を揺蕩《たゆた》わせている。

「何故《なぜ》、私はここに在るのだろうな？」

端整な顔だちをしており、男とも女ともつかない不思議な姿をした存在だったのだが──とりたてて何を行うでもなく、ただ、その場に揺らめいているだけだった。

今は、まだ。

「……政《せい》よ」

十七章
『三日目　明ける朝と醒めぬ夢　Ⅱ』

三日目　朝　スノーフィールド市警　署長室

病院前での死闘から、丸一日が経過したスノーフィールド。

大通りの破壊は、砂漠のクレーターを生み出したパイプラインの爆発に連鎖する、道路の地下に配置されたガス管と水道管の事故という事で片付けられた。

それだけではガス会社が聖杯戦争の終了まで持たないと判断されたのか、警察署を襲ったとされているテロリストが事前に仕組んでいた破壊工作が遅れて発動し、それが砂漠の爆発によって一部破損していた配管に作用して惨事が大きくなった……というカバーストーリーが発表されている。

街の人々の怒りは存在してもいないテロリストへと向けられる形となるが、同時に、そのテロリスト達《たち》がまだ捕まっていない、という情報も流している為《ため》、まっとうな危機感を持ち合わせた市民の何割かは、迂闊《うかつ》に街の市街地などへ足を運ばなくなり始めていた。

そんな状況の中、一人の男の呟《つぶや》きが、広い部屋の中に響き渉《わた》る。

「英雄王、ギルガメッシュが討たれた……か」

ギルガメッシュのマスターであるティーネ・チェルク陣営の監視に徹していた部下の報告を確認し、スノーフィールド市警の署長——オーランド・リーヴは眉を顰《ひそ》めながら独りごちる。

夕べ、この部屋で自ら行っていた魔力の観測でも、それは推測できていた。

何らかの作用で令呪が発動し、無意識のままマスターとなってしまったと推測される繰丘《くるおか》夫妻の娘、繰丘椿《くるおかつばき》。

彼女の保護とそのサーヴァントの意志確認の為《ため》に警官隊を向かわせたのだが、そこで複数の英霊達が入り乱れて戦う形となり——

尋常ならざる魔力の奔流が観測された次の瞬間、英雄王ギルガメッシュと思《おぼ》しき霊基の反応が大きく揺らぎ、現在は観測できなくなっているのだ。

「普通に考えれば、最も厄介な敵が消えた……と見るべきだろうが」

絶望こそしていないものの、署長の顔は険しい。

強敵が仮に消えたのだとしても——こちら側の痛手も、あまりにも大きかったからだ。

騒動の隙を突いた第三者の襲撃が無いかと警戒していた数名を除いた、二十人以上にも及ぶ部下達が、英雄王の霊基が薄らいだ直後に消え失《き》せ《う》てしまったのである。

殺されたなら諦めもつくし、すぐに次の一手に移る事もできる。

失う事に無感情であるほどに魔術師らしい思想ではないが、自分の命も含めて失われる覚悟だけは決めていた。

だが、泣き言を言う事はなくとも、生きているのか死んでいるのかも解《わか》らない状態では手の打ち方も考える必要がある。

何しろ、死体の痕跡すら無く、ただ破壊の跡だけが残されているような状況だ。

周囲の監視カメラの多くはそれまでの戦いによって破壊されており、無事だったいくつかの映像には、黒い霧が病院の方向から湧き出る様子が収められている。

カメラの映像では薄いスモッグ程度だが、なんらかの魔力が影響しているものだとするならば、魔術師や英霊が直接目にしていればもっと色濃く見えていたかもしれない。

副官であるヴェラ・レヴィットも消えた。

署長としては手駒の大半を失った状況であるが、まずは生死の確認が最優先だと考えた。

――仮にあの霧によって命を奪われていたのだとしても、死体が無い事には何かしらの意味がある筈《はず》。

――動機を考えろ。誰が、どのようにしてやったかを考えるのは後回しだ。

――死体を利用するつもりか？　ゾンビのようにして操るか、あるいは脳髄から直接こちらの情報を引き出すつもりか……。

——死んでいないとするならば……生かしたまま洗脳をするか、あるいは拷問により情報を引き出すか……。

どちらにせよ敵に回るか情報を奪われるかという可能性が出てくる事に暗鬱とした思いになるが、署長は尚《なお》も推測を続ける。

——その他の理由……繰丘椿《くるおかつばき》のサーヴァントが、大量の人間を何処《どこ》かに隠す必要が？

——どのみち、最後は『ホワイ・ダニット何故それをした』というわけか。

——地道な捜査ならともかく、推理というものは得意ではないのだがな。

——マスターの指示……いや、違うな。

——繰丘椿《くるおかつばき》は昏睡《こんすい》状態だ。サーヴァントと意思疎通ができる状態ではない。

——……。

——待て。本当にそうなのか？

——私は意識的にリンクを遮断しているが、ファルデウスの話では、聖杯戦争のマスターには魔力で繋《つな》がったサーヴァントの記憶などが流れ込む事があるとの事だったが……。

——逆は、あるのか？

——昏睡《こんすい》状態である繰丘椿《くるおかつばき》の意識の深層から何かを読み取り……。

署長が更に思考を加速させかけた所で、それにブレーキをかける声が部屋に響いた。

「よう」

署長が目を向けると、そこには自らのサーヴァントであるキャスター、アレクサンドル・デュマ・ペールの姿があった。

「何故《なぜ》、君がここにいる。キャスター」

「ああ、さっきまでちょいと手伝いをしてきてな」

「手伝い……？」

訝《いぶか》しむ署長に、デュマが言った。

「悪いな、兄弟。念話はお前さんが拒否してたもんでな。いやまあ、絶対に止められると思ったから電話でも連絡はしなかったが」

「待て、なんの話をしている？」

嫌な予感を覚えながら署長が尋ねると、デュマは署長室の来客用ソファにどかりと腰を下ろし、飄々《ひょうひょう》とした調子で言葉を続ける。

「ま、一歩引いた所で観戦してて良かったぜ。かぶりつきの席だったら、俺も今頃あの黒い霧の中だ。……警官隊の連中のサポートに徹するなら、その方が良かったかもしれねえが」

「……!?　現場に居たのか!?　そんな指示を出した覚えはないぞ！」

「ああ、確かに指示された覚えはねえ。良かったな、お互いに記憶力はバッチリだ。戯曲や小説ならアリバイの証言をする重要な役どころになれるぜ」

「……！　君は、自分の立場が解《わか》っているのか？　警官隊や私ならば代わりはいるが、英霊である君がやられてはこちらの陣営は終わりなんだぞ？」

静かな怒りを込めながら言う署長だったが、デュマは相手の感情の塊を肩を竦《すく》めるだけで受け流し、朝食の注文をするような軽い調子で答えた。

「終わりゃしねえさ。そろそろマスターだけ殺されて宙ぶらりんになる英霊なんかも出てくるだろうからよ、そういうのと契約するなり手はいくらでもある」

「そんな仮定の話で誤魔化すつもりか？」

「テメエから戦争に足を踏み込んだなら、簡単に『終わり』なんて口にするなって話さ」

「……！」

デュマの言葉を聞き、数度呼吸を整える沈黙を挟んだ署長は、顔から一切の怒りや焦燥を消し去り、自戒の念と共に口を開いた。

「……そうだな。すまなかった。仮に私や君を含めたこちらの全勢力が死んだとしても、終わりだなどと判ずるべきではない」

「ハハ！　あんたのそういう一瞬で冷静になれる所、俺は好きだぜ？」

「褒め言葉と受け取っておくが……冷静になった所で状況が好転するわけでもあるまい」

「なら、俺からいいニュースをプレゼントだ。消えちまった警官隊の連中だが、まだ無事だぜ」

「！」

目を僅かに見開いた署長に、デュマは楽しげに口角を上げながら続けた。

「俺が料理した武具の気配をまだ感じる。俺は聖杯戦争のキャスターとしちゃ大したこたぁねえが、自分が関わったもんがまだこの世に『ある』のか『ない』のかぐらいは解《わか》る。その感覚からすりゃ、確かにあいつらに渡した得物はまだこの世のどっかにはある……が、歩いて行けるような場所でもなさそうだ……ってのが正直な所だ」

「だが、宝具が残っているだけで、使い手達の身の保証がされたわけではあるまい？」

訝《いぶか》しむ署長に、デュマは更に答える。

「少なくとも、ジョンは生きてるな」

「何故《なぜ》解《わか》る？」

「それについては後で説明してやる。兄弟にもまだ教えてねえ宝具があったってだけの話さ」

「……。いや、説明すると言うのなら、待とう。今は部下達の安否が先だ」

何かを言いかけたのを喉の奥に押し込め、署長は現在の問題に改めて目を向けた。

「しかし……解《わか》らんな。何らかの魔術的な結界の中に……まさか、固有結界か？」

固有結界。

その単語を想像して、署長は心中で小さく唸《うな》る。

「固有結界ねぇ。心象風景で小さな世界を造り上げて、この世の中に無理矢理ねじ込む大魔術って奴《やつ》だろ？」

「君の認識は些《いささ》か雑だが、完全に間違いというわけではないな。……ふむ、固有結界やそれに近い魔術ならば、確かにある程度の人数を隔離する事は可能だろう。英霊ならば、そうした御《み》業《わざ》の一つや二つ使える者が居てもおかしくはないが……。基本的に莫大《ばくだい》な魔力が必要となる筈《はず》だ。短時間ならともかく、長期間に亘《わた》って消えた人数を捕らえる事はできまい」

魔術世界の中でも、魔法に近い大魔術と言われている固有結界。

時に物理法則すらねじ曲げて現実に『世界』を上書きするなどという所業は、魔術師達《たち》の魔力を考えれば如何《いか》に英霊といえども数分が限界だろう。

それ以上維持する魔力ソースがあるならば話は別だが、そこまでの魔力の動きがあれば、こちらの観測システムで何かしら察知できる筈《はず》だ。

――ファルデウスは既に察知していて、敢《あ》えて隠している可能性もあるが……。

――いや……実際、夕べ唐突に現れた強大な魔力反応の事もある。

――観測システムは走らせ続けるべきだが、そこまで巨大な魔力の流れすら隠し通せるとなると、別方向のアプローチもかける必要があるだろうな。

考え込む署長を余所《よそ》に、デュマは応接テーブルの上に置かれていた新聞を読みながら言った。

「おうおう、こっちの方も中々やべえんじゃねえか？　台風がこの辺に向かって一直線だとよ。こいつも、もしかしたらどこかの英霊の仕業じゃあねえのかい？」

「……台風が発生したのは遙《はる》か西だ。無関係だとは思いたいが……」

「そのしかめっ面《つら》を見るに、楽観的には考えてねえようだな。それがいい。関係あろうと無かろうと、雨風って奴《やつ》はどの道こっちの思惑を濡《ぬ》らして流して吹き飛ばすもんだ。この国のお偉いさんがたも一日の間でたくさん死んじまったらしいしな。これもまた雨風って奴《やつ》さ」

「その件についても気になる所はあるが……ファルデウスやフランチェスカに聞いた所で、こちらの納得する答えが返ってくるとも思えん」

タイミングがタイミングなだけに、あらゆる国内の事件がこの街の『偽りの聖杯戦争』に繋《つな》がっているのではないかと疑心暗鬼になる署長だが、仮に本当に繋《つな》がっていたとしても、即座に確認する方法が無いという事に歯嚙《はが》みする。

状況が悪くなる一方のスノーフィールドの中心部で、署長は自分の無力さを思い知った。

──いや、そんなのは解《わか》っていた事だ。

──最初から能力が劣るのは覚悟の上。それでも、我々は……。

拳を握りしめる署長に、デュマが軽い調子で声をかける。

「で、どうするんだ？　兄弟」

「どう、とは？」

「いつ助けに行く？　どこに消えたかによるが、英霊の俺で潜り込める所なら行ってくるぜ」

その言葉に、署長は眉を顰《ひそ》める。

自分が呼び出した英霊の全てを知っているわけではないが、大まかな能力は把握している。

「……先刻は煙《けむ》に巻かれかけたが、そもそも、君を前線に出すわけがないだろう。そこまでしろという指示を出していないし、これからも出すつもりはない。また勝手な事をするというのならば、令呪を使ってでも行動を縛らせて貰《もら》う」

厳しい調子で言う署長に、デュマは普段の笑みを消し、真剣な調子で言葉を返す。

「いいや、出したね。しかも、一番初めにだ」

「何を……」

「兄弟、あんたが俺に依頼したのは、警官隊の武器を作る事だ。魔術師としては駆け出し、英霊なんてもんと比べた日にゃ、そこらの公園でベビーカーに揺られてるガキと大して変わらねえって奴《やつ》らに、『戦う為《ため》の力』を与えるって事だ」

デュマは新聞を捲《めく》りながら、ラスベガス在住の作家による連載短編のページを指さし、コンコンと指で叩《たた》きながら語り始めた。

「俺は作家だぜ、兄弟。その俺が、お前らに与えられる『力』は何だ？　『武器』は何だ？　英霊とやらになる時に、どっかからくっついてきた『宝具』の力って奴《やつ》か？　付け合わせに出された道具作成のスキルって奴《やつ》か？　まあ、それも答えの一つだが、根本じゃあねえ」

デュマはそこで一度、指を止めて新聞をつまみ上げる。

「俺が他人にくれてやれるものはただ一つ！　そう！　『物語』だ！」

次の瞬間、その新聞を宙に舞わせ、周囲に拡《ひろ》がる文字の雨の中、アレクサンドル・デュマは声高らかに謳《うた》い上げた。

「虚構《フィクション》だろうが現実《ノンフィクション》だろうが！　改稿した戯曲だろうが俺の自伝だろうが！　一から十まで俺の頭の中で生み出した妄想の類だろうが！　崇高な人間と歴史の生き様を小説に打ち直したもんだろうが！　世界が紡《つむ》いできた料理の歴史を纏《まと》め上《あ》げたもんだろうが！　それもこれも全部ひっくるめて『物語』って奴《やつ》だ」

朗々と、まるで芝居の一幕のように語り続けるデュマ。

声を張りあげているわけではないが、まるで巨鯨の嘶《いなな》きを間近で聞いているかのような、腹の底に響く声だった。

錯覚に過ぎないとしても、その錯覚を引き起こすに足る言葉なのだと判断した署長は、目の前の英霊の声をいつもの軽口と聞き流す事はしない。

そんな署長の様子を見て、デュマは機嫌良さげに言葉を続ける。

「ガリバルディの旦那が革命を起こすって言った時に、俺は確かに船だの金だの武器だのを支援したさ。だが、そいつも一つの『物語』だ。金も銃も名声も、人の手に渉《わた》ったって話が他人に知られた時点でいくつもの意味合いを持つ。世を騒がせる英雄に、三銃士の作者、アレクサンドル・デュマが支援した！　あの時期の俺じゃ大した効果は無かったかもしれねぇが、一人の人生に影響を与えるにゃ充分な断片だ。ちょいとネットで俺の情報を調べてみたが、ちゃあんとその話が残ってやがった。少なくとも、１００年ちょいは忘れられなかったってわけだ」

自らが戯曲の演者のように語るデュマの言葉を聞き、署長は暫《しば》し沈黙し、様々な感情に整理を付けながら自らの言葉を吐き出した。

「……言いたい事は解《わか》った。だが、それと君が危険を冒す事に関係は──」

だが、その言葉を更にデュマが遮る。


「ジョン・ウィンガード」


「……？」

デュマが唐突に述べた固有名詞に、署長は一瞬固まった。

「ヴェラ・レヴィット、アニー・キュアロン、ドン・ホーキンズ、チャドウィック・李《リー》、ユキ・カポーティ、アデリナ・エイゼンシュテイン……」

先刻宙を舞わせた新聞紙を自分の手で丁寧に拾い上げながら語られる名前の羅列を聞いて、署長は即座に気付く。

それは、『二十八人の怪物《クラン・カラテイン》』と名付けた実行部隊の警官達、その全員の名前であると。

ただの名前の羅列だが、有無を言わせぬ力を言葉の裏側に感じ取り、署長はそれを邪魔する事無く聞き続けた。

「──、──、……ソフィア・ヴァレンタイン、エディ・ブランド……。で、締めはあんただ兄弟。オーランド・リーヴ警察署長殿？」

「……詳細に調べているのは知っていたが、いちいち暗記までしていたのか」

「名前だけじゃねえぜ？　面も、声も、生い立ちも、好きな香草の種類に到《いた》るまで知った範囲は丸ごとな。っていうか、あんただって部下の名前は全員覚える性質だろうがよ、兄弟」

決して自慢げに言うわけではなく、淡々と言い放った後、デュマは綺麗《きれい》に整頓した新聞紙をテーブルの上に置いてから署長の机まで移動する。

両手を机につき、大柄な身体《からだ》を前に倒しながら、英霊は『己の言葉』をマスターに告げた。

「今名前を挙げたのは、『主要人物の一覧』って奴《やつ》だ。連中はもう俺の作品の主要人物なんだよ」

デュマはそこでニヤリと笑い、両腕を拡《ひろ》げながら言葉を締めくくる。

「神を気取るわけじゃあねえし、コントロールしようなんて気もねえ。だが、兄弟達《たち》にとっちゃ恐らく最初で最後、一世一代の『聖杯戦争』って演目だ。俺はそいつに武器だの力だのって形で台本の一部を提供しちまったわけだ」

「俺が役者の設定を手直《ねじまげ》しちまって、最後にゃ俺にもどうなるか解《わか》らないっていう極上の台本《人生》なんだぜ？　最前列で見てぇじゃねえかよ、なぁ？」

×　　　×

結界内

「これが……偽物《にせもの》の世界だっていうの？」

教会の扉を潜り、青空の下に拡《ひろ》がった世界を見て、アヤカ・サジョウは信じられないとばかりに呟《つぶや》いた。

まるで観光用のパンフレットに表紙として切り出せるかのような、美しい街並み。

歴史の重厚さはないが、計算して作られたビル群が調和を見せ、街の中心部にあるカジノホテルや市庁舎を一際荘厳《ひときわそうごん》に浮かび上がらせていた。

何も変わらぬ街の景色。

だが、彼女にも現状が『普通ではない』という事は一瞬で理解できた。

理由の一つは、街に、自分や警官隊以外の姿が見受けられない事。

もう一つは――数時間前にあれだけ派手に破壊されていた筈《はず》の教会や病院前の大通りが、何事も無かったかのように修復されていたからだ。

「全部直ってる……どうして？」

「いや……直したというより、最初から破壊なんて無かった感じだな」

アヤカの言葉に、彼女と魔力の繋《つな》がりを持つセイバー——獅子《しし》心王《しんおう》リチャードが答える。

彼の言う通り、道には修繕の跡も無く、何日も前から付いていたと思《おぼ》しきタイヤ跡や汚れ等がそのままの形で残されていた。

それでもなお信じ切る事ができずに、アヤカはセイバーに更に問う。

「本当に偽物《にせもの》の世界だっていうなら……魔術って、そんな事もできるの……？」

「ここまで来ると魔法の域に近いけどなあ。まあ、時間と技術と資産を馬鹿みたいに注《つ》ぎ込《こ》めばかろうじて再現はできる所業だろうから、やっぱり魔法じゃなくて魔術かな」

どこかのんびりとした調子で言うセイバーに、アヤカは半分呆《あき》れたように溜息《ためいき》を吐き出した。

「ねえ、これって物凄《ものすご》い異常事態だと思うけど……」

「ああ、そうだな。だが、同時に好奇心も刺激されている。一体どんな奴《やつ》がこんな大魔術を行使したのかと思うと、ワクワクしてこないか⁉　もしも彼の大魔術師マーリンとかが出て来たらどうする？　今の時代の価値観で言うならサインの一つでも貰《もら》うべきだと思うんだが」

「知らないよ。マーリンって人の事、良く知らないし」

適当に答えを返すアヤカ。

「ああ、でも敵だとしたら強敵だな。どうする、月に投げてみるか……？　いや、あれは母上の脚色だった筈《はず》……。しかし、伝説の魔術師だぞ……上手《うま》い事捕まえる事ができたら、足を持って『エクスカリバー《俺の宝具》』として振り回してみるのはどうだ……？　もしかして凄《すご》い威力の魔法剣になるんじゃ……実際に会えたら、頼んでみる価値はあるな！」

静かに興奮し、微笑《ほほえ》みながら妙な事をブツブツと呟《つぶや》くセイバーを見て、アヤカは『ああ、発想が確かにあの母親譲りだ』と思いながら歩き続ける。

「そんな事より、本当にその魔術師を倒さないと出られないの……？　もっとこう、安全にこっそり出る方法は無いのかな……」

　セイバーが大怪我《おおけが》を負った後という事もあり、できる限り揉《も》め事《ごと》は避けたいと考えていたアヤカだが、それを否定する言葉はセイバーとは別の方向から返って来た。

「ええ、難しいかと。可能性はありますが、手がかりの無い状態では方法を探し当てるのにどれだけ時間が掛かるか解《わか》りませんので」

　まるで感情を設定されなかったアンドロイドのような表情で、冷静に告げる女性警官。

「ええと……ヴェラさんでしたっけ？　御丁寧に、ありがとうございます」


　人の気配の薄い世界。

　だが、現在のアヤカとセイバーの周りはその例外となっている。

　教会で合流した警官隊の内、十人ほどが二人を取り囲むようにして歩いていたからだ。

　警官隊によってこの世界が閉ざされた閉鎖空間の一部だと知らされたアヤカは、空間を生み出した元凶を討つべく、一時的に共闘する形を取っていた。

アヤカとしては逮捕されるよりはマシであり、セイバーとしては一時的な同盟に反対する理由もない為《ため》、特に迷う事無く行動を共にしている形となる。


ヴェラ・レヴィット。

先刻そう名乗っていた警官隊のリーダー格の女性に目を向けつつ、アヤカは警戒を解かないまま尋ねかけた。

「貴女《あなた》も、その、聖杯戦争のマスター……なんですか？」

「いいえ、私はマスターではありません。子細は話せませんが、マスターが抱える陣営に与《くみ》する者……と考えていただければ」

「つまり、警察が聖杯戦争をやらかしてる魔術師達と手を組んでるって事か。俺を取り調べた連中はそんな様子は無かったから、全員じゃあないんだろう」

セイバーが、普段通りの調子のままで堂々と自らの推測を口にする。

「だが、病院前での大一番を見るに、あの場所には大半の勢力を送り込んでいたと見るべきかな。応援も来なかった所を見ると、極少数だけが君達の上司であるマスターの護衛に回ったとして、警察官の仲間は三十人前後って所じゃないか？」

「……。その情報は、脱出には必要無いものと判断します」

「君は正直だな」

「何を……」

無表情のまま訝《いぶか》しむヴェラに、セイバーが言う。

「確かに、他のもっと重要な場所に百人ぐらい回してた可能性もあるが……ちょっとだけ沈黙した所や視線の動きを見るに、図星だったってのが丸わかりだ」

「……」

沈黙するヴェラ。

「……それをわざわざ口に出して指摘するって、あんた、性格悪くない？」

呆《あき》れたように言うアヤカに、セイバーは慌てて否定した。

「いや、違う違う！　嘲《あざわら》ったり自慢したりしたわけじゃない！　咄嗟《とっさ》のやりとりの反応が素直なのは、根が正直だからだ。魔術師なのに正直なのは美徳だって話さ。俺に付きまとってたサンジェルマンって魔術師は、もう本当に何が本当で何が嘘《うそ》か解《わか》らない話ばかりしてたからな」

すると、今度は更に周囲から声が響く。

「サンジェルマン……？」

「あの、錬金術師の？」

周囲を歩く警官達が囁《ささや》き合う。

「ああ、やっぱり有名なんだな、アイツ。色んな人間のところに顔を出したって言ってたからな……絡《から》まれた人達には同情するよ。いや、歴史に名を残す大物なら、アイツの珍妙な在り方も普通に受け入れるのかもしれないが」

肩を竦《すく》めながら言うセイバーに、警官の一人が問い掛ける。

「あんたこそ、本当に英霊なのか？　随分と気が緩いように思えるが……」

その若い警官は、アルケイデスとの戦闘に集中していた為《ため》、セイバーと英雄王の戦いを子細に観察していたわけではない。

それ故に、自分が相対した英霊——警察署を襲撃したアサシンやアルケイデスと比べ、あまりにも緊張感が無いと感じての問いだった。

周りの警官達は、「おい！」「挑発だと思われたらどうする！」とその若者を諫《いさ》めるが——セイバーの頭には、若い警官の言葉を切っ掛けとして、とある人物の声が再現されていた。

——『兄上はいつもそうです』

——『戦場を悪魔の如《ごと》く駆け荒らす癖に、平時は常に気を緩めたまま！』

——『王としての自覚はあるのですか兄上！』

セイバーは、そんな生前の身内の叫びを懐《なつ》かしく思いつつ、若い警官に問い掛ける。

「君は？」

「……ジョン・ウィンガードだ。ジョンでいい」

「……！」

するとセイバーが驚いたように目を丸くする。

急に表情を変えたセイバーに警官達もアヤカも驚くが、当の本人はそんな事は気にせず、顔面に喜色を浮かべながら言った。

「そうか……君はジョンっていうのか！」

「……？」

「これも何かの縁だ、仲良くやろう、ジョン。気が緩い事のついでみたいなものだと思え」

フレンドリーに警官に歩み寄り、パンパンと背中を叩《たた》くセイバー。

わけが分からぬまま、警戒の表情を見せるジョン。

「なんだ急に⁉ 俺の名前がどうかしたのか⁉」

「ああ、いや、うん」

するとセイバーは、困ったように目を逸《そ》らした。

「君達って、俺の真名《しんめい》に気付いてる？ それによって言えるか言えないか変わって来るんだけど。……いや、待てよ。これってもう『ジョン』って名前が俺の真名《しんめい》と関わりあるってバラしたようなものだな。よし、どうやって誤魔化すか考えるから待っててくれ」

「もう無理だよ、諦めなって」

アヤカが溜息交《ためいきま》じりで言うが、怒っている様子はない。

真名《しんめい》が重要というのはアヤカも理解しているが、目の前の英霊は、自分が『聞きたくない』と止めたにもかかわらずに英霊を名乗った前科がある為《ため》、隠し通す気が薄いのは明白だ。

これが正式なマスターだったならば令呪を使ってでも真名《しんめい》に関する情報が流出するのを止めているであろうが、アヤカは自らがマスターであるという意識すら無い為《ため》、本人がバラしていく分には仕方がないというスタンスになりつつあった。

それでも呆《あき》れはするアヤカを余所《よそ》に、セイバーは思いついた言葉を並べ立てる。

「そう……昨日聞いた素晴らしい現代の音楽の作り手達《たち》……エルトンやレノン、ウィリアムズ、トラボルタ……。それと同じ名前を持つ君にも音楽の才があるかもしれない、と思ってね」

「エルトン・ジョンは家名なんじゃ……」

警官の一人が突っ込みを入れるが、セイバーはそれを誤魔化すかのように現代音楽の口笛を無駄に上手《うま》く吹き始めた。

その様子を見ていたヴェラが、珍しく困惑の表情を浮かべて独りごちる。

「真名《しんめい》を隠すべき英霊の言葉とは思えないのですが……」

かつて冬木《ふゆき》の第四次聖杯戦争では、自ら初対面の者達に高らかに名乗りを上げた英霊も居たのだが――そのような事例を知るよしもないヴェラは、このセイバーがかなり特異な存在か、あるいは全て計算尽くで道化のふりをしている狡猾《こうかつ》なサーヴァントの二択であると推測した。

もっとも、テレビカメラの前でオペラハウスの被害の弁済を宣言したり、魔術師ではない警官の前で霊体化して消えたりなどの奇行を見るに、前者である可能性が高いと踏んでいたが。

それを踏まえた上で、敢《あ》えてヴェラはこちらの知る情報を小出しする。

「……署長は、貴方《あなた》の真名《しんめい》を推測しているようでしたが」

ヴェラは署長と情報を共有しているが、警官隊にまではその情報を降ろしていなかった。

署長からして『赤毛混じりの金髪』という情報や彼のオペラハウス前での言動などから類推している段階なので、確定していない内に情報を広めてしまっては、もし違っていた時に致命的な事態になりかねない。

それ故に、ここで相手を獅子心王《しししんおう》だろうと指摘する事はなく、『お前の事をこちらは知っているぞ』程度の牽制《けんせい》に留め置いた。

ジョンはそんな上司の言葉を聞き、改めてリチャードに問う。

「それにしたって、あんた……英雄にしては少し緩くないか？　俺達を簡単に信用して背中を向けてるが、マスターのお嬢ちゃんの方に俺達が襲いかかったらどうするつもりなんだ？」

「面白い質問だな。……どうするべきだと思う？　アヤカ」

「え、私に振るの⁉」

「その場合、命を狙われたのは君だ。今の内に敵への対処は聞いておこう。うっかり反撃で殺してしまってから『殺す事はなかったのに』と君が悲しむ事になったら困るしな」

対処する事自体は簡単だと言わんばかりのリチャードの言葉に、軽んじられたとみられた警官の一人が、やや顔を不機嫌にしながら声を上げる。

「随分と余裕ですね。私達相手なら手加減も余裕だって言いた――」

それを、ジョンが手で制した。

「ッ……なんですか、ジョン」

「……気付かないのか？　俺達は、見張られてる」

言われた警官は、ジョンの顔を見てハッとする。

彼はこの数秒の間に真剣な表情になっており、冷や汗を掻《か》きつつ周囲に視線を巡らせていた。

一方のリチャードは、感心したようにジョンを見る。

「驚いた。この一瞬で気付いたのか。どの道、君はアヤカを後ろから斬るような卑劣な男じゃないとは思っていたが……。ああ、君は良《い》い官憲というだけでなく、良《い》い騎士になれるな」

「？」

何を言っているのか解《わか》らないアヤカが首を傾《かし》げる一方で、警官隊は周囲に目をやり――ジョンと同じように、警戒と驚きで頬に冷や汗を浮かび上がらせた。

「……」

一人冷静なヴェラが、己の腰に下げられた拳銃に意識を向けながら問い掛ける。

「二人……いや、三人。あれは、貴方《あなた》の手勢……と考えても？」

「え？　何？」

アヤカが更に周囲を見回し——ようやく気付く。

ビルの上に、先日見た事のある包帯だらけの男が立っており——路地の合間から、馬に乗った騎兵槍《やり》を持つ男がこちらを窺《うかが》っているという事に。

「あの人は……！」

「ああ、弓兵の方は一度アヤカに紹介していたな。姿を消してるロク……アサシンの気配にまで気付くとは、大したもんだな、ヴェラさん」

「気配は察知できませんでした。ですが、アヤカ・サジョウの身を守るなら、死角を完全に塞ぐ為《ため》にもう一人は必要だろうと判断したまでです」

「それはもっと凄《すご》い。なるほど、君が率いているのなら、周りの人間達も戦いの中でより強く輝く事だろう」

軽い調子でリチャードが言うと、霧が薄らぐかのように、弓兵達《たち》の姿が消え失《き》せ《う》た。

緊張を解かぬまま、ジョンが尋ねる。

「どういう事だ……。アレは、なんだ？」

「俺の仲間だよ。君達がアヤカを狙わないと俺が確信したら、俺の真名《しんめい》と一緒に紹介しよう」

「仲間……結界の外から呼び寄せたのですか？」

ヴェラの疑念に対し、リチャードは首を振る。

「俺の霊基と半分融合してるようなものだからな。自動的についてきたってだけさ」

「……牽制《けんせい》にしては迂闊《うかつ》でしたね。こちらは貴方《あなた》の真名《しんめい》を推測している。今の情報で、また一歩核心に近づくとは思いませんか？」

「心配してくれるのか？　……うん、やはり君達は魔術師というよりも、騎士に近いな」

「……」

無表情のまま目を細めるヴェラに、リチャードは朗らかな調子で答えた。

「ああ、気を悪くしたならすまないが、侮辱じゃないぞ？　俺は騎士道を重んじるが、魔術師を軽んじているわけでもない。だが、その上で君の人間性を評価している。冷静沈着だが、非情じゃあない」

「……質問の答えになっていません。貴方《あなた》は、先刻からこちらを警戒しなさすぎです。アヤカ・サジョウを護《まも》る事に全力を注いでいますが、共闘を終えた後に貴方自身《あなたじしん》が我々を最終的に撃ち倒す……という観点が欠けているように思います。共闘をするという身としては、逆に懸《け》念《ねん》を覚える事項と判断しますが？」

「つまり……逆に何か企《たくら》んでそうだから、安心して背中を預けられないってわけか」

「なッ……セイバーはそんな奴《やつ》じゃ……」

アヤカが抗議しかけるが、セイバーが『大丈夫』と言ってそれを止める。

「ありがとな、アヤカ。まあ、組織を預かる身としては、彼女の慎重さは解《わか》る。だが、俺達が無事に元の世界に戻る為《ため》には、共闘の上でのわだかまりはない方がいいだろう」

そう言った後、セイバーは車の走らぬ大通りの中央で足を止め、警官達に自分の言葉を語り出した。

「そうだな……確かに俺は、真名隠《しんめいかく》しに対して……いや、この『聖杯戦争』そのものに対して、まだ本気にはなれていない。本気になったのは、あの金色の英雄との個人的な『戦《いくさ》』だ」

「本気ではない……？」

「ああ、別に手を抜いて君達を軽んじてるわけじゃあない。アヤカには既に伝えてある事だが……俺は、聖杯に掲げる願いがまだ見つかっていないだけだ」

「願いが……ない？」

ヴェラは訝《いぶか》しむ。

聖杯戦争で呼ばれる英霊は、一部の例外を除けば、自らの願いを願望器たる聖杯で叶《かな》える事を目的として、現世を生きる魔術師達と契約を成すものだ。

なんの願いも無いと言うのならば、どうしてこのセイバーは、こうして顕現しているというのだろうか？

――聖杯が偽物《にせもの》だから、か……？　いや、しかし……。

推測するが、ヴェラはそれ以上は署長とキャスターであるデュマに判断を仰ぐべきだと考え、沈黙を守りながらセイバーの言葉の続きを聞き続ける。

「生きていた時、神に祈った願いがあるにはある。それが叶《かな》っているかどうかは判別し辛《づら》い所なんだが……聖杯には願えない、いや、願っても意味がない類のものだ。しかし、ここにこうして呼ばれたからには、俺すらまだ知らない何かしらの願いがあるという事だろう」

セイバーは軽く肩を竦《すく》め、警官達に気さくな笑みを浮かべて見せた。

「まあ、その願いが見つかるまでは、別段君達を積極的に殺してまで勝ち上がろうとは考えていない。今の最優先は、アヤカを無事に故郷に帰す事だ」

「故郷……？」

何故《なぜ》か、アヤカが疑問の声を上げる。

「日本から来たんだろう？　違うのか？」

「いや……そうなんだけど……。ああ、うん、邪魔してゴメン。続けていいよ」

アヤカは歯切れ悪く口ごもり、何事かを考え込む。

セイバーはそれを気に掛けつつ、警官隊に対して己の言葉を締めくくった。

「だから、君達にアヤカを傷付ける意図が無い限り、この共闘は守ろう。昨日と今日で敵味方が入れ替わるなんて事は、俺の時代じゃ日常茶飯事だったしな」

今の時代はどうなんだ？　とばかりにニヤリと笑うセイバーに、ヴェラは少し考えた後、仲間である警官隊を見渡してから頷《うなず》いた。

「解《わか》りました。全てを鵜呑《うの》みにはしませんが、こちらもその協定は守りましょう」

その言葉を確認した後、ジョンがアヤカに対して口を開く。

「あー……さっきは悪かったな。君の相棒を試す為《ため》とはいえ、君を後ろから斬るような物言いをした。警察官としてするべき事じゃなかった。すまない」

「え？　いや、いいよ。……元々セイバーが原因なんだし」

ぶっきらぼうな調子で答えるアヤカに、ジョンはホッと胸をなで下ろした。

「感謝する。……しかし、君も魔術師としては随分と寛大だな」

「魔術師じゃないからね」

「えッ？」

首を傾《かし》げるジョンをはじめとする警官達。

だが、それ以上説明するのが面倒なのか、アヤカは肩を竦《すく》めてセイバーと共に道の先を進み始めた。


――アヤカ・サジョウ。

ヴェラは表情にこそ出していないが、アヤカという存在について改めて考えた。

――彼女は何者？

取り調べなどの記録を見るに、街にやって来た旅行客との事だが――

調べて見た結果、彼女の入国記録は偽装されたものだった。

何らかの手引きにより不正に国内に入って来た事は確実だが、本人には不思議とその自覚はないらしい。

そして、署長からは知らされているが、混乱を招くという理由で『二十八人の怪物《クラン・カラティン》』の隊員達《たち》には伝えていない事項もある。

――同姓同名の魔術師は存在している……。

――だが、その本人……『沙条綾香《さじょうあやか》』は、現在ルーマニアでの活動が確認されているとの事。

――顔写真を見たが、髪と目の色以外は確かに良く似ている。

――偽物《にせもの》だとすれば、目的は何だ？　成り代わるつもりならば、何故《なぜ》髪の色を変えた？

――逆に、成り代わるつもりが無いのなら、どうして顔を似せている？

――『沙条綾香《さじょうあやか》』に姉は居るらしいが、双子の姉妹が居るという情報はない。

――どちらにせよ……警戒は続けるしかない。

署長と連絡が取れない今、実質的な部隊のリーダーとなっているヴェラは、心に最低限の警戒心を宿したままセイバー達と行動を共にする事にした。

こちらも『宝具』の数々は持ち込めているが、個人としての戦闘力で考えるならば、セイバーと敵対する事は得策ではないと判断したからだ。

すると——そのセイバーが、歩きながら一つの疑問を口にする。

「なあ」

「？　なんでしょう」

「君達は、元凶の魔術師かサーヴァントを排除する、って言ってたよな」

「……はい。それが最も確実にこの結界世界を破壊する方法だと推測します」

セイバーは少し考え、何やら独り言のように小さく口を動かしていたが——

「……ああ。そうだな。俺の仲間の『キャスター』も、それが一番手っ取り早いとは言ってる」

「仲間……」

「さっきの包帯の弓兵とかと同じようなものだと思ってくれ」

「……」

正式なサーヴァントほどではないが、有象無象の魔術師などよりは遥《はる》かに強そうな霊基を持ち合わせていた謎の存在——恐らくは、セイバーという霊基の一部である存在を思い出したヴェラは、『魔術師の役割をするコマまで持ち合わせているのか』と更に警戒を強めた。

だが、セイバーの言葉は、そんなヴェラの警戒心や、脱出の為《ため》に命を懸けると心に強く決めている警官隊の面々に冷や水を浴びせるものだった。

「ただな、俺の『仲間』は、割とそれには後ろ向きな奴《やつ》が多い」

「？　それは、何故《なぜ》？」

「何故《なぜ》？ 何故《なぜ》って……大事な可能性が抜けてないか？」

セイバーはそれまでの緩い雰囲気ではなく、一人の英霊としての真剣な顔を覗《のぞ》かせると、再び足を止めながら言った。

「君達が保護しようとしていた女の子……椿《つばき》ちゃんだっけか？」

「！」

「俺も昨日知り合った傭兵《ようへい》から事情は聞いた。聞いたけれども……状況を考えるに、俺達をこの世界に閉じ込めたのは……その椿《つばき》ちゃんのサーヴァントの可能性もあるんじゃないか？」

「……」

その可能性を覚悟していたヴェラや一部の警官達は僅かに目を伏せ、今になって気付いたジョンを始めとする数人は、一瞬呆《ほう》けた後に様々な表情を浮かべ始めた。

「まあ、最後にあの金色の弓兵と戦ったっていうヤバイのとか、他に、まだ俺も見てないサーヴァントの仕業かもしれないが……」

一旦言葉を切り、淡々とした調子で残酷な言葉を問い掛ける。

「その小さな女の子が元凶だった時、君達はその子を殺せるのか？」

× ×

同時刻　閉じられた街　クリスタル・ヒル　カジノ内

セイバーや警官隊が大通りを歩いている頃——

そこから程近い場所で、彼らとは別に動いている集団がいた。

二手に分かれた警官隊の片割れではない。

最初からまだセイバーや警官隊と合流していない面子《メンツ》である。


その内の一人が、ルーレットの円盤を手で回しながら目を耀《かがや》かせて口を開いた。

「うわあ、凄《すご》い！　フェムさんのカジノだと見るだけだったから解《わか》りませんでしたけど、自分で回すと意外と軽いんですねこのルーレットって！」

子供のような事を言い出す青年——フラット・エスカルドスの言葉に、その腕に付けられていた腕時計が声を発する。

『この状況でそんな事を気にするのは君だけだろうな』

そして、時計と化していた英霊——バーサーカーこと切り裂きジャックは、己の周囲の様子を見ながら感想を述べた。

『ふむ……一切の喧噪《けんそう》もなく静寂に満ちたカジノというのは、少し気味が悪いものだな』

「あれ？　ジャックさん、カジノを知ってるんですか？」

『知識としてはな。聖杯に与えられたものか、あるいは私の正体が永遠の時を生きるギャンブラーだという説があるのかもしれん。どの道、この華美な装飾を見れば、普段どれほどの音に満ちているのかは推測できる』

そんな二人のやり取りを見ていた彼らの『同行者』が、肩を竦《すく》めながら会話に加わる。

「ああ、確かに違和感があるな。電気は来ているようだが、誰もスロットを稼働《かどう》させていなければこうも音が消える、か」

神父服に眼帯という姿が特徴的な、三十台半ばと思《おぼ》しき男だ。

彼の背後には特異な服を纏《まと》った四人の若い女性が付き従っており、それぞれが真剣な顔つきで周囲を見渡している。

神父の名はハンザ・セルバンテス。

教会から派遣された監督役であったが、配下のシスター達共々、病院の前の『黒い霧』に包み込まれてこの世界に閉じ込められた身の上だ。

「でも、警察の人達も来てると思うんですけど、合流しなくていいんですか？」

そんな監督役に、フラットが気軽な調子で語りかける。

「教会は提供したが、これもサーヴァントの手による『聖杯戦争』の一環だとしたら、彼らの脱出を手伝うのは過度の肩入れになるというものだ。無論、君に対しても、こうして情報の共有はするが、共にこの結界世界を破壊する……という手助けをするつもりはない」

ハンザは街を模した結界内に取り込まれた事に気付いた後、独自に外で調査を続けている最中フラット達と出会い、合流して街の調査に当たっている最中だ。

「そっかあ……仕方ないですよね。審判の人が贔屓《ひいき》してくれるゲームで勝っても全然嬉《うれ》しくないですし。そんな事したら、聖堂教会の人達が最後に聖杯持っていっちゃいそうですし」

残念そうに聖堂教会へのマイナス印象を語るフラットだが、ハンザは苦笑と共に頷《うなず》く。

「ああ、そうだな。上からそういう指示があればそうするかもしれん。元より、願望器などというものを魔術師が手にしたらろくな事にならないのは目に見えている」

「そもそも、聖杯戦争の監督役って、日本の冬木《ふゆき》って街での話なんですよね？」

「だが、それを口実としてここでの聖杯戦争に介入しているのも事実だ。こちらの聖杯が冬木《ふゆき》の物とあまりにもかけ離れている事が解《わか》れば、上の方針で話が変わるかもしれんがな」

それが良《い》い方向と悪い方向、どちらに傾くのかは敢《あ》えて口にせぬまま、ハンザはシスター達《たち》に目を向ける。

「……どうだ？」

すると、シスター達《たち》の一人が、首を振りながら丁寧な口調で答えた。

「駄目ですね。この周辺には、結界を構成する魔術的な核の存在は観測できませんでした。巧妙に隠蔽しているのかもしれませんが、その場合は我々の礼装で探すのは難しいかと」

「そうか……街そのものを再現している以上、あるいは聖杯の力を直接使っているのかとも考えたが……肝心の核がどこにあるのかが解《わか》らないのではな」

聖杯にしろ結界世界の『核』にしろ、街の中央にある最も高いビルが怪しいと踏んでいたが、どうやら当てが外れたらしい。

「電気は来てるんですよね？」

フラットが問うと、ハンザが天井のシャンデリアを見上げて言った。

「ああ。だが、どこから供給されているのか不明な以上、いつ止まるのかも解《わか》らんがね」

「俺……エレベーターが動くうちに、最上階に行ってみようと思います」

「ふむ？　そこに『核』があると？　確かに、このビルは上と下にも領域を伸ばしているからな。調べる価値はあるか……」

するとフラットが手を振って否定する。

「あ、いえ。そうじゃなくって。いや、そこに有ったら有ったでラッキーですけど」

「？」

「そこからなら……街の全体が見渡せますから」

『……何か、策があるのか？』

ジャックの言葉に対してフラットは小さく頷《うなず》き、気合いを入れるように自分の頬をぺしゃんと叩《たた》いてから口を開いた。

「僕の目で見れば……何か解《わか》るかもしれませんし……」

「なんとかガードが薄い所を見つければ、『外』に連絡できるかもしれませんから！」

×　　　×

同時刻　アメリカ　ロサンゼルス

『……報……z……§#……特別警報……お伝え……z……』

『……発生したハリケーンは、通常……z……考……ない動……z……』

『気象局は……当該……z……に……通常のセットリストとは別に……z……』

『……特別な……呼称を……z……‡……§……』

『……z……リ……z……ベル……――――――』

そこで防災用ラジオの音声はさらにくぐもり、完全なノイズ音のみが狭い空間を支配する。

道端で横転したトラックの運転席。

暴風と豪雨により、割れた窓から水が浸入し始めていた。

ラジオはそんな状況もお構いなしに、勝手気ままにノイズを掻《か》き鳴《な》らし続けるが、完全に水没するまでは時間の問題だろう。

運転手はとっくに避難しているようで、周囲には倒れた看板や折れた木などが散見されるが、人の姿は見受けられなかった。

予報を無視する形で突然生まれた、記録的な巨大台風。

ロサンゼルスの中心部は、この後も数台の車や建物の被害だけで済む事となるのだが――

嵐の直中、顔を叩《たた》き付《つ》ける雨雫《あめしずく》に耐えながら空を見上げた者達は、後に告げる。

空から大地へと舞い降りた巨大な四本の竜巻。

雷光を纏《まと》いながら大地を闊歩《かっぽ》するそれはまるで――

世界そのものを踏み砕かんとする、天を衝《つ》く巨獣の足のようであったと。

幕間
『傭兵、暗殺者、蒼ざめた騎士』

「おにいちゃん、おねえちゃん、げんきになってよかったね！」


暖かい日差しが降り注ぐ庭の中に、無邪気な少女の声が響き渉《わた》る。

美しく刈《か》り揃《そろ》えられた芝生の上にはリスや子猫が走り回り、庭に植えられた木の枝では無数の小鳥の囀《さえず》りによるささやかな音楽会が開かれていた。

ほのぼの、という単語を具現化したならば、恐らくはこのような景色だろう。

実際は絵本の中などでしか見られないような光景が、まさにそこには広がっていた。

だが——少女に声を掛けられた二人は、そうした空気から完全に浮き上がっている。

一人は、黒衣の青年。

年齢こそは青年だが、外見は幼さを残しており少年と呼んでも差し支えない風貌をしているが、そんな見た目とは裏腹に銃やナイフをホルスター等に収納しており、物騒な事この上ない。

もう一人は、やはり黒衣で全身を覆った少女。

顔や肌を極力隠しているその黒い外套《がいとう》の下で、どこか困惑したような顔で周囲に視線を巡らせている。それだけならばニカブをかぶった普通の女性にも見えるが、彼女の場合はその黒衣の下に武器などを無数に仕込んでおり、服装とは関係なく、全体的な雰囲気としてどこか剣呑《けんのん》とした空気を纏《まと》っていた。

青年の名はシグマ。

少女の方は、この『偽りの聖杯戦争』において、アサシンとして召喚されたサーヴァントだ。様々な経緯を経てこうして行動を共にしている二人だが、現在は揃《そろ》って異質な空間に閉じ込められている。

「ああ、助かったよ」

「……感謝する」

シグマとアサシンの少女はそれぞれ謝意を示す。

幼い子供——繰丘椿《くるおかつばき》はそれを聞いて嬉《うれ》しそうにはにかむと、とてとてと走って家の中へと入っていった。

「……あの子が、繰丘椿《くるおかつばき》」

「意識の無いまま英霊を従えたという少女か」

二人は、既に理解している。

同じ家に住んでいるあの子供の両親は明らかに何かに精神を支配されている様子だが——あ

の少女だけは違う。

何にも心を縛られていない、真に自由な状態だ。

「つまり、先刻のあの黒い影が……彼女のサーヴァントという事か」

繰丘椿《くるおかつばき》が『まっくろさん』と言って紹介した大きな影。

庭の木と同じぐらいの高さを持つ影の塊は、周囲の光を吸い込むような色の中で、所々に青白い輝きを浮かべていた。

今は家の中に引っ込んでしまっているが、実体があるようにも見えなかった為《ため》、土の中から突然湧いて来てもおかしくはないだろう。

シグマがそう考えて全方位に警戒を続けていると、アサシンの少女が考え込む。

「あれは……本当に英霊なのか？」

「魔物か怨霊《おんりよう》の可能性もあるか……」

呟《つぶや》くように言うシグマだったが、アサシンの少女は首を振った。

「いや……恐らくは違うだろう。あの存在からは、悪意や憎悪《ぞうお》と言った揺らぎを感じなかった……。いや、魔力の揺らぎそのものさえ……」

この庭で目を醒《さ》ました時、魔術使いとサーヴァントである二人が、揃《そろ》ってあの『影』に背後を取られていたという事を思い出す。

もしも敵意があれば、とっくに自分達は始末されていただろうが——目覚めるまでの間も攻撃が無かった事を考えると、敵とすら認識されていない可能性もあると考えた。

「あれに意志のようなものは感じられない。だが、あの子供に付き従っているのは確かだ」

アサシンの言葉に、シグマは推測を拡《ひろ》げる。

「別にサーヴァントがいて、あの『影』は使い魔か……？」

「その可能性もあるが……今の我々には情報が足りない。あの魔物……吸血種なら何かを知っている筈《はず》だが……」

ギリ、と、アサシンが布地の下で歯噛《はが》みした。

だが、その吸血種の気配も感じられない。

何かを企《たくら》んでいるのは確かなのだが、接触が無い以上こちらから探し出すのは難しいだろう。

二人は先刻、散歩と称して周囲の様子を窺《うかが》ったが、人の気配は少なかった。

時折人影は見かけるのだが、繰丘椿《くるおかつばき》の両親のように、何かしらの精神支配を受けているように感じられる。

会話は成立するのだが、ただ、それだけだ。

シグマの物々しい服装にも特に警戒する事もなく、この世界について何かを知っている様子もない。

何度か探りを入れてみても、ただの反応の薄い一般人という以上の情報は得られなかった。

ただ一つ——共通点があったのは、街を歩く人々は、工場地区の方に住んでいたが、火事か何かで逃げ出してきた……という話をしている者が多い。

「工場の火災……昨日聞いた、英霊同士の戦いか」

連絡が途絶える前に『ウォッチャー』から聞いていた話では、工場地区の破壊された区画に関する被害は、第三者である英霊が幻術によって隠蔽したという話だが、火災があったという事実までは消せなかったのだろう。

だが、そこに居た人々が奇妙な動きを見せていたらしく、彼らもまた繰丘椿《くるおかつばき》の両親と同じく何らかの洗脳状態であると思われた。

そうした『人』や『街』に破壊的な活動を与えて反応を探るという調べ方もあるが、世界の仕組みも敵の能力も解《わか》らない時点でそれをやるのは自殺行為だろう。

シグマは冷静に考え、『会話は通じる』という点を鑑《かんが》みた調査を行う事にした。

「一般人なら、精神支配されていようがいまいが、状況など摑《つか》めていないだろう」

「だが……聖杯戦争の裏側を知っている魔術師ならば、どうだ？」

×　　　×

「私に、話が聞きたいと？」

どこか虚《うつ》ろな目で、繰丘椿《くるおかつばき》の父親がそう言った。

「……ええ、できる事ならば、娘さんの居ない場所で」

シグマの提案に、玄関先にまで出て来たその魔術師は、チラリと家の方を見ながら言う。

「困りましたね、娘に本を読み聞かせる約束があるので、遠出するわけには……」

「いえ、その辺りの道でも大丈夫です」

「なるほど、それでしたら」

特に抗《あらが》う事もなく、椿《つばき》の父はあっさりと自宅の敷地《しきち》を出て、住宅街の中にある小さな公園にまでついてきた。


「あの家に居たのは本当に偶然ですが、私は貴方《あなた》を知っています。繰丘夕鶴《くるおかゆうかく》さん」

「おや……どこかでお会いした事が？」

「……私の上司の名前はフランチェスカ。取引相手にファルデウス氏がいます」

すると、繰丘夕鶴《くるおかゆうかく》は僅かに顔を曇らせる。

「ああ、装備からして魔術使いだとは思っていましたが、やはり。……ですが、ファルデウスさんに伝えた通り、私は今聖杯戦争どころではありません。お手伝いは……」

「いえ、今さら貴方《あなた》に協力しろと言うわけではなく……何が起こっているのか、教えて貰《もら》えませんか」

淡々と問い掛けるシグマ。

丁寧な言葉使いをしているが、感情の流れは浮かんでいない。

『魔術師』を前にした『魔術使いの傭兵《ようへい》』としての顔を見せながら、シグマは相手が突然攻撃してくる事も想定して全身に神経を巡らせていた。

アサシンは今、公園の隅に身を隠して周辺を警戒している。

会話が通じる以上、精神支配されている状態からどこまで情報を引き出せるのか——逆に言うと、どこから情報を口にできなくなるのかという点から、精神支配を行っている者の意図を探ろうという試みだった。

だが——

「ええ、そうですね。私の見立てでは、可愛《かわい》い椿《つばき》を護《まも》ってくれているサーヴァントが、意識的に造り出した結界でしょう。私の専門外ではありますが、固有結界の一種ではないかと」

「……？」

「椿《つばき》のサーヴァントは、恐らく概念が具現化した類でしょう。死か虚無、あるいは病といった概念に対して意図的に人格を与えたものだと私は判断しています。私の故郷である日本でも、家の中が軋《きし》むという現象に対して、理由付けをするために『家鳴り』という妖怪を生み出しました。それが意志のある存在だという事にして、形を与え、精神的な対処を行う民間の魔術の一種……ただ、あのサーヴァントの力を考えるのならば、それこそ世界的に広く認知された存在ではないかと。精査すれば正確な所は分析できるかと思いますが、何しろ聖杯戦争を降りて娘と穏やかに過ごす身の上、そんな事に割く時間がないのですよ」

穏やかに、軽やかに――

なんという事もない、という調子で、繰丘夕鶴《くるおかゆうかく》は自らの魔術師としての見解を語り始めたではないか。

だが、その上でハッキリと『精神支配されている』と解《わか》る物言いだった。

――彼は……魔術的な事を……サーヴァントの正体を推測する事でさえ、『口止め』をされていないのか？

――いや、偽《にせ》の情報を流すようにコントロールされている？

――だが、それならば精神支配の度合いをもっと曖昧にするのではないか？

シグマは魔術使いの経験や技術を使えば、一般人の嘘《うそ》程度なら見抜ける自信がある。

だが、魔術師――しかも自己暗示などにより、『本当にそうだと思い込んでいる嘘《うそ》』となると、見抜くには更なる経験や才能、専用の魔術が必要だ。

――ウォッチャーと繋《つな》がっていれば、影法師達《たち》からの情報と合わせて判断できるんだが……。

街で起こっている全ての視覚情報と音声情報を収集しているというシグマのサーヴァントとは、現在連絡が取れなくなっている。

それ故に、なんとしても外に出る為《ため》の情報が必要なのだが、その為《ため》には更に情報を引き出す

必要がある。

「貴方《あなた》は、結界の外に出ようとは思わないのですか？」

「何故《なぜ》？　ここには椿《つばき》が、私達の娘がこうして元気な姿で居るのに」

「そう思うよう、サーヴァントに精神支配されているという可能性は？」

「ええ、ええ、恐らくそうでしょうが……それの何が問題なのですか？」

シグマは、それを聞いて精神支配の方向性を理解した。

繰丘椿《くるおかつばき》のサーヴァントがこの事態を起こしていると見た場合、恐らく、その英霊は聖杯戦争を勝つ為《ため》には動いてはいない。

本当に、椿《つばき》という存在を中心として動いている。

——だが、仮にも聖杯戦争に参加しようという魔術師だ。

——精神支配にもある程度対策をしている筈《はず》だが……。

そう考えるシグマだが、それも完全ではないという事を知っている。

以前、魔術的な価値がある歴史遺物のオークションに集まった腕利《うでき》きの魔術師達が、同盟者に裏切られて手駒とされる事件があった。

時計塔のとあるロードによって救われたその魔術師達は、已の不覚を恥じると共に、身内の中で信頼できる者達をそのロードの教室に所属させたのだという。

シグマがその話を覚えていたのは、当のロードがその流れで有力な魔術師達と一度に縁故を結んだ事により力を付けたという話が、魔術使いの傭兵達《ようへいたち》の間で一時期話題になっていたからなのだが――その詳細については今は関係無かろうとシグマは記憶の蓋を閉じた。

重要なのは、何かしらの切っ掛けがあれば、精神支配の対策などあっさりと破られてしまうという事である。

――脱出を促したり、精神支配から解放する……というのは無理だな。

――アサシンにも後で洗脳を解く宝具でもないか尋ねるべきとは思うが……俺が見た彼女の宝具は、敵を屠《ほふ》る事に特化している様子だった。期待はできないだろう。

そう考えたシグマは、別の方向からアプローチをする事にした。

「……その、貴方《あなた》の娘が、結界の外で狙われているという事は理解していますか？」

「おや……そうなのですか？　それは大変だ」

あまり焦《あせ》った様子も無いが、少なくとも困ってはいるように表情を曇らせ、繰丘夕鶴《くるおかゆうかく》は公園から家路に戻ろうとする。

「伝えて頂きありがとうございます。ですが、椿《つばき》のサーヴァントは盤石の状態になりつつあるようですから、きっと椿《つばき》を守り通してくれるでしょう」

「盤石に……なりつつある？」

「はい、貴方《あなた》がたが目を覚まされる少し前――素晴らしい番犬を遣わして下さいましたから」

「番犬……？」

シグマがそう言うと同時に、アサシンがこちらにやって来た。

それを気にせず家路に向かう夕鶴《ゆうかく》を止めようとしたが、アサシンが真剣な目をしていたのを見て、何かあったのだろうと判断したシグマが動きを止め、彼女の話を聞く事にした。

「どうしたんだ？」

「……今、お前がした話……聞かれていたようだ」

「……？」

「お前が『椿《つばき》が狙われている』と言った時……『アレ』が動き始めた」

言いながら、視線を椿《つばき》の家の方角へと向ける。

そして、釣られてそちらを見ると――シグマの時が止まった。

脳髄が事態を把握できず、コンマ数秒意識に空白が生まれたのである。

傭兵《ようへい》経験の長い魔術使いであるシグマをしてそうさせたものは――一頭の、大きな犬。

それを『一頭』と呼ぶべきかどうかは、判断が分かれる所かもしれない。

繰丘夕鶴《くるおかゆうかく》が何事もなく歩んでいくその先に居たものを、シグマは一度視認している。

だが、シグマは一瞬、それが同一の物であるという考えに到《いた》らなかった。

大通りで屠《ほふ》られていた筈《はず》の『それ』は、せいぜい象の成獣程度の大きさだった筈《はず》なのだから。

薄く冷や汗を掻《か》きながら、シグマとアサシンが見上げたものは――

家よりも巨大な体軀に成長した、三つ首を蠢《うごめ》かせる地獄の番犬《ケルベロス》の姿だった。

×　　×

スノーフィールド　工業地区

「お前の宝具だが……まだ鳥や犬は使えるのか？」

スクラディオ・ファミリーの構成員達がせわしなく工房の修復作業をしている中、バズディロット・コーデリオンが拳銃型の礼装の手入れをしながら声を上げた。

その問いに、霊体化を解いたアルケイデスが自らの手を見ながら答える。

「……鳥は問題ない。が、ケルベロスを稼働《かどう》させるのは難しいな」

「個体の再生には制約でもあるのか？」

「いや、本来ならば貴様の魔力があれば一日もあれば再稼働《さいかどう》できよう。……だが、今は無理だ。馬の三頭も含め、霊基そのものがあの『黒い霧』に削り取られたらしい」

「宝具を奪う宝具を持つお前が、逆に奪われるとはな。だが、犬と馬程度ならば敵の手に渉《わた》った所で問題はあるまい」

作業を続けながら淡々と言うバズディロットだが——アルケイデスは、静かに首を振った。

「そうとは限らん」

「……何か、懸念《けねん》でもあるのか？」

「奪われはしたが、我が王命の末路はこの霊基の根幹。奪われていようが、何か変化が起これば解《わか》る」

復讐《ふくしゅう》の弓兵は、布地の裏で眉を顰《ひそ》めながら、慎重に自らの霊基の『繋《つな》がり』の変化を探る。

「だが……これは……」

暫《しば》し考えた後、アルケイデスは強く拳を握りしめた。

そして、その拳の隙間から血と泥の入り交じった魔力を滴《したた》らせながら、静かな怒りを込めて呟《つぶや》いた。

僅かな魔力の繋《つな》がりから躙《にじ》り寄る、懐《なつ》かしき彼岸の闇を思い出しながら。

「あの黒き霧を操る者……よもや、冥界《ハデス》の系譜に連なる輩《やから》か？」

やがて拳を緩めると、声に僅かに憐《あわ》れみを込め、バズディロットにも聞こえぬ声で呟《つぶや》いた。

「なれば……私が手を掛けずとも……そのマスターは、いずれ狩られる運命となろう」

「民を護《まも》る……真なる英雄達の手によってな」

十八章

『夢も現も幻なれば　I』

閉じられた街　大通り

「え……？」

セイバーの言葉に対して最初に声を上げたのは、警官隊ではなく──

横で半分他人事《ひとごと》のように聞いていた、アヤカの方だった。

──「その小さな女の子が元凶だった時、君達はその子を殺せるのか？」

セイバーの言葉の、意味は解《わか》る。

件《くだん》の女の子が自分達をこの無人の世界に引き込んだ原因となっていた場合、彼女を『処理』すれば元の世界に戻れる可能性が高いという話だ。

自分の中でそう整理した瞬間──

ドクリ、と何かが鼓動を打った。

呼吸を整えながら、ゆっくりと瞬《まばた》きをするアヤカ。

重く閉じられた瞼《まぶた》を静かに開いた時――

視線の先に『彼女』が居た。

警官隊の隙間を縫った、大通りの遥《はる》か向こう。

顔も判別できない距離だが、アヤカは一瞬でそれが誰であるかを理解した。

赤い赤い、ただ、赤いフードらしきもので顔を隠した――幼い少女。

年齢は、3歳程度にも見えるし、6歳ぐらいのような気もするし、もっともっと年上であるかのような気がする。

背丈や年齢が認識できない。

ただ、赤という色覚情報だけが目を通り抜け、アヤカの脳髄の中を暴れ回る。

――どうして、こんな……。

そして、次の瞬間――

赤ずきんが、いつの間にかこちらへと接近していた。

走って来たりしたわけではない。

気が付いたら、警官隊のすぐ後ろまで迫っていたのである。

先刻までは遠目であったが、今はハッキリと解《わか》る。

アヤカが怖《おそ》れ続け、この国に来る原因の一つとなった存在――『赤ずきん』。

――エレベーターは無い、無いのに……。

エレベーターの中にだけ現れていた筈《はず》の、幻覚なのか現実なのかすら解《わか》らない存在。

だが、この街に来てからルールがズレ始めている。

この町で彼女が何かを思い出しかける度に、より近くに彼女の存在を感じるような気がするのだ。

全身から冷や汗を掻《か》くが、目を逸《そ》らす事ができない。

その赤ずきんのフードが動き、ゆっくりとその顔をこちらに向けようとしているのが見える。

――ああ、ああ、駄目だ。

――理由は解《わか》らない。でも。

――私は終わる、あのフードの下の顔を見てしまったら、私はきっと終わってしまう。

悲鳴を上げたくとも、肺が引きつって呼吸すらままならない。

顔を背ける事も、瞼《まぶた》を閉じる事さえできぬ程に全身を強《こわ》ばらせた彼女の前で、赤ずきんが更にフードを上げ――ニヤリと笑う口元が見えた所で、アヤカの視界の中から、赤ずきんの姿が消《き》え失《う》せた。

こちらの顔を覗《のぞ》き込《こ》むように身体《からだ》を傾けた、セイバーの姿によって。

「どうした、アヤカ。顔が真っ青だぞ？」

同時に、金縛りのような状態になっていたアヤカの身体《からだ》が解放される。

慌てて身体《からだ》を横に動かしてセイバーの後ろに視線を送るが、そこには既に何も存在してはいなかった。

「……あ、うん。なんでもないよ。嫌な幻を見ただけ」

「アヤカは、時々そんな感じになるな。何か呪いでも受けているのか？　だったら解呪できるかもしれないが」

「……ありがとう。ただ、そういうのじゃない……とは思う」

そう断った後、アヤカは改めてセイバーの顔を見て——

恐らくは、『赤ずきん』が見えた原因となったであろう違和感について追求をする事にした。

己の中で唐突に膨れあがった違和感と不安が、反射的に彼女の声帯を蠢《うごめ》かせる。

「……それよりセイバー。その……今言ってた女の子って、例の、意識不明の子なんでしょ？」

「ああ。だけど、何かの形でマスターになってるのは確かって話だし……」

「いや……そうじゃなくて……」

アヤカは、自らの中に芽生えた違和感の正体をたぐり寄せながら、どこか不安げに問う。

「なんで……『殺すのか』じゃなくて……『殺せるのか？』って聞いたの？」

「……」

「えっと……上手《うま》く言えないけど……殺すか殺さないかじゃなくて、なんていうか……違ってたらごめん……『殺せないなら、自分がやる』って言うような雰囲気に聞こえたから……」

言葉を選びながら問うアヤカに、セイバーは暫《しば》し沈黙し——やがて、困ったように微笑《ほほえ》みながらアヤカに言った。

「まったく、アヤカは本当に鋭い所あるよな」

「セイバー⁉」

「ああ、待った待った。安心してくれ。何も俺は『女の子を殺すのが正解だ』とか言うつもりもないし、敢《あ》えて殺したい殺人鬼ってわけでもない。助けたいってのは一緒だ」

「そ、そう……」

どこか安堵《あんど》した様子のアヤカだが、徐々に心を落ち着かせながら問い掛ける。

「だったら、なんでそんな事を……」

上手《うま》く問いの言葉が繋《つな》げられないアヤカだったが、セイバーはその意図を汲《く》み、言葉を選びながらアヤカに答えた。

「もちろん、女の子は救いたいし、諦めるつもりもない。ただ、俺がどう止めようとしても、彼らが、他の誰かが助かる為《ため》に女の子を殺そうとするなら……最後には俺にも止められなくなる。力尽くで、彼らを撃ち倒す以外はな」

それは、これまでの自分の生死すら飄々《ひょうひょう》とした調子で語るセイバーとは違う顔に見えた。

騎士でもセイバーでもなく――アヤカの知らない『何か』を体現した存在として、セイバーは言葉を続ける。

「だから……何か因果が巡ってきて、誰かが、それをやらなくちゃならないなんて状況になったら――その時は、俺がやる」

「どうして！」

思わずアヤカは叫びを上げた。

理屈では解《わか》っている。

どうしても『犠牲』が必要ならば、誰かがそれを成さねばならないのだろう。

自分について考えても、『女の子は助かるが、永遠に自分はこの無人の街に取り残されたままになる』と言われた時、どうするかは解《わか》らない。

――いや、私は、私はきっと……。

――会ったことすらないその女の子を……犠牲にするかもしれない。

――いや、きっとするだろう。

――だって、私は……。

赤く染まる。

赤く染まる。

赤く染まる。

赤く、紅《あか》く、朱《あか》く染まる。

——顔見知りでさえ……。

——見殺しに……。

彼女の瞼《まぶた》の裏側に——『赤ずきん』のフードの色が、強く強く焼き付けられる。

悲鳴を上げたかったが、できなかった。

ここで倒れたら、セイバーと言葉を交わせなくなる。

彼を止める事ができなくなる。

そう考えた彼女は、グルグルと世界が回り出しそうな目眩《めまい》に耐えつつ、喉の奥から自分の言葉を絞り出した。

「なんで……？　あんたはそんな事しなくていい……。いいのに……どうしてそんな」

言葉は途切れ途切れとなり、殆《ほとん》ど質問の形を成していない。

「そうだな……」

だが、セイバーはできる限りアヤカの意図を汲《く》み取《と》り、答える。

「俺は結局、俺が憧れていたような騎士にはなれなかった、という事だろう」

続いてセイバーは、アヤカほどではなくとも少なからず困惑している警官達に向き直り、胸を張りながら言った。

「だが、君達は違う。君達は、優秀な騎士だ」

「何を……」

ヴェラの言葉を遮り、生前に『王』であったセイバーは、己の部下達を賞賛するかのように警官達を言祝《ことほ》いで見せた。

「あの恐るべき弓兵を相手に、君達は誇りを懸けて戦い、生き抜いた！　己の家族でもない、顔すら知らぬ一人の少女を救う為《ため》にだ！　ならば君達は、無辜《むこ》の民《たみ》を護《まも》り続けるべき存在であるべきだ！　いや、在り続けなければならない！　たとえ他の民草や社会そのものを護《まも》る為《ため》であろうと、それを手にかける事など無い方がいい」

セイバーは僅かに目を伏せ、瞼《まぶた》の下でここではないどこかを見つめているかのような一瞬の沈黙を挟み、言葉を続ける。

「それを一度やると、歯止めが壊れる。……その責を負うのは、俺でいい」

「セイバー！」

アヤカが、再び叫んだ。

「駄目、駄目だよそんなの！　あんたはそういうキャラじゃないじゃん……。どんな時でも笑って、誰も見捨てない！」

何故《なぜ》、自分がこうも感情的に叫んでいるのかアヤカには理解できなかった。

だが、理屈ではない。

今、自分の言葉で叫ばなければ——セイバーが、つい先刻まで自分と共に笑いあう事ができていた英霊が、そのままどこかに消えてしまうような気がしたのだ。

故に、彼女は己の心のままに叫び続ける。

聖杯戦争の『せ』の字も知らぬ自分の言葉など、ただの平和ボケをした人間の我《わ》が儘《まま》なのだろうと思いつつも——それでも、彼女は胸の奥から湧き上がる言葉を絞り出した。

「正直、あんたの真名《しんめい》を聞いた時も、私は歴史とか全然知らないから良く解《わか》らなかった！　だけど、歴史は知らないけど今のあんたは知ってる！　会ってから何日も経《た》ってないけど、何度も助けられた……」

「……買《か》い被《かぶ》りだよ、アヤカ、俺は……」

「私がマスターの代わりだからじゃない。通りすがりの子供だってセイバーはきっと普通に助ける。そのぐらい解《わか》る！　あんたは、私とは違う、違うんだ！『絶対に誰も殺すな』なんて我《わ》が儘《まま》を言うつもりはない、私にはそれを言う資格もない！　だけど……」

そこで一旦言葉を詰まらせるが、アヤカは歯を食いしばり、喉の奥に溜《た》まったわだかまりごと、己の叫びを、感情をストレートに吐き出した。

「最後には汚れたっていい。私を助けてくれた事実は消えない！　だけど……『汚れ役は自分でいい』なんて……そんな事だけは言わないでよ……」

そして最後に彼女は、一線を越えた一言を告げて激情の吐露を締めくくる。

「だから……もしも汚れ役が必要なら……私がやる」

「……」

こちらではなく、己自身を責めているかのようなアヤカの言葉を聞き、そんな彼女の悲しげな顔を見たセイバーは——いつしか、彼女の姿と生前の部下達《たち》を重ね合わせていた。

——『何故《なぜ》だ、王よ！　リチャード！』

——『お前が罪を背負う必要などなかった！　なぜ俺達に任せなかった！』

——『君は英雄になるべき男だ！　どうして、我々にやらせて知らぬふりをしなかった！』

——『ああ、ああ、王よ……貴方《あなた》は獅子《しし》の心を育て過ぎた。怖《おそ》れを知らな過ぎた！』

その思い出に割り込むかのように、宮廷魔術師として付きまとっていた男の言葉も蘇《よみがえ》る。

——『やれやれ、こうなる事は知っていたんだけれどねぇ』

——『一応、止めようとはしたんだよ？　でも、結局こうなったかあ』

――『まあ、こうなってなかったら剪定沙汰《せんていざた》だったかもしれないけど』

――『その上で、このサンジェルマンもちょっと引く。マハトマもビックリだ』

――『ああ、そうとも！　その通り！　君は素晴らしく勇猛だ！　獅子心王《ライオンハート》！』

――『だからこそ、君は怖《おそ》れなかったわけだ。何もかも、何もかもをだ！』

――『万の敵も、己の格を上回る将軍も、神秘の報復も、人知を超えた怪物も――』

――『君自身の手を……数多の無辜の民の血で染める事さえも』

最後に――まるで古くから仕掛けられた呪いのように、血を分けた弟の言葉が蘇《よみがえ》る。

――『ああ、何を案じておられるのですか？　兄上』

――『兄上がどれだけその手を穢《けが》されようと、この国の民は皆、貴方《あなた》の虜《とりこ》です』

――『どうやら兄上の穢《けが》れを引き受け、何故《なぜ》か石を投げられるのが私の役目のようだ』

――『如何《いかが》です？　私の滑稽さは中々でしょう？　どうぞお笑い下さい、兄上！』

――『……笑えよ、自分は幸運だって。国の英雄なんだろう？』

――『英雄なら……笑え』

「そうか……」

　セイバーは目を伏せ、暫《しば》し沈黙する。

　そして、ゆっくりと目を開いた時には、その瞳から諦念の混じる暗い炎のような輝きが消え、普段通りの彼の目に戻っていた。

「アヤカは相変わらず小さい事を気にする……と言いたい所だが、違うんだな」

「当たり前でしょ。私にとって、もうあんたとの出会いは小さい事なんかじゃない」

「……解《わか》った、今回は俺が退こう。だが、次は負けないぞ？」

「えッ⁉　……勝ち負けの話？」

　戸惑いながら目を見開くアヤカの言葉をわざとらしく聞き流し、セイバーはいつもの調子で高らかに言い放つ。

「アヤカに汚れ仕事をさせるわけにはいかないし、俺に譲ってもくれないというんなら……これは、命がけで女の子を助けるしかないな！　その上で全員無事にここから出る！」

「セイバー……？」

　急に元の調子に戻った事に戸惑うアヤカに、セイバーは満面の笑みを向けた。

「いいさ。この結界世界で、俺達は教会がスタート地点だ。神父の代わりに脱落者の女の子を保護して、監督役のお株を奪ってやろうじゃないか」

「……そうだね、私も協力するよ」

安堵《あんど》の笑みを浮かべたアヤカだったが――

ふと、妙な胸騒ぎを覚えて首を傾《かし》げる。

「……教会……保護……」

「どうしました？」

二人の会話が一段落ついた事を確認したのか、それまで黙っていたヴェラが様子の変わったアヤカに問い掛けた。

僅かに考え込みながら、アヤカが少しずつ言葉を紡《つむ》ぐ。

「私、あの金色の鎧《よろい》を着た奴《やつ》に……会ったことがある気がする……」

「え？」

「でも……どこで……？」

何かを思い出そうとするアヤカ。

あの、教会の屋根の上からリチャードを殺しかけた金色の英霊に、やはり見覚えがあるような気がしてならないのだ。

そして、『教会』と『子供の保護』というキーワードが、古びた鍵で閉ざされていた彼女の脳味噌《のうみそ》を激しく揺さぶり始める。

だが、その度に『赤ずきん』の気配が色濃く感じられ、『それ以上思い出してはいけない』

という恐怖が彼女の記憶の扉を閉ざし続けた。

——思い出さないといけないのに……。

——どうして……。

必死に自分の記憶を辿《たど》ろうとするアヤカ。

真後ろに『赤ずきん』がいる気がする。

何かを訴えようとしている気がする。

赤ずきんの声が聞こえたような気がする。

その恐怖に耐えながら、彼女は尚《なお》も考え続けようとしたのだが——

セイバーや警官隊達《たち》がキョロキョロと周囲を見渡し始めるのを見て、アヤカは揺れているのが己の脳味噌《のうみそ》だけではないという事に気が付いた。

「？　……何？」

訝《いぶか》しげに呟《つぶや》いた所で、彼女の足の裏もハッキリと大地の鼓動を感じ始める。

「え、え、地震⁉」

——いや、違う。

——何かが、近づいて……。

そして——

振動が徐々に大きくなっていった所で、『それ』はビルの陰から現れた。

身の丈15mは軽く超えようかという、漆黒の巨大な犬。

全身から瘴気《しょうき》のような煙を撒《ま》き散《ち》らし、その口元から体毛と同じ色の黒炎を溢《こぼ》し続ける——

ハデスの加護を受けた、三つ首の怪物が。

×　　　×

数年前　欧州某所

「あの話に乗るのか？　ワシは一応止めておくがのう」

老獪《ろうかい》さを感じさせる言葉使いのその魔術師は、外見は幼い少女の姿をしていた。

深窓の令嬢と言った雰囲気の上品が服装を身に纏《まと》っているが、その肩に止まった一羽《いちわ》のカラスと奇妙な調和が感じられ、彼女が普通の存在ではないという空気を醸《かも》し出《だ》している。

彼女は時計塔の所属でこそあるが、権力闘争を嫌って距離を置いている魔術師の一人だ。

可愛《かわい》らしい声の割に口調が年寄りじみているのは、実際の年齢が80を超えているからだとも、知識ごと魔術回路を子に伝達した結果だとも言われているが、正確な所は秘匿されている。

そんな老練たる気配を纏《まと》った魔術師が語りかける相手は、年相応の若々しい空気を纏《まと》う魔術使いの少女だった。

「……それは、魔術世界を護《まも》りたいからですか」

「ハハッ！　儀式一つで壊せるものなら、とうにこの世界は消え去っているだろうよ。……と言いたい所じゃが……最近出回った話では、極東の儀式はかなり不味《まず》い所まで踏み込んでおったらしいの。十年前の時、ロードが一人死んだというのに『聖杯戦争』とやらが注視されんのは妙だと思うていたが、上手《うま》いこと情報の流れを操っていたようじゃな」

聖杯戦争。

極東における小さな儀式として伝わっていたが、それが重要視されたのは『五度目の儀式』が行われたつい数ヶ月前の事だ。

そこで何が行われたのか、何が成されたのかという詳細までは漏れ聞こえてこない。

だが、下手をすればアトラス院の隠者達が語るような『終末』になり得たかもしれない、という噂《うわさ》がまことしやかに流れているだけだ。

「その聖杯戦争をアメリカで再現するなどという荒唐無稽な話、しかも魔術協会の後ろ盾すらない状態とあらば、まっとうな魔術師なら話に乗りはすまい。お主が声を掛けられたのは、血筋の良さの割に魔術協会に怨《うら》みがある……という一点じゃろう。ワシはお主の才能を買っておるが、あの魔物……フランチェスカにとっては個々の才能など二の次じゃからな」

「……私は、それでいいです」

カラスを携えた魔術師の前に立つその少女は、まだ15歳にも満たぬという年頃だった。それにも拘《かかわ》らず、世の中の全てに対する諦観に満ちた目をしており、その奥にある僅かな輝きは憎しみによる昏《くら》い炎であろう。

少なくとも、カラス使いの魔術師はそう確信していた。

「……ここだけの話じゃが、前に魔眼列車のオークションに参加した時、境界記録帯《ゴーストライナー》……いわゆる英霊とやらを見かけた事がある。使い魔などというレベルではない、まさしく地球そのものに刻まれた人理の影よ。私怨《しえん》で扱うつもりなら、お主もただでは済まんぞ」

「……」

拳を軽く握り締めて目を伏せる少女に、カラスを携えた魔術師は更に続けた。

「大きな物を壊そうとするなら、代償は必要じゃ。魔術協会を壊すというのは、魔術世界そのものを敵に回すに等しい。最後に自分も壊れる事を覚悟しておる輩《やから》はいくらでもおるが、心しておけよ？　人間を辞めたお主の祖父もそうであったが……順序が逆なんじゃよ。壊そうとするものが大きければ大きいほど、自分こそが真っ先に壊れる事になる。先払いという奴《やつ》よな」

幼い姿をした老獪《ろうかい》な魔術師の女は、自らが後見人となっていた魔術使いの少女に続ける。

「世の摂理を壊し、根源に至ろうなどという魔術師という連中を見よ。誰も彼も壊れた連中ばかりであろう？」

やや自虐的に微笑《ほほえ》んだ後、魔術師は表情を消し、己が後見人となっていた少女に問い掛ける。

「ハルリ・ボルザーク。お主が壊れるのは、人としてか？　魔術使いとしてか？」

「どちらも違います、先生」

ハルリと呼ばれた少女は、遙《はる》か格上の魔術師に対してハッキリと答えた。

「私はもう、とっくに壊されています。時計塔の奴《やつ》らに……」

「……」

「父さんも母さんも、ただの魔術師だった……。でも、人の身を捨てた祖父から受け継いだ研究成果を奪う為《ため》だけに、無理矢理異端扱いされて、なにもかも奪われました！」

「……お主の命は奪われなかったであろうよ。一部とは言え刻印を受け継がせて逃がしたのは、ボルザーク家の慧眼《けいがん》であった。それも、お主がアレに……フランチェスカに荷担すれば全て台無しになるわけじゃが」

声をわずかに重くしながら言うが、ハルリの表情に変化はない。

それを見た後見人の魔術師は、小さく溜息《ためいき》をついて頭を振った。

「お主が魔術師であれば、時計塔による簒奪《さんだつ》も『よくある事だ』と諦めるものじゃが……そこで魔術師としての再興ではなく親の復讐《ふくしゅう》を願う時点で、お主は魔術師ではない。まだ壊れていない。やり直せる、隠れながら魔術を用いて人より少し楽に生きられる人生を歩めるというのにな」

口ではそう言うが、それ以上強くとめる素振りは見せない。

師弟ではなくただの後見人、しかも魔術的な制約がある関係性でもない以上、これ以上の深入りは己の道と交わらないと判断したのだろう。

知人であるボルザーク家の末裔《まつえい》に対する義理はあるが、それが易々《やすやす》と情に変わる事はない。

時計塔から距離を置いているとはいえ、彼女もその程度には魔術師であった。

「魔眼列車で見かけたエルメロイⅡ世とかいうロード、あやつの開く教室なら、魔術世界と反りの合わぬお主でも受け入れられると思うたが、これ以上引き留めるのは野暮というものか」

カラスの目を怪しく光らせながら、魔術師は夜の闇へ歩み出す。

見た目相応の少女が夜道に迷っているかのような足取りだが、その肩に止まるカラスの目は恐ろしいまでに鋭く、ずっとハルリと呼ばれた少女を見つめ続けていた。

「——努々《ゆめゆめ》忘れるでないぞ、ハルリ」

闇に完全に溶け込む直前に響いたその声は、果たして少女の口から漏れたのか、カラスの羽から響いたものなのか。

鼓膜と背筋を震わせた少女には、もはやそれを区別する事はできなかった。

「己が壊れる事をどれほど強く覚悟しようとも——」

ただ、その最後の言葉だけが、ハルリという魔術使いの中に残響となって残り続けた。

「最初から壊れている輩を前にしては、覚悟など、何の意味も持ちはしないという事をな」

×　　×

現在　スノーフィールド　高級住宅街

「ふうん……」

現実のスノーフィールドに、どこか現実離れした美しさを持つ女の声が響く。

「すぐに飛んで来て私を探して回るかと思ったけど……太陽《ウトウ》が高く昇《立ち上が》ったっていうのにまだ動きを見せないなんて、親友を潰されたっていうのに意外と慎重じゃない」

スノーヴェルク区画にある高級住宅街。

その中で最も大きな屋敷《やしき》は、スノーフィールドの中心街にあるカジノビルのオーナーの物だ。

少なくとも、対外的にはそういう事になっている。

オーナーはこの街を造り上げる際に据えられた替え玉であり、実際は若くして病死した実業家を生きているように見せかけているに過ぎない。

実際に運営しているのは『そちら側』の魔術師の一人であり、どうしても人前に出なければならない時は、魔術でその実業家に変装して世間の目を欺いている状態だ。

故に、このちょっとしたハリウッドスターが建てそうな優雅な邸宅は、最低限の手入れを行う業者が出入りするだけで実際の主は存在していない。

だが――

現在は、その邸宅を我が物顔で使う一派が。

それだけで小さな家が一軒買えそうな高級感を醸《かも》し出《だ》す純白のソファに、雑に腰掛ける女が一人。

しかし、ただ雑に座っているだけなのに、それこそが『美』であると言わんばかりに、誰がどの角度から見ても一枚の絵画になるような印象を与える女だった。

「まあいいわ。どのみちあのガラクタをこの世界から消すのは、グガランナにやらせてあげたいしね」

そして、その印象をまともに目に焼き付けられるハメになったのは、まだ十代後半あたりといった年齢の少女。

広い部屋の隅でその女神を見ていたその少女――ハルリ・ボルザークは、どこか暗鬱とした目でソファの上の女――フィリアを見つめている。

「どうしたの？　随分と景気の悪い顔してるじゃない」

フィリアの言葉に、ハルリは警戒と怖《おそ》れの入り交じった声で尋ねた。

「……貴女《あなた》の、名前を教えて頂けませんか」

「あら、今さらその話？　言ったでしょ？　私の魅力に気付いてるなら、他に何も知る必要はないって」

「今は……魅力だけじゃない。恐ろしさも感じています。私の恩人という事以外はどうでもいいと言ったけれど……一緒に戦う人の、本当の名前ぐらいは知っておきたいです」

怯《おび》えつつも、相手の目を見ながらハッキリと問うハルリに、フィリアはどこか妖艶《ようえん》な微笑を浮かべながら言葉を返す。

「ふうん？　随分と言うようになったじゃない？」

「……貴女《あなた》がバズディロット達《たち》に『女神』と名乗っていたのは、魔術師としては信じられないけれど……少なくとも、魔術師なんかとは違う、もっともっと『上』の何か……ですよね？」

「そんな解《わか》りきった事を聞かれても困るわね。『その通りよ』なんてつまらない答えしか返せないじゃない」

ソファの上でグラスに入った飲み物に口付けしながら肩を竦《すく》めるフィリアだが、その仕草すらもが『それが最も完成されたくつろぎ方である』と錯覚させる程の美しさを感じさせた。

「ああ、でもそうね。もうギルガメッシュをほぼ始末したわけだし、名前を隠してる理由も特にない……か。多分巻き込まれて死ぬから、病院の前から離れてろって言ったのは私だしね」

少し考えた後、フィリアはソファからゆっくりと立ち上がり、改めてハルリに対する言葉を続けた。

「あの復讐者達《ふくしゅうしゃたち》に言った事は、比喩でもなんでもないわ。女神と称された人間……って話でもなく、正真正銘の女神よ」

「え？」

「大地の豊穣《ほうじょう》を司《つかさど》り、金星の輝きを持って戦士達に武運と褒章《ほうしょう》と破滅を与える、人を護《まも》る美の女神……って言えば、魔術師として心当たりぐらいあるんじゃない？」

「……！」

女神、という単語が言葉の通りの意味だと聞かされ、ハルリは思わず息を呑《の》む。

だが、半分は予想していた事なので、疑念や混乱は抱かない。

できる事ならば当たって欲しくない予想ではあったが、既に命を預けている身であるからには今さら拒絶する意味もなかった。

そして、彼女の発言した言葉の断片の数々から、一つの名前に辿《たど》り着《つ》く。

「金星の女神……。アフロディーテ……ヴィーナス……アスタルト。ううん……もっと原初に近い……イナンナ……？」

「そっちも『私』だけれど、どっちかって言うとシュメルの言葉で呼ばれてた名前の方が好みよ。顕現した時の気分次第だけれど」

「女神……イシュタル」

「はい、正解。良かったわね、間違えなくて」

中身がまだ残っているグラスを大理石のテーブルに置くと、フィリアは軽やかに歩きながらテレビのリモコンを握ってスイッチをオンにする。

そのままいくつか選局ボタンを押し、ショッピングチャンネルの宝石販売コーナーに目を留《と》めると、興味深げに言葉を漏らし始めた。

「カッティングは美事ね。魔術は衰退したけれど、技術という側面を特化させた結果だとするなら、そうそう悪い事じゃないのかも。装飾のセンス自体はウルクの職人達の方が肌に合うけど……まあいいわ。それぐらいは、この時代の価値観を尊重しましょう」

彼女はそう言うと、家の中で見つけた宝石類を手の中で弄びながら楽しげに笑う。

「どんな技術もセンスも、最後には私に似合《見合》うかどうかって話になるんだしね」

恐らくは来客時のカモフラージュか、本当の持ち主が魔術の触媒として用意していた物だろうが、それでも普通の宝石店の中に並べば5万ドルは超えるのではないかという代物ばかりだ。

だが、ハルリの目には値段など関係無いように思えて仕方がない。

たとえ安物の宝石だろうと、あるいは硝子細工《ガラスざいく》やビー玉であろうとも、彼女がただ持つだけでそれが美の基準となり、存在価値そのものが底上げされてしまうのではないかと感じられた。

「美の、女神……」

確かに、直視する事すら畏れ多いと思える程の美しさだ。

同時にハルリは、それが恐ろしくもある。

本当の意味で完成された美とは、それだけで魔法に近しい大魔術となりうる。

例えば、時計塔の創造科《バリュエ》の有力魔術師であるイゼルマ家の『黄金姫』と『白銀姫』の噂《うわさ》は、ハルリの耳にも入っていた。

何世代も魔術的な研鑽《けんさん》を積み上げ、恣意的に生み出された究極の美であるその双子は、ただそこに存在するだけで周囲にいる者達の認識を塗り替える程に完成された『美』を湛《たた》えていたという。

ハルリはその二人の顔を見た事はないが、目の前にいる美の女神は、恐らくそれとは全く別種の何かであると推測した。

魔術師達《たち》が『美』の観点から根源に近づく為《ため》に研鑽《けんさん》を積み上げ、姿に宇宙そのものを映し出すかのような高みへと達したのがイゼルマの姫達だとするならば、この女神のソレは同じ『美』と言う単語を使われるだけで、全く別種のカテゴリで語るべきものだ。

イゼルマ家の『美』が目指すのはあくまで根源に到達するための手段——もしも到達したならば、それは異次元の美というべき領域である。

皮肉な話だが、現在の女神のソレは逆に、天にあるべき異次元の領域の『美』を世界の形に落とし込んだ、人の領域に近い場所で語られる意味合いでの『美』の到達点と言えるだろう。

辿《たど》り着《つ》けない高みから落ちてきて、己の色に周りを塗り替えるタイプの『完成品』。

目の前にいるこの『女神』を自称する存在は、言うなれば『黄金比が、自分の身につけた物を流行りとして定義、その認識を周囲に定着させてしまう』という、まさしく反則とでも言うべき在り方をしている。

人間にとっての美的感覚が、生きる為《ため》に培《つちか》われた危機回避や快楽装置の一種だとするならば、彼女の美は逆だ。彼女の持つ美は、人間達に『与える側』なのだ。

その女神は、己が完成された美を持ち、己こそが美の基準であると識《し》っていた。それ故に、彼女にとって美とは必然的に自分の元にあるべきものであり、自らを研鑽《けんさん》するという行為とは無縁の存在なのだろうと考えられる。

ただ目の前に立つだけでそう推測できてしまったからこそ、ハルリはそのありのままの自由さに憧れを抱き、同時に、人知を超えた相手の『美意識』の基準から少しでもズレれば排除されるであろうという畏れの念も抱いていた。

畏敬と呼ぶに相応《ふさわ》しい感情が湧き上がり、いますぐにでも跪《ひざまず》きたい衝動に抗《あらが》いながら、ハルリは湧き上がった疑問を口にする。

「聖杯戦争では、神格に至った存在は喚《よ》べない筈《はず》……」

「ええ、そうね。聖杯じゃ普通は無理。いくつか邪道に近い方法はあるけれど、こんな一地方の儀式、しかも本来の機能を失った偽の聖杯じゃ、私ほどの神格を喚《よ》ぶのは不可能でしょうね。ああ、でも……例えば、儀式の果てに聖杯を願望器として使えば、声を聞かせてあげる事ぐらいはできるかもしれないわよ？」

「だったら、どうして……」

尚《なお》も問うハルリに、フィリアの中にいる女神は事もなげに答えた。

「私がここに顕現してるのは、最初からこの世界に残しておいた力が発動しただけ」

「力？」

「そう。私がこの世界に与えた祝福よ」

「……？」

自分がここに存在しているのは、世界への祝福の結果である。

何を言っているのか解《わか》らないといった顔をするハルリに、フィリアは肩を竦《すく》めながら続ける。

「あの不敬な連中にとっては、呪いになるのだろうけれど」

「つまり……その、『器』の中に、イシュタル神の力が宿っていると？」

「力だけじゃないわ。人格もよ。まあ、私達みたいな存在にとっては同じようなものだけど
……この身体《からだ》の中に入っていたのは、ただのプログラムだったからね。上書きは簡単だったわ。

多分、聖杯の力を受け取る最終的な端末として用意してた生贄《いけにえ》の巫女《みこ》か何かだと思うけど」

器の出自そのものには興味ないのか、女神は宝石の装飾品を愉《たの》しげに眺めつつ己の在り方へと話を戻した。

「私達が本来の姿で顕現できる時代もあったけれど、その時代だと、この街の人間はとっくに破裂して死んでるでしょうね」

「神代の魔力に、現代の人間の身体《からだ》は耐えられない……」

そんな話を、かつてハルリは聞いた事があった。

神々と人間が共存していた時代が終わり、世界から魔力が失われつつある現代、その環境に適応してしまった人類は、逆に当時の環境に耐えられない身体《からだ》へと変化してしまったのだと。

それが進化なのか退化なのかは解《わか》らないが、濃すぎる酸素濃度の大気の中で人が生きられぬのと同じように、既にこの世界の人々は魔術世界と決別しつつあるのだ。

文化的な側面としてではなく——実際に魔力を運用し続ける魔術師や魔術使い達《たち》を除いて。

「まあ、環境の変化と私が顕現できないのは別の理由だけどね。仮に同じ環境を再現すれば私をそのまま喚《よ》べたとしても……。そうねえ、生贄《いけにえ》だと思えば尊くはあるけれど、やっぱり加護と引き替えに私を讃《たた》える人間が居ないんじゃ意味がないしね」

「なら、どうして、こんな時代にわざわざ……」

「言ったでしょ。世界に祝福を与えたって。それが上手《うま》く発動しただけよ」

女神はそこで一度目を細め、妖艶《ようえん》な微笑《ほほえ》みを浮かべて見せる。

「まさか……本当にこんな事が起こりえるだなんてね。あの時の私に賞賛を送りたいわ」

「？」

「私はね、不敬な王に侮辱されて、あのガラクタに神獣の臓物を投げつけられた時に、世界に祝福を焼き付けたの。私が人理の中に溶けて霧散するまで、ずうっとね」

恐怖とは美であり、美とは根源的な恐怖である。

ハルリはフィリアの目を見て、そう錯覚した。

こちらの心を凍らせるという一点で鋭く研ぎ澄まされたその顔は、あまりにも美しく——もしも憎しみを向ける相手が自分だったならば、抗《あらが》えないどころか感謝の念を抱いてしまう事だろうとハルリは思った。

それ程までに完成された、美の女神が抱く怒りと憎しみ。

正確には、かつてこの星を支配していた神々の激情の『残滓《ざんし》』は、フィリアという器の中で太古の怒りを再燃させていた。

「もしも、この星でいつか『あの二人』が再臨して出会うような事があれば……」

無限に広がる可能性の中から辿《たど》り着《つ》いた奇跡を前に、女神を名乗る存在は、見た者の心臓を凍えさせる程に美しい微笑《ほほえ》みを貼り付ける。

「私が全神全霊をかけて——人間達を護ってあげる……って」

そして、その言葉に呼応するかのように、豪邸の中庭から何かが軋《きし》むような音が聞こえた。

ハルリはそちらに目を向ける事はない。

見た所で、何も目には映らない事を理解しているからだ。

広い中庭には、魔術によって透明化したハルリのサーヴァントが陣取っている。

破壊したバズディロットの工房の瓦礫《がれき》などをその身体《からだ》に取り込んでいる為《ため》、霊体化をする事が逆に負担となってしまう為《ため》、透明化と魔力の隠蔽で誤魔化している状況だ。

イシュタルを名乗る女は、それでもそのサーヴァントの姿をハッキリと知覚できているのか、ガラス状の壁越しに中庭を見上げて口を開く。

「あなたもそう思うでしょう？」

すると、その言葉に応える形で、中庭から巨大な船のスクリューが軋《きし》むような音が響き渉《わた》る。

「この子ったら、あの縦に長いビル《石塔》が並んでるのを、レバノン杉の森だと思い込んでるみたい」

肩を竦《すく》めつつ、ペットの犬に向けるような苦笑と共に女神は言った。

「いいわ、後で本物の森に連れて行ってあげる。あのガラクタがいるかもしれないけれど……」

「ギルガメッシュが墜《お》ちた今、理性を得た後のアイツなんてなんの脅威にもならないからね」

×　　×

遙《はる》かなる太古　巨木の森にて

——お前は知る必要がある。

――人間というものを。

――エンリルの森に、ウトゥが『完全なる人間』を生み出した。

――見よ、語れ、そして己をその形に模《かたど》るがいい。

――その後に、ニヌルタがお前に力を分け与えるだろう。

――ウルクの森に投げ放つその前に、ウトゥの育みし『人』と共にあらねばならぬ。

――完成せよ、人形となれ。

――お前は全ての生命を模倣する土塊《つちくれ》なのだから。

神々の意志。

抗《あらが》えぬ心地《ここち》好《よ》い微睡《まどろみ》としてその『使命』を魂に刻み込まれた土塊《つちくれ》が、この世界の中で目を醒《さ》ました時――

『――――――――――――――――――――――――』

世界は、空と大地を切り裂く絶叫に包まれていた。

その叫びに言葉としての意味はなく――

ただ、ただ、意志なき感情だけが渦巻いている。


エルキドゥという『道具』がこの世界で初めて観測したものは、無窮なる叫びの連鎖だった。

音の連鎖はただそれだけで周囲の物を破壊し、やがて全てを土へと変える。

神々によって産み落とされる『過程』において、彼《彼女》はその絶叫の渦の中心へと捨て置かれた。

ただし――『捨てられた』というのは客観的な形容に過ぎない。

実際の所、神々はその兵器を最高の物として仕上げようと全霊を注いでいたと言っても良い。

メソポタミアの神々が、人に堕した子を再び神々と繋《つな》ぎ止《と》める為《ため》に生み出した、道具であり、兵器であり、自律する演算機構である神造のホムンクルス。

だからこそ、必要な処置としてエルキドゥは災禍の声の直中に据え置かれたのだ。

生まれたての赤子を産湯《うぶゆ》につけるかのように、愛にも似た何かを与えながら万全を期す形でその場所へと投げ出されたのである。

エルキドゥが、その轟音《ごうおん》の連鎖が『人の声』であると認識したのは、音の中で80日が経過した時だ。

無垢《むく》なる状態で世界に落とされた演算器は、神々から与えられた役目と最低限の情報だけがインプットされた状態であり、その為《ため》に何が必要か、如何《いか》なる知識を蓄えるべきか、それを選び取る所から全てを積み上げなければならない状態だった。

そして、エルキドゥは叫び声をあげ続ける『それ』の正体について、神々が定義した答えを知識として既に与えられていた。

それは、『人間』という存在なのだという。

これより先、エルキドゥが向き合わなければならない人という種の究極形であり、完成した姿であると神々は言っていた。

言葉というものを覚えていない初期状態のエルキドゥにとって、神々の力ある言葉は『感覚』として刷り込まれていたものである。

それでも、エルキドゥはその『完全なる人間』と向き合い、その叫びの中に己の身を晒《さら》し続けた。

結果として、声に答える為《ため》にエルキドゥは巨大な泥人形の如《ごと》き姿へと身を変えていく。

もしもこの時、その自動人形が完全に『叫び』に染まっていたら——後に会う事となる聖《せい》娼《しょう》シャムハトと意志の疎通を得る事はできなかっただろう。

あるいは、シャムハトを『人』と認識する事もできなかったかもしれない。

それ程までに、神々の導きにより邂逅《かいこう》した『完全なる人』というものは、バビロニアを二本の足で闊歩《かっぽ》する者達とかけ離れていた。

かろうじての所で、後の世界におけるエルキドゥと人間社会の縁を繋《つな》いだのは――

無限の叫びの中、水底の藻から離れた泡のように浮かび上がる、幼き少女の声だった。


――「だあれ？」

――「だれか、そこにいるの？」


気付けば、エルキドゥの周りに小さな花が咲いていた。

神々の演算器は学習する。

嵐のような叫びが嘘《うそ》のように鎮《しず》まり、何か意味があると思《おぼ》しきかぼそい音の羅列が響くのは、その花が咲き続ける、ほんの僅かな時間の間だけだったと。

長き時をかけ、エルキドゥはその音の意味を、『言葉』というものを理解した。

そして、自律する演算器は知る事となる。

絶え間ない雷鳴のような叫びには、確かに言葉としての意味はなかったが――

『怨嗟《えんさ》』という感情を、呪いという形で世界の中に刻み続けていたのだという事を。

終わる事もなく、どこにも辿《たど》り着《つ》く事もなく、ただ、ただ、『人間』達は叫び続ける。

エルキドゥにとって世界の始まりである場所で、永遠に帰結する事のない呪いを。

だが、それを理解した時も、エルキドゥは動揺する事はなかった。

これが神々の言う『人間』という存在だというのならば、なるほど、人間とはこういう存在なのだろう――と、ただ淡々と己の中に記録し、演算の材料とする。

果てしない絶叫と、時折浮かび上がる優しげな少女の言葉に挟まれながら――『優しげ』という区別を付ける事すらできていなかった演算器は、淡々と人間についての学習を積み重ねた。

神々から与えられた使命だけが、伽藍堂《がらんどう》であるエルキドゥの魂の中に反響し続ける。

――語りあうがいい、人間と。

――穿《うが》て、そして縫い止めよ。

まだ人形にすらなれていない、演算する土塊《つちくれ》。

ただ使命の為《ため》に、『これは必要な事なのだ』と判断したエルキドゥは、その『完全なる人間』との更なる情報交換を試みる。

現状は、『彼女』の囁《ささや》く言葉を覚え、状況の把握をしただけに過ぎない。

まだ、語り合うという段階に達してはいないのだ。

自らに与えられた役割を果たす方法を模索したエルキドゥは、様々な形で『完全なる人間』との意思疎通を試みた。

その過程の中——エルキドゥはある日、花を咲かせる。

何故《なぜ》そうしようと思ったのかは、記録にも記憶にも残っていない。何らかの偶然の産物だったのかもしれないし、当時の未完成品だった自分では認識できない要素が絡《から》んでいたのかもしれない。

だが、結果だけはその回路に焼き付けられている。

怨嗟《えんさ》の声が一瞬だけ緩まり、『彼女』が自《おの》ずからその姿を浮かび上がらせたのだ。

——「ありがとう」

——「きれい……だね」

その声を聞いたエルキドゥは、己のシステムに生じた小さな揺らぎに気付く事は無い。

だが、後に兵器は理解する。

あれこそが、初めて互いの『意志』を交換しあう事ができた瞬間だったのであろうと。


時が流れ、言葉も流れる。

エルキドゥはその正確な日数を覚えているが、そこに意味は見出《みいだ》していない。

兵器にとって重要なのは、過ごした時間ではなく、『人間』というものを如何《いか》に理解したかという事だけなのだから。

──「ねえ」

──「ねえ」

──「ぼくたち《わたし》は、エルキドゥの友達だよ」

──「だけど、もうすぐ、友達じゃなくなっちゃう」

──「わたしたち《ぼく》は、もう、どこにもいけないから」

──「あなた《きみ》と同じものは、もう見る事ができないから」

──「きっと、きみ《あなた》の事を忘れちゃうから」

──「ぼくたち《わたし》にとって、エルキドゥは花みたいだった」

──「わたしたち《ぼく》を、寂しさから救ってくれた」

──「いつか、エルキドゥも、花みたいな人に会えるといいね」

──「枯れちゃっても、散っちゃっても、またいつか咲いてくれるような人と」

──「気が付いたら、どこにでも咲いてる……花みたいな人と」

いつしか『彼女』は、怨嗟《えんさ》の声の群れから浮かび上がる際、とても小さな個体を形作るようになっていた。

エルキドゥは、その『小さな身体《からだ》』の中で、発音装置と視覚や聴覚のセンサーを積み込んだ部位に目をむける。

頭部、顔、頭。

神々から与えられたイメージと、『彼女』から学んだ言葉を一致させる。

こちらが力を振るえば簡単に潰れてしまいそうなその頭の上には、先日エルキドゥが咲かせた花が飾られていた。

そして――『彼女』は、それとは別の花を手に取る。

最初に『彼女』が浮かび上がる際に咲いていた……初めて『彼女』と邂逅《かいこう》した日に咲いていた小さな花だ。

巨大な土塊《つちくれ》に過ぎなかったエルキドゥの頭にその花を飾り付けた『彼女』は、頭部の視覚センサーと音声の出力部分を奇妙な形に歪《ゆが》めている。

それが『笑顔』というものだと知るのは、やはりずっと後の事だ。

故に、エルキドゥがその時に気にしたのは、彼女の周りに浮かんでいた物の方となる。

『彼女』を護《まも》るような形で、雨上がりの虹のように輝く七つの小さな光輪だ。

エルキドゥは、その光輪を『完成しているものだ』と判断し、魂にその輝きを刻み込む。

少女の姿が沈んでいる時の『彼ら』から発せられる怨嗟《えんさ》の声。それを全て受け止めきれる程に巨大に、そして精神機構もそれに合わせて調整した巨大な土塊《つちくれ》は、初めて人間で言う所の『希望』のような物を魂の中に湧き上がらせた。

自分が神々の命に従い、この森を離れた後も。

たとえ、使命の為《ため》に人間を滅ぼす事があったとしても──

その完成された美しい輝きを、もう一度目にしなければならない。

理由を解析する事もないまま、エルキドゥはその願いを己のシステムに刻み込んだ。

兵器の抱いた願いは、永い時を経て叶《かな》う事となる。

だが

次に『彼女』を見た時

その輝きは──

×　　×

現在　スノーフィールド　クリスタル・ヒル　上層部

初めて『彼女』と出会った時に咲いていた花。

あれは、何色の花だったろうか。


クリスタル・ヒルの上層部。

最上階のスイートルームへと直通するエレベーターは、突風によるガラスの破損などを建前として、現在は一部の人間にしか利用できないようになっている。

一つ下の階から最上階のスイートルームへと通じる赤絨毯《じゅうたん》の廊下を歩みながら、エルキドゥはふと、生前の事について考えていた。

フワワという存在と共にあった、森の奥に生い茂る花の事を。

その後に自分が咲かせた花の色は覚えている。

『彼女』の為《ため》に咲かせて見せたのは、薄く青い花の群生だ。

必要がないので自《おの》ずからそれをする事はないだろうが、仮に『今すぐに見せて欲しい』と乞われれば、エルキドゥはその花畑を簡単に再現する事ができるだろう。

だが、『彼女』――フワフワと名乗った人格と共にあった花の色は、ついに思い出す事ができなかった。

エルキドゥが『完成』する為《ため》に記録とも記憶ともつかぬ曖昧な領域の中にあるその花の事を考えようとしたのは何故《なぜ》なのか。

その理由を自己分析したエルキドゥは、すぐに二つの答えに思い至り、目を伏せながら薄く微笑《ほほえ》む。

自嘲の微笑《ほほえ》みというより、純粋に過去を懐《なつ》かしんでいるかのような微笑《ほほえ》みだった。

理由の一つは、嘗《かつ》ての同胞――フワワがこの世界に顕現しているのが解《わか》った事。

もう一つは――

「性格や魂の色じゃない……。その儚《はかな》さが、少し似ているかもしれないね」

この最上階の奥にある一人の少女の気配を感じ取りつつ、エルキドゥは更に歩を進める。


「？」

通路の角を曲がると、そこにいた黒服の男女数名が困惑と警戒の表情を浮かべる。

「おい、誰だ、そこで止まれ！」

「ここから先は立ち入り……待て。裸足《はだし》……」

「ああ、嘘《うそ》でしょ……？　魔術師じゃない、あんな……大地そのものみたいな魔力……」

「サーヴァント……まさかランサーの⁉」

スイートルームを占有している組織の人間達の中で、エルキドゥの外見を知るのは極一部。

初日のギルガメッシュとの戦いを使い魔で直接観戦していた者達だけだ。

特徴自体は聞いていたが、まさかこんな昼間から、普通に廊下を歩いて現れるとは思っていない。

その英霊の身体《からだ》に流れる魔力の流れは大地の龍脈そのものに流れる魔力と同質であり、尚《なお》かつ凪《なぎ》の海のように静かであった為《ため》、生半な魔術使いや魔術師達《たち》では接近を感知する事ができなかったのだ。

それ故に、感知した今なら解《わか》る。

海辺で潮の匂いを感じていたら、突然巨鯨が目の前にいる事に気付いたようなものだ。

攻撃するには既に遅く、先手を打てたとしても何かが通じる気はしない。

実際に、英霊と契約していない存在である彼らには打つ手など殆《ほとん》どなく、組織の上層部からも『英霊が現れても手出しはするな』と厳命されていた。

懐《ふところ》にある銃や攻撃用の魔術礼装などを意識しつつも、誰一人としてそれを手にする事ができなかった。

その様子を見た英霊は、穏やかな笑みを浮かべながら言葉を紡《つむ》ぐ。

男とも女とも受け取れる声だが、黒服達にとっては、性別などどうでも良《い》い事だった。見た目としての美しさもさることながら、その内部から感じる魔力やこちらに歩み寄る際の手足の動かし方も含め、『完璧な肉体だ』と理解してしまったからだ。

その事実の前には、年齢や性別などは些末《さまつ》な情報に過ぎず、男女によって異なる呪詛《じゅそ》や魔術の類も、どちらであれ、この力強い存在の前にはなんら意味を成さぬであろうと。

「通るよ」

穏やかな声で、英霊はその一言を口にする。

「……」

全身に冷や汗を滲《にじ》ませながら、黒服の集団は何もできなかった。

岩のように固まる彼らの横を通り過ぎる時、英霊は少し考えるように目を伏せ、一度立ち止まってから口を開く。

「安心していいよ。僕は、戦いに来たわけじゃない。寧《むし》ろ、君達が戦う判断をしていたら、巻き添えで君達の護《まも》るべきものが壊れてしまっていたかもしれない」

「……？」

顔面に汗を垂らしながら、何を言いたいのか解《わか》らぬという表情をする黒服達に、エルキドゥは同じ微笑《ほほえ》みのまま、特に皮肉も賞賛もなく、淡々と事実だけを吐き出した。

「君達は判断を間違えなかった、という事さ。だから責任を感じる必要はないし……この後も、正しい判断をする事を願うよ」

それは一体『誰にとっての』正しい判断なのか？

尋ねたいが、黒服達は口を開く事もままならない。

ただ横を通り過ぎただけの英霊に、存在の全てを掌握されたかのような錯覚を覚えて怯《おび》えていると──その英霊が、後ろを軽く振り返りながら言った。

「いいよ、マスター。この通路の防衛機構は、全部解除した。……安全って事さ」

「……!?」

マスター。

その単語を聞き、いよいよ黒服達の緊張は限界に達する。

何をした様子もないのに防衛の為《ため》の魔術が全て解除されたという事も驚愕《きょうがく》だが、その『解除した理由』の方が問題だ。

サーヴァントだけではない。

マスターが直接ここに乗り込んで来たという事実だ。

自分達の護《まも》るべきリーダーは、現在サーヴァントを失っているに等しい状態である。

マスターの狙いが共闘の提案だった場合に、その状況を知られたら、そのまま始末されてしまうのではないか？

そんな疑念に包まれた黒服の集団が、廊下の角に意識を向ける。

すると、次の瞬間そこに現れたのは——

そろりそろりと警戒しながら足を運び、スンスンと鼻を鳴らしながらこちらに向かってくる、銀色の体毛を靡《なび》かせた一頭の狼《おおかみ》の姿であった。

×　　　×

クリスタル・ヒル　最上階　スイートルーム

「……王を、討ちに来たのですか」

扉を開けて現れたエルキドゥに対し、少女——ティーネ・チェルクは静かな声でそう尋ねた。

室内には、彼女が従える黒服の部下達《たち》が十名以上存在している。

だが、廊下に居た者達と同じように、突然現れたサーヴァントを前にして、迂闊《うかつ》に動く事ができなくなっている状態だ。

ティーネが発した言葉を受け、部屋の中ににわかに緊張が走る。

だが、その空気を和らげたのは、銀狼《ぎんろう》と共に部屋に入り込んだエルキドゥの口から発せられる毒気のない言葉だった。

「聖杯戦争のマスターとしては正しい推測だけれど、事実とは食い違うね」

「なら……私を誅《ちゅう》しに来たのですか。あなたの親友である王の誇りを穢《けが》してしまった私を」

「それも、違うね」

エルキドゥは、微笑《ほほえ》みながらもどこか淡々とした調子で首を振る。

ティーネはエルキドゥへと意識こそ向けているが、顔はそちらを向いていない。

英雄王の私物である調度品が並べられた、ある意味で贅沢《ぜいたく》な『魔術工房』の中央で、ティーネはその中心に横たわる存在に対して莫大《ばくだい》な魔力を送り続けている。

その様子を見て、エルキドゥは感心したように告げる。

「君の魔術回路……いや、君そのものがこの土地と繋《つな》がっているんだね。……なるほど、雰囲気が似ている筈だ。……君の一族は、旧《ふる》き神々と同じような真似《まね》をしたんだね」

「……？」

妙な物言いをするエルキドゥにティーネはわずかに首を傾《かし》げたが、それを追及する間も惜しいのか、やはり視線を送る事なく魔力を部屋の中心へと巡らせ続けた。

「僕の事は、知っているのかい？」

「王が、あなたを友であると」

視線を向ける事もなく、全身に汗を滲《にじ》ませながら尋常ならざる魔力を操るティーネ。

そんな状態でありながら、弱みを見せまいとばかりに気丈な声で言葉を返した。

「我が王が友と呼び、なおかつ力を競い合える英雄はただ一人しか思い当たりません」

「どうかな。僕が生きている間ならそうだったかもしれないけれどね」

はぐらかすように答えるエルキドゥに、それまで動かずにいた室内の黒服達が、ティーネの側にいた者達が少しずつ動きを取り戻す。

年配の男が、警戒を解かぬままエルキドゥに尋ねた。

「……闘争が目的ではないのなら、一体何故《なぜ》ここに？」

男の声には、疑念と共に僅かな期待が込められている。

その意味合いを推測し、エルキドゥは申し訳なさそうに首を振る。

「僕がギルガメッシュ王を救いに来たと思っているなら、その期待には応えられない」

「……！」

英霊の言葉に、室内の者達の多くは落胆の表情を見せ、ティーネの肩がわずかに震えた。

部屋の中央──エルキドゥの視線の先にあるものは、まさしく英雄王の『亡骸《なきがら》』である。

ギルガメッシュに『イシュタル』と呼ばれていたアインツベルンのホムンクルス。

彼女の妨害によりギルガメッシュはアルケイデスの矢によって射貫かれ、更にはその直後に現れた巨大な『何か』によって胴体を貫かれた形となる。

どう考えても致命傷となる一撃だ。

更には、その肉体は何らかの力によって蝕《むしば》まれており、生きながら傷口が腐り続けている。

まだ消滅せずに肉体の存在が残っているのは、ティーネが地脈から引き出した膨大な魔力によって、霊基が粒子となって崩壊しないよう、無理矢理人の形に押《お》し留《とど》めているというだけの話だった。

そんな、サーヴァントとして形が残っているだけのギルガメッシュを観察して、エルキドゥは淡々と自分の見立てを口にする。

「ギルの身体《からだ》を蝕《むしば》んでるのは、二つの毒だ。水蛇の毒だけなら、僕がギルの蔵を無理矢理こじ開ければ解毒剤《げどくざい》の一つぐらいならあるかもしれない。いつか、世界の果てにいる毒蛇を狩ると言っていたからね。もしかしたら死体や解毒剤《げどくざい》だけじゃなく、専用の調理器具の一つや二つ、蔵の中から出てくるかもしれないよ」

まるで日常的な冗談を語るように、軽やかな調子で言葉を紡《つむ》ぎ続けるエルキドゥ。

そんな英霊に目も向けぬまま、ティーネはギリ、と歯を噛《か》みしめ、怒りを交えながら言った。

「あなたは……王の友ではないのですか……？　それなのに、よくそんな涼しい声を……！」

幼さを残した少女の癇癪《かんしゃく》というには、あまりにも重々しい叫びだった。

エルキドゥはその言葉を少女の横で受け止め、笑みこそ消しているが、至って穏やかな表情のまま言葉を返す。

「友達だからだよ」

「え……？」

「僕とギルは、掛け替えのない日々を過ごした。だからこそ、永遠《とわ》の別れもそれに付随する悲しみも、もう終わらせてあるんだ。人理に焼き付いた影法師である『今の』僕達にとって、再会の悦《よろこ》びはあっても、別れを改めて悲しむ必要はない。ここで消滅しかけてるのが僕だとしても、ギルが涙を流す事はないと思うし、僕もそんなものは求めない」

「……」

ティーネの横顔が、困惑に染まる。

一度だけエルキドゥの方に視線を向けるが、英霊の言葉の真偽を表情から推し量るには、ティーネの人生はあまりにも未熟だった。

「理解しがたいとは思うし、君が僕に怒りを向ける理由も推測はできる。だから、それで気が済むのなら、僕をいくらでも罵って構わないよ」

「……」

それを聞いたティーネは、一度ハッキリとエルキドゥの方に顔を向け——怒りや悲しみ、恐怖、様々な感情を目に浮かべる。そして、あるいは助けを乞うかのような表情を一瞬だけ見せた後、顔を伏せて悔しそうに言葉を紡《つむ》ぐ。

「違う……違います……。ごめんなさい……申し訳……ありません……」

幼さの残る魔術師の口から漏れたのは、エルキドゥに対する明確な謝罪の言葉だった。

「私が憎いのは、あなたじゃない……」

膨大な魔力がティーネの魔術回路を流れ、彼女の全身の神経が軋《きし》みを上げ始めていた。

だが、その苦痛ではなく、己の悔恨に顔を歪《ゆが》めながら呻《うめ》くように言葉を紡《つむ》ぐ。

「私は……何もできなかった……何もしなかった……」

そのまま黙り込むティーネに、エルキドゥは慰めるでも諫《いさ》めるでもなく、自然体で言った。

「令呪を、二画使ったね」

「……！」

エルキドゥが見ていたのは、ティーネの左手の甲。

そこにはマスターの証《あかし》たる令呪の大半が掠《かす》れ、かろうじて一画分だけが残されている。

「彼をここに呼び戻すのに一画、治療を試みてもう一画……マスターとしては良《い》い判断だよ。それが無ければ、ギルガメッシュが霊基の形を維持し続けられる可能性は無かった」

「毒は……二種類あると言っていましたね」

エルキドゥの性格を摑《つか》みかけてきたのか、ティーネは徐々に魔術師として造り上げられた側面を顔に浮かべ始め、ギルガメッシュの霊基を維持する作業から手を緩める事はないままに問い掛けた。

「ああ、もう一つは、毒というより、呪いに近いね」

ギルガメッシュの胴体に穿《うが》たれた傷口を観察しながら、エルキドゥは目を細める。

「……これが、皮肉というものかな」

「ギルガメッシュ王の身体《からだ》を穿《うが》ったのは、虹色の光だったんじゃないかな?」

「?」

「……!　知っているのですか、あれが、何なのか」

ティーネの脳裏に、ギルガメッシュが墜とされる瞬間の光景が蘇《よみがえ》る。

巨大な機械仕掛《じか》けのような『何か』が纏《まと》う、七色の光輪。

それが削岩機の先端のような形に捻《ね》じれ、そのままギルガメッシュの腹を貫く様が。

「あれは、神々の加護だよ。同時に、人という種にとっての呪いでもある……。ギルに注《つ》ぎ込《こ》まれた光はそのうちの一つ、『疫病』を祖とする呪いだね」

「疫病……?」

「水蛇の猛毒に感謝すべきかもしれない。その毒が、疫病と喰《く》らいあって拮抗《きっこう》しているお陰で……ギルの身体《からだ》から死病が広がらずに済んでる。そうじゃなければ、君達も、恐らく僕も、今ごろ死の淵《ふち》に囚《とら》われていた可能性が大きい」

事もなげに言うエルキドゥに、ティーネも周囲の黒服達も息を呑《の》む。

「ああ、処置を変える必要はないよ。僕の見立てだと、毒も呪いも、ギルガメッシュという肉体の霊基が消滅したらそれで消える。もう『彼』としての霊基じゃない。今ここにあるのは、ただの古代の人間の亡骸《なきがら》に過ぎないけれどね」

「あれは……あの鉄の巨獣はなんなのですか?　あなたは、何を知って……」

「そうだね。どこから話すべきか……」

少し考え込むように目を伏せ、エルキドゥは少しずつここに来た理由を語り始めた。

「僕がここに来たのは、君達の事を、少し知りたいと思ったからだよ」

「私達の事を？」

「ギルが自分を利用しようとする相手を殺さずにいるなんて、どんな相手かっていうのが気になったんだ。ギルも、僕のマスターがどんな存在かを気にしていたけれど……」

エルキドゥはティーネを見て微笑《ほほえ》み、己自身がどう判断したのかは告げずに、話の続きを口にする。

「手を組めるならそれに越した事はないよ。僕も、尽くせる手は尽くしたいんだ……あの邪神を、この舞台から排除する為《ため》にね」

「……邪神？　王を貫いた、あの鋼の魔獣の事ですか……？」

「いや、そうじゃない。邪神っていうのは……。……？」

次の瞬間、エルキドゥは、何かに気付いたように顔を上げる。

「誰か……いるね」

「え？」

ティーネの問いには答えぬまま、エルキドゥは周囲の空間をゆっくりと見渡す。

「これは……人？　いや……人のようではあるけれど……」

「誰かが、この部屋に隠れていると？」

戸惑うティーネは周囲の魔力を探るが、そんな気配は感じられなかった。

だが、エルキドゥはその存在を確信しているようで、表情を消しながら言葉を紡《つむ》ぐ。

「いや……隠れているわけじゃない……恐らく、逆だね」

「？」

「何かが……世界の裏側からこちらに探りを入れているらしい」

×　　×

閉じられた街　クリスタル・ヒル　最上階　スイートルーム

「やっぱり、この部屋が一番『壁が薄い』ように見えるんですよねー」

謎の結界内に再現されているスノーフィールド。

そのクリスタル・ヒルの最上階であるスイートルームにいたのは、フラット・エスカルドスとバーサーカーことジャック・ザ・リッパー、そしてハンザをはじめとする聖堂教会の面々だ。

『ふむ……しかし、ここはなんだ？　ホテルの最上階だが、宿泊施設らしくはないな。魔術師の工房のように思えるが、それにしては飾り付けが無駄に豪華だな』

ジャックの言葉に対し、フラットがテンションを上げながら部屋の中を見て回る。

「なんだか博物館みたいですよね！　綺麗《きれい》な宝石とか金の食器とか色々あって凄《すご》いや」

本来ならばホテルの最上級の部屋となっているはずのその空間は、時代がかったセンスではあるが新品としか思えぬ輝きを放つ宝物の数々に彩《いろど》られており、確かに何かの展示会場と言われても納得できるような品揃《しなぞろ》えだった。

「教授の授業で見た事があるなあ。多分、メソポタミア周りの宝だと思うんですけど……うーん……なんだろ、この造りなら、いくらか魔力が貯蔵されてる筈《はず》なのに、全然感じない……偽物《にせもの》ってわけじゃなさそうだけど、抜け殻みたいな変な感じです」

そう言って飾られていた宝をジロジロと見るフラットに、背後に居たハンザが声を掛ける。

「しかし、ここが結界の中で一番壁が薄いという事は、地上からの高度が鍵と見るべきか？」

「いえ、そういうわけじゃないと思うんですけど……ここだけ、結界の外と強い調和が取れてる気がするんです。表と裏が繋《つな》がってるっていうか……」

フラットはそこで、いくつかの部屋が連なったスイートルームの中の一点に目を向ける。

もっとも広い空間の中央。

時計塔では見慣れぬ系統の魔法陣のようなものが床に描かれているが、その魔術の対象となるべきものが中心に置かれていない。

「あれえ？　何かを安定させる為《ため》の魔法陣だと思うけど……何も置いてない」

『様子を見るに、やはりここは、いずれかの陣営の工房だろうな』

「私は一応中立なんでね。どの陣営のものか推測はできるが、ノーコメントとしておこう」

肩を竦《すく》めつつ、言わずとも良《い》い事をわざわざ口にするハンザ。

そんなハンザや部屋の様子を探るシスター達にも最低限の警戒の意識を向けつつ、ジャックが時計の形状のまま言葉を続けた。

『魔法陣の中心が空なのは、まだ儀式を始めていないというだけの話ではないのか？』

「いえ……おかしいんですよ。僕は、もうここで何か起こってるって気がするんですけど……。実際、こっちの魔法陣は効果が発動してないんですけど……確かにここなんですよ」

フラットは首を傾《かし》げながら、何もない魔法陣の中央辺りに手を翳《かざ》す。

「一番『結界の外』っていうか……本物の街と繋《つな》がりが強いのは」

×　　×

スノーフィールド　クリスタル・ヒル　最上階

結界の外──所謂《いわゆる》『本物の』クリスタル・ヒルの最上階に、エルキドゥの声が響く。

「ああ、確かに何か居るけれど、気配を感じるだけだね」

それを聞いたティーネの部下達が、各々《おのおの》の手に武器や魔術礼装を取り、焦《あせ》りながら部屋の中を見渡した。

しかし、魔力の痕跡すら見つける事ができないのか、困惑した面持ちを浮かべている。

だが、エルキドゥの高い気配感知スキルは、確かにその『揺らぎ』を感じ取っていた。

そして、揺らぎの中心がどこであるのかを確認すると──少し驚いたように半分亡骸《なきがら》と化している友の顔を見る。

「これも計算のうち……ではないだろうね」

静かに浮かべたその微笑《ほほえ》みは、普段の無表情に近いものとは違い、どこか人間味があるものだったが──それを見た者は、この部屋の中には誰一人として居なかった。

「とはいえ……君は本当に相変わらずだよ、ギル」

毒と呪いに蝕《むしば》まれたギルガメッシュの身に起こった事を推測し、エルキドゥは静かにその『流れ』を受け入れる。

心の奥で、演算装置らしからぬ希望の光を揺らめかせながら。

「機能を停止させた後にまで、世界の運命を自分の身に引き寄せるだなんて」

そして、裾から金色に光る鎖を無数に伸ばし、瞬時に部屋の四方に張り巡らせる。

「！　何を……」

ティーネが声を上げ、黒服達が身を強《こわ》ばらせる。

だが、エルキドゥはそんな彼らを安堵《あんど》させるように、自らの両手を広げて無防備だという事を示しながら口を開いた。

「気にしないで欲しい。これは君達への攻撃じゃあない。君達を護《まも》る為《ため》のものでもないのは申し訳ないけれどね」

その足元に寝そべる銀狼《ぎんろう》──自らのマスターにだけは幾重もの防護処置を施しながら、エルキドゥは悪戯《いたずら》をする少年のように片目を瞑《つぶ》り、懐《なつ》かしき『冒険の日々』を思い出しながら言葉を紡《つむ》ぐ。

「僕はただ、いつも通り誰かの道具になるだけさ」

「この場合は……君達に合わせて言うなら、『増幅器《ブースター》』という所かな」

×　　　×

閉じられた街　クリスタル・ヒル　最上階

「あれ⁉」

フラットが驚いた声を上げ、周りの皆が注目する。

「どうした？　何か問題か？」

ハンザの言葉に、フラットは首を傾《かし》げながら答えた。

「いえ、問題っていうか……問題が解決したって言うか……」

困惑の表情を浮かべながら、フラットは両手の指先で魔力を操り、床に描かれていた魔法陣に何かを上書きし始める。

『何をするつもりだ？』

ジャックの言葉に、フラットは作業を続けながら言った。

「現実の方で壊れたアスファルトとかが、こっちでは無事だったたっていう事は……多分、大きな破壊とかは恣意的にコピペしないで無視できるんだと思うんです。でも、敵陣営の魔法陣を残してるって事は、『コピペると都合の悪い物』の範囲は大分狭いと思うんですよね」

「結界内における現実の街の再現をコピー&ペースト《コピペ》と来たか。時計塔の若い魔術師は物言いまで現代的だな」

肩を竦《すく》めつつ、ハンザも興味深げにフラットの作業の様子を窺《うかが》う。

「ありがとうございます！　こう見えて俺、現代魔術科ですから！　現代的なのは全部先生のおかげですよ！」

一方のフラットはどこかズレた答えを返しながら、更に周囲の観察を続けていった。

「やっぱりここ、固有結界が一番近いのかな……いや、でも……。うーん、言語化は先生じゃないと多分上手《うま》くいかないなあ。前に見ただけで、授業でやったわけじゃないしなあ」

「見た？」

「前に、これと近いのをウェールズで見た事があります。その時は墓地でしたけど……そこが『過去を再現した結界世界』だとするなら、ここは『現在を再現した結界世界』っていうか」

「……ウェールズ？　まさか死徒と縁深い一族が開いた『ブラックモアの墓所』の事か？　知り合いの司祭と、俺とは反りの合わんシスターがそこの騒動で死にかけていたが……、まさか君もあの墓所に関わっていたとはな」

驚いたように言うハンザに、フラットは何故《なぜ》か嬉《うれ》しそうに眼《め》を輝かせる。

「あ、御存知なんですか！　ええ、この結界内部の世界は、街の偽物《にせもの》をまるごと一つ作った壮大な舞台装置っていうか……。ゲームなんかだとたまにある設定ですよね。ジム・キャリーの映画でもそんなのあったような」

「あれは再現ではなく新規に組み上げた街のセットだった気がするが……それはそれとして、ラストの流れは秀逸だったな。良《い》い映画だ」

「ですよね！　今度友達の水銀礼装の子にあの挨拶の台詞《せりふ》を覚えて貰《もら》おうと思って！」

『その話は後にしたまえ。まずはこの世界を出ない事には、その水銀礼装と再会もできん』

「あう。ご、ごめんなさい……」

ジャックにピシャリと冷や水を浴びせられ、フラットはしょんぼりとしながら話の筋を元に戻した。

「街の車が止まったままだったり、カジノのスロットとかが動いたりしてないって言う事は、多分連続して現実の街を反映し続けてるんじゃなくて、定期的に一瞬一瞬の『世界』を切り取ってコピーしてるんじゃないかなって。駐車してある車とかはこっちにもありましたから、その『切り取る瞬間』に激しく位置情報がズレる物体は反映してないんだと思います」

『なるほど……だとするならば、この魔法陣と照応の関係になっている現実世界のスイートルームでは、何かが行われているという事か。あるいは、向こうからこちらへの道を開こうとしているのではないか？』

「んー、さっきまでは、そういう魔力のゆがみ方には見えなかったんですけど……ついさっき、それが変わったんですよ。なんていうか、地下鉄の中なのに携帯の電波シグナルが急に三本立ったっていうか……そう！　そうだ、携帯ですよ！」

フラットは慌てて自分の持つ携帯電話を取り出して近場にあった大理石のテーブルに置くと、周囲の物を漁《あさ》り始める。

「ええと、ちょっと借りますねっと……これとあれと……」

部屋中に飾られていたメソポタミア由来と思《おぼ》しき歴史がかった品々の中からいくつかを選び、自らの魔力を流し込んで本来の『祭具』としての力を取り戻させていく。

『何をするつもりだ？』

「ええ、飾りの中で、魔術礼装として使えそうなのがあったから、それで簡易的な祭壇を作ってみようかなって。それで、こう、なんていうんですかね。壁をコンコンって叩《たた》いて反響させる感じで、上手《うま》いこと携帯電話の回線を『外』と繋《つな》げられないかなって」

『なるほど……。いや待て、なるほどとは言ったが、本当に可能なのか？』

「似たような事は何度かやったんで大丈夫ですよ。電波と魔力の変換はカウレスっていうクラスメイトとしょっちゅうやってたんで、多分なんとかなるかなって」

軽いノリで作業を進めて行くフラット。

そんな彼の大雑把な説明に不安を覚えるジャックだが、フラットがそのノリでいくつもの高度な魔術を行使してきた事を考え、様子を窺《うかが》う事にした。

——あのキャスターの力でマスターの思想と交錯した時……彼の魔術の在り方はなんとなく理解した。

——東洋の思想に似ているな。自己の境界を自《おの》ずから定める形で、魔術のシステムを一様に限定する事をしていない。……いや、できないのだ。

——殆《ほとん》どの魔術を感覚のみでその場で組み上げ、行使している。恐らくは『もう一度まったく同じ魔術を組み上げろ』と言っても、フラットは大まかな再現しかできまい。

──型破り、というより、型を持たぬ魔術師だ。あのエルメロイII世という魔術師は、よくこんな異端児を育てあげたものだ。

並の魔術師ならば、斯様《かよう》な弟子を持った時点でなにかしら壊れてしまうか、逆にフラットを壊そうとするであろうと考えながら、フラットの作業を見守るジャック。

『切り裂きジャックの犯人は魔術師であった』という伝承から、彼も基礎的な知識は有しているのだが、その範疇《はんちゅう》で見ても、あるいはキャスターの手でマスターの一部を混ぜられた特殊なサーヴァントとして見ても、フラットの在り方は異常であった。

──己の正体も分からぬ私が言うのもおかしな話だが……。

──我が危うくも頼もしきマスターは、一体何者なのだろうな。

そんなマスターと英霊のやり取りの裏で、ハンザは最上階から街の様子を観察している。

「こうして見ると、普通の街と変わらないが……やはり、閉ざされた世界というのは確かなようだな」

摩天楼の最上階という高みから遠方を見ると、街から大分離れた所で、色濃い霧のような物が発生しているのが分かる。

恐らくはあの霧の外には世界は広がっていないだろう。流石《さすが》に世界そのものを再現するのは単純な魔術という範疇《はんちゅう》を超えている。

「そこまで行くと、それは世界の再現というより、並行する世界への移動のようなものだろうが……まあ、この状況も、充分に常識外れではあるか」

肩を竦《すく》めながら物静かな街の様子を眺めていると、シスターの一人が足早に近寄ってきた。

「ハンザ」

「どうした？」

「あっちの方、何かおかしい」

淡々と話すそのシスターの言葉にハンザが目を向けると、残る三人のシスター達《たち》も同じ方角の窓に集まって街を見下ろしている。

「何かあったのか？」

「……ハンザ神父、動きがありました。あそこです」

眼帯をした丁寧な口調のシスターに示されたところを見ると、そこでは土煙のようなものが上がっていた。

「あれは……」

土煙の中で時折輝く光や爆炎。

それは、夕べ教会から見えていた病院前の戦いの様子に良く似ていた。

やがて、一際眩《ひときわまばゆ》い輝きが生まれたかと思うと——土煙の中から、巨大な何かが仰《の》け反《ぞ》るのが見える。

「……昨日見たな。ケルベロス……しかし、あそこまでデカかったか？」

ちょっとした家屋を超えるかという程に巨大な三つ首の怪物。

ハンザはその姿を見て、警戒よりも先に疑念が生まれた。

「あれを使役していた、布を被《かぶ》ったアーチャーもこちらに居るのか？　いや、それにしては……あんな真似《まね》ができるなら、夕べの時点で巨大化させていると思うが……」

いくつかの推測を頭の中に走らせるハンザ。

──あの魔獣の屍《しかばね》は、そのまま道に放置されていた筈《はず》だ。

──ならば、あの魔獣がそのまま我々と同じように取り込まれた？

──この世界を造り出したサーヴァントが、力を与えたのか……？

少なくとも、サーヴァントのマスターと思《おぼ》しき繰丘椿《くるおかつばき》にそのような魔力も技術もないだろう。

ならば、答えは絞られてくる。

サーヴァントか、あるいはこの街の状況を利用する側に立っている者、あるいは状況など関係なく、ただ単に暴れたいだけの危険な存在だ。

「ハンザさん、どうする？　行くなら着替えるけど」

金髪のシスターの言葉に、ハンザは一瞬考え込む。

そして、背後にいるフラット達の様子を見た後、己の眼帯を外しながら言った。

「いや、これはチャンスだ。この場からなら、最も広く観測できる」

眼帯の下から現れたのは、魔術的な処理を施された水晶の内部に、生物的なものから機械的なもの、電子的なものに至るまで、様々な種類の魔術礼装を仕込まれた義眼型の魔術礼装だ。

SF映画のロボットのような摩擦音を響かせながら、水晶内部のレンズが組み変わる。

そして、通常の人間の数十倍までに強化された視界の中で、ハンザは戦闘そのものではなく、その周囲のビルなどを観察し始めた。

「もしもサーヴァントがあれを使役しているのなら、周囲で戦いを観測している可能性がある。最低でも、魔力の流れの痕跡でも見つかれば……」

そこまで言った所で、ハンザは言葉を止めた。

喧噪《けんそう》の起こっている場所からやや離れたビルの上に立つ、小さな人影を見つけたからだ。

「あれは……」

その人影は——見覚えのある姿をしていた。

ハンザは、即座にその人影をどこで見たのかという事を記憶の海から呼び起こす。

警察署での騒動の後、一人の吸血種を追って飛び込んだホテルの通路。

そこに、『彼』はいた。

吸血種、ジェスター・カルトゥーレ。通りすがりにその怪物に襲われた被害者である筈《はず》の少年が。

「……やってくれたな」

口角を吊《つ》り上《あ》げつつも、怒りに満ちた目でその姿を追うハンザ。

魔術をもって相手の空間まで働きかける類の遠視であれば、こちらが見ている事に気付かれていた事だろう。

だが、現在の遠視はまだ己の義眼を直接強化して単純に視力を上げているだけだ。

ある意味、双眼鏡で覗《のぞ》いているだけのような状況の視界の中――少年の姿をした『それ』は、愉《たの》しげに街中の喧噪《けんそう》を眺めている。

あれが、巨獣を操っているのかどうかは解《わか》らない。

しかし、少なからず現在の状況にあの吸血種が絡《から》んでいるのは確かだろう。

「変身能力か……気配まで完全に人間に変えるとは、大したものだな」

生半な魔術や吸血種の特性による変化や偽装ならば、ハンザのみならず大抵の『代行者』は見破る事ができる。

だが、まるで魂そのものが入れ替わったかのような状態であるその変化を見て、ハンザは改めてジェスターを侮《あなど》れぬ『敵』であると認識した。

「装備を整えろ。こちらにいる間にあの吸血種を討つ」

「あの子供が、例の吸血種？」

「操られているだけでは？」

指示を出されたシスター達は訝《いぶか》しげに言うが、ハンザは小さく首を振る。

その視線の遙《はる》か先にある、少年の表情を睨《にら》み付《つ》けながら。

「魂の色は変えられても……あの歪《ゆが》んだ笑みは変えられんさ」


と──同時に、背後から明るい声が響き渉《わた》った。

「繋《つな》がったぁ！」

ハンザ達《たち》が振り返ると、そこには満面の笑みを浮かべるフラットが、組み上がった奇妙な祭壇の前で携帯電話片手に小躍りしている。

この瞬間──携帯電話の電波と、それを伝達させる為《ため》のフラットの魔力が『外の世界』、すなわち現実のスノーフィールドへと繋《つな》がったのだ。

つまりは、その魔力と電波を通す為《ため》の穴が、わずかなれども結界の壁に穿《うが》たれたという事になる。

それは、フラット達にとっては『外への足がかり』に過ぎなかったのだが──

僅かな変化は、スノーフィールドの世界に大きな変化をもたらす結果となった。

それは、巨大なダムに穿《うが》たれた、蟻《あり》の一穴。

ある意味で、この些細《ささい》な変化こそが、スノーフィールドの各陣営の拮抗《きっこう》状態を崩す契機であったと言えるのだが——この時点では、まだそれを知る者は居なかった。


だがしかし、誰が知ろうと知るまいと、街の運命は否応《いやおう》なしに転がり始める。

一度広がり始めた罅《ヒビ》は、いずれ全てを崩壊させるのだと示すかのように。

×　　×

スノーフィールド上空　空中工房

「みいつけた」

現実の街の遥《はる》か上空。

結界内でも再現されていない程に地上から遠く離れた所に浮かぶ巨大な飛行船の内部で、フランチェスカは恍惚《こうこつ》とした笑みを浮かべながら呟《つぶや》いた。

「やったやったぁ、やっと『穴』ができたよぉ。誰がやったのかは知らないけど、ノーベル賞とかあげたいね！　ノーベル私賞！」

　キャスターである自分自身の影法師の言葉に、フランチェスカはベッドの上で足をばたつかせながら愉《たの》しそうに答える。

「私の役に立った人に、ノーベル賞の賞金をプレゼントするの！　きっと貰《もら》った方も喜ぶし、私も自分の懐《ふところ》を痛めないで済むから喜ぶし、ノーベル財団の人は損するけど、得する陣営が二つあるから、プラスマイナスで言うならプラスだよね！　こうして世界は良くなるんだよ！」

「いや、まずノーベル賞って何？　って思ったんだけど」

「あれ？　その知識は『聖杯』から貰《もら》ってないの？」

「まあ、明らかに聖杯戦争と関係無さそうだしねー。ケースバイケースだろうから、由緒正しい聖杯戦争だとどうなるか解《わか》らないけど」

　高級ブランドのトリュフチョコレートを頰張りながら言うプレラーティ少年に対し、フランチェスカは興味深げに目を向けた。

「んー。それって気になるよね？　冬木《ふゆき》の人達ってどこまで知ってたのかな？　日本で活動するんだから、政治システムとか法令ぐらいは頭にあったのかな？　ねえねえ、今のアメリカ大統領の名前って解《わか》る？」

「知らないよ。ただ、大統領制度がどんなものかっていうのはなんとなく頭に入ってるよ。テレビの仕組みとかも解《わか》るし、携帯電話も問題なく使えるね。ただし携帯電話のメーカーの名前

「とかは知らないかな」

「そっかー。んー、他の英霊もそうなのかな？　もしかしたら、君は私だから、契約して魔力が繋《つな》がった時点で私の知識と繋《つな》がってるのかもしれないし」

「そんなのどうでもいい事じゃない？　最初に何を知ってようと、必要な手札は後から揃《そろ》えればいいし、今ある手札に全財産を賭けて破滅するのも愉《たの》しいじゃない、ね？」

プレラーティはしなだれるようにフランチェスカの背にもたれかかり、溶けたチョコのついた指先でそっと相手の口元を撫《な》でる。

フランチェスカはニィ、と笑いながらその指に艶《なま》めかしく舌を這《は》わせた後――意地の悪い笑みを浮かべてプレラーティの頬に己の頭をもたれ掛からせた。

「はいはい、自分自身を堕落させようとしたって無駄だよ？　もう堕落しちゃってるし、ね」

「君こそ、僕のこと誘惑しようとしてない？　ねえやっぱりこれナルシシズムになるのかな？」

「どうなのかなぁ？　ナルキッソスとか召喚して聞いてみたいよねー。流石《さすが》にそんな酔狂な触媒なんて持ってないけど」

ナルシシズムの語源となったギリシャの少年の話をしてはぐらかそうとしたフランチェスカだが、自分自身の影法師であるプレラーティには通じず、話の筋を元に戻される。

「でも、世界を愉《たの》しくするっていう目標の為《ため》には努力してるんでしょ？」

「まあ、そもそもその手段が、人任せで一番手抜きなんだけどね？」

「楽しみだねぇ。あの入口を探すのすら厄介な『大迷宮』を聖杯の力に任せて攻略して、その奥にある『世界の縮図』を手にしたら、どれだけこの世界を暴けるのかな？」

「まあ、それより先に、この街にできた『小さな迷宮』……変なサーヴァントが創った変な世界への扉が、たった今見つかったんだけどねー！」

クスクスと嗤《わら》いながら、フランチェスカは自らの指を宙になぞり、そこにいくつかの鏡を浮かび上がらせた。

「閉じ込められた中で、一番興味があるのは……獅子心王君《ししんおうくん》かなー。本当に、なんでアルトリアちゃんじゃなくて、そのファンの方が来ちゃったのかは不思議だけど」

既に警察陣営と同じように、セイバーの正体に確信を持っていたフランチェスカは、鏡の中の一枚に映し出されていたセイバー――警察車両の上で演説を行った瞬間の姿を見つめながら、舌なめずりをする。

「ああ、いいよね、彼。過去の伝説に照らされて、光を何倍にも増やして輝いてる王様らしい王様だよ」

「内臓が疼《うず》いてるんじゃない？」

ニヤリと笑うプレラーティに、フランチェスカは無邪気な笑みで答えた。

「もちろん！　私、あのセイバーにはずっとずっとワクワクさせられっぱなしだからね！　ファンになっちゃったよ！　ジャンヌちゃんやジルの時ほどじゃあないけど、それにすっごく近い感じって言えば解《わか》るかなあ、解《わか》るよね！」

好きなアイドルについて語るローティーンの少女のように腕をブンブンと振りながら語るフランチェスカ。

そんな彼女を見て、プレラーティが穏やかに続ける。

「ああ、解《わか》るよ。君は僕だもの。だからこそ、君がそのファンになってしまった大好きな王様に対して、何をしようとしてるのかもよぅく解《わか》るとも」

「一緒に来てくれる？　今の私だと、幻術を君ほどには使いこなせないからね」

「いいとも。結界の中にいる内でいいのかい？」

「うん、こっちでやると、ファルデウス君が五月蠅《うるさ》いからねー」

何かを企《たくら》むように語り合う二人の少年少女。

姿だけは若い人間であったが、その器の内面にて蠢《うごめ》くものは、まさしく魔物としか言いようのない程にドス黒い腑《はらわた》だった。

彼らの周囲に浮かぶ鏡に映るのは、過去の記録。

事実ではあるが、真実は映し出さない、映像としての残滓《ざんし》。

そこに如何《いか》なる真実を付け加えて『獅子心王《ししいんおう》』に突きつけるべきか迷いつつ、フランチェスカは10年以上前の映像をうっとりと眺めていた。

かつて、全てに勝利しながら、あらゆる物を失った――

青き装束と白銀の鎧《よろい》に身を包む、一人の聖剣使いの姿を。

×　　　×

ゆめのなか

なんだか、街がざわざわしてる。

風が、なんだか、なんだかとってもじめじめしてる。


まだ幼い繰丘椿《くるおかつばき》にとって、その胸騒ぎを上手《うま》く言語化する事はできなかった。

本来なら、その異変を感じ取る事もできない筈《はず》なのだが――彼女に備わった魔術回路と、そこから湧き上がる魔力と繋《つな》がっているペイルライダーの影響により、彼女の周りの『世界』と、その支配者たる英霊の異変を生々しく彼女の中に響かせる。

午睡の微睡《まどろみ》の中でそれを感じていた少女は、家のソファにもたれ掛かったまま、夢の世界の中の更なる夢。彼女だけの微睡《まどろみ》の中で魘《うな》され続けた。

おとうさん、こわいよう。
おかあさん、こわいよう。
よくわからないけど、なにかこわいものがくるよう。

――「少女よ」

まっくろさんは、どこかにいっちゃったの？
ジェスターくんも、きょうはまだあそびにきてくれない。
みんな、また、どこかにいっちゃうの？

――「少女よ」

また、ひとりになるのかな。
わたしが、ちゃんとできなかったから。
また、みんながおこるのかな。

——「聞こえているかい」

どうすれば、ちゃんとできるんだろう。
おとうさんも、おかあさんも、わらってくれてる。

——「聞こえていないのか？」

——「政《せい》はすぐに気付いてくれたが……」

——「2000年経《た》てば人という種も変わるか」

どうすれば、これからもずっとわらってくれるんだろう。
わたしと、いっしょにいてくれるんだろう。

——「もしや言葉が通じていないのか？」

こわいよう。
こわいよう。

――「ハロー、ガール」

――「早上好《ズアオシャンハオ》、女孩《ニユイハイ》？」

――「オハヨウ？　ムスメサン？」

――「ボンジュール？」

――「Chào buổi sáng」

……？

――「アー　ユー　OK？」

――「……何がOKなのだ」

――「愚か者か、私は」

――「この部屋の書物から学べる言語にも限界がある」

――「……『奴《やつ》』が別の事に気をとられている今しかないのだが……」

……だあれ？

……まっくろさん？

――「!」

――「気付いてくれたか!」

――「ありがとう、少女よ!」

「……?」

微睡《まどろみ》から、少女が目覚める。

夢の中の世界に目覚めた少女は、そのまま偽物《にせもの》の家の偽物《にせもの》のソファの上でキョロキョロと周囲を見回していたのだが、周囲には誰の姿もない。

庭の方で父と母が話している姿は見えるのだが、他には誰の姿もなく、『まっくろさん』の姿も今は見られなかった。

夢を見たのかと、幼いながらにそう感じた少女は、そのまま不安を消す為《ため》に両親の元へと駆け出そうとしたのだが――

(……おはよう、夢に惑う少女よ)

「?」

ハッキリと聞こえた声が、椿《つばき》の身体《からだ》を引き留める。

(怖がる事はない、私は、君を傷つけないし、怒ったりしない)

見えない何者かの声。

普通ならば幼い少女が恐怖に泣き叫んでもおかしくない状況だが、椿《つばき》は不思議とその声に対して怖《おそ》れを抱かなかった。

最初に『まっくろさん』と相対した時と同じように――彼女は不思議と、その声が自分の味方であると判断したのである。

『まっくろさん』――ペイルライダーの時は、彼女の中に宿る魔術師としての本能が、その英霊を『自分と繋《つな》がった一部』として認識した。

そして今回は、その声そのものから感じる温かさのようなものに対し、椿《つばき》の人間としての本能が『安堵《あんど》できる何か』として相手の存在を受け入れたのだ。

「だあれ？　わたしは、くるおかつばきです」

最初にペイルライダーと会った時と同じように尋ねる椿《つばき》に――中性的な美しい声をした『それ』は、自らの存在について静かに告げた。

（ありがとう、少女よ。私には名前はない。昔はあったのだが、失ってしまった）

「？」

言葉の意味が解《わか》らず首を傾《かし》げる椿《つばき》に、『声の主』は穏やかな調子で己を語る。

（私は……かつて、とある場所で『神』と呼ばれていたものだよ）

（今となっては、ただの残滓《ざんし》……あー、その……『残り物』に過ぎないがね）

幕間

『傭兵は自由の身　I』

結界世界　繰丘邸《くるおかてい》

時は、わずかに遡る。


「ああ……良かった。娘は無事なようだ。静かに寝ているよ」

家の中庭にまで戻った繰丘夕鶴《くるおかゆうかく》が、窓の外から娘の様子を見て淡々と言った。

彼の後ろをついてきたシグマは、どうしたものかと思案する。

アサシンは、あの巨大な三つ首の魔獣の様子を見ると言って別行動を取っていた。

シグマは更なる情報を得る為《ため》に椿《つばき》の父親である夕鶴《ゆうかく》の後を追ったのだが、肝心の椿《つばき》は昼寝をしているようで、明確な情報は無い。

——ならば、踏み込んでみるか。

——椿《つばき》という子の根幹を成しているであろう、繰丘《くるおか》の魔術に。

「貴方《あなた》がたは、どのような魔術を研究しているのですか？」

するると、繰丘夕鶴《くるおかゆうかく》は表情を消して答えた。

「それを、外部の人間に教えるとでも？」

魔術師ならば当然の反応。

時計塔ならば所属学科で方向性は解《わか》るし、権威付けの為《ため》に公表しているケースも多い。だが、それでも具体的な魔術の内容を語る者は少ない。それは魔術世界でない、一般企業や研究者でも同じ事だろう。

だが——シグマは自分の推測を確かめる為《ため》、敢《あ》えてそこに踏み込んだ。

「椿ちゃんの安全を確保する為に、知っておきたいんです」

嘘《うそ》は言わなかった。

シグマの現在の目的はこの結界世界からの脱出だが、ここに飛ばされる前の目的はアサシンに同行して繰丘椿《くるおかつばき》の身の安全を確保する事である。

あの漆黒のサーヴァントがどのような能力を持っているかは解《わか》らないが、仮に嘘《うそ》や敵意を見破る性質の能力を持っていた場合、相手を騙《だま》す事は致命的な事態になりかねない。

何より、これは『ある事』を確かめる為《ため》の質問でもあった。

繰丘夕鶴《くるおかゆうかく》は目が一瞬虚《うつ》ろになったかと思うと、数秒の間を置き、穏やかな笑顔を浮かべながら口を開く。

「なるほど、椿《つばき》の為《ため》ならば仕方ない」

それを確認し、シグマは確信を得た。

――やはり、この世界は、操られている人間の人格も含めて『マスターを護《まも》る為《ため》』に存在している。今の間は、精神支配しているサーヴァントが判断して、繰丘夕鶴《くるおかゆうかく》の精神を誘導するまでの時間だろう。

――そして、恐らくはこちらが嘘《うそ》をつかない限り、その言葉に疑いを持つタイプではない。

――死や病に纏《まつ》わる概念的な存在かもしれないという話だったが……。

シグマはこの世界を生み出したサーヴァントについて考察しながら、魔術的に生み出された疑似人格の礼装などの事を思い出していた。

敵として戦った事も、逆に協力関係を結んでミッションを熟《こな》した事もある。

魔術使いの間でも有名なのは、エルメロイ家の次期党首が用いている女性の形をした水銀の礼装だ。基本的に使い手の命令を熟《こな》す忠実なロボットのようなものだが、自律思考は現在のAIよりも応用が利《き》くケースが多い。

――とはいえ、相手はサーヴァントだ。エルメロイ家の水銀礼装よりも人間に近い思考をすると考えるべきか。

――……魔術師的な思考、ではない事を祈るが。

そんな事を考えるシグマは、己自身が感情のないアンドロイドのような顔をしていた。

だが、それには気付かぬまま夕鶴《ゆうかく》にただ粛々と聞きたい事を尋ねていく。

「貴方《あなた》の家の魔術は何に特化していますか？　その魔術で椿《つばき》嬢にも特殊な処理をしているのか、お答え頂きたい」

「ああ、処理……処理か……そうだな。もちろんしているとも」

あっさりと言い放った父親は、シグマの追及よりも先に自《おの》ずから語り始めた。

「私は……そう、見つけたのだよ、道標を」

洗脳されている状態でありながら、どこか恍惚《こうこつ》とした表情を浮かべる夕鶴《ゆうかく》。

彼は自身の成し遂げた事を誇るかのように、シグマに対し感情の籠もった言葉を並べ立てた。

「まともなやり方では、マキリには勝てない。奴《やつ》らはもはやその血族自体が蟲《むし》の群れのようなものだ……。あの完成された蟲《むし》の使役は美しい……。だが、私が目指したものは使役すべき魔術との共生だ。寄生虫よりも、なお自然な形の……そう、君は、人間がどれだけの細菌を身体《からだ》に宿していると思うかね？　数百種を超える細菌が、人間の細胞と共に一つの知的生命体を形作っている。細菌の数と比較すれば、人間の細胞の数など良《い》い所で半分だ」

マキリという家名には、シグマも聞き覚えがある。

極東にいる魔術師の一族で、元祖となる聖杯戦争を生み出した三家のうちの一つだ。

刻印蟲《こくいんちゅう》などを身体《からだ》の中に埋め込み、内臓などと融合させる事で擬似的な魔術回路を作りあげる効率の良《い》い外法《げほう》だとフランチェスカが言っていた記憶がある。

シグマ個人としては、幼い頃に蟲《むし》ではなく何か別のものを埋め込まれたりした事があるので、それと似たようなものだろうと判断していた。

どちらの手法も、魔術師以外から見れば非人道的という一点で共通していたのだが。

聞き手がそんな過去を思い出している間にも、魔術師は己の人生が積み上げてきた功績をベラベラと語り続けた。

魔術師であるから公言していなかったが、自分の功績を世に示したい欲求は少なからず存在していたのだろう。

「南米の遺跡周辺で採取した微生物を見た時は震えたよ。あそこまで魔術的に人類と適合する細菌がいるとは思わなかった。神代の頃にそれに適応した進化を遂げていた名残なのか、あるいは地球の通常種とは全く違う起源を持つ微生物なのかは解《わか》らないが……一から造り上げる事は無理だが、その細菌に手を加え、我々の魔力に馴染《なじ》ませる事はできた」

どうやら繰丘《くるおか》家は、マキリという一族の魔術と南米で見つけた特殊な微生物を掛け合わせて『細菌の使い魔』とでも言うべき存在を生み出したのかもしれない。

もしかしたら細菌よりも更に微小な濾過性微生物《ウイルス》の可能性もあるが、その差異がもたらす結果についてはシグマの専門外となるので考えから一旦除外する事にした。

「魔術的な処理を加えて生み出した微生物を、椿《つばき》の魔術回路に共生させた。脳にまで侵食したのは誤算だったが、椿《つばき》の魔術回路は一代にして大きな変化を見せたのだ。これが魔術的にどれほど価値のある事か解《わか》るかね!?」

「……確かに」

魔術師達の力の源であり、魔力を流す為《ため》の血管とも言える魔術回路は、通常であれば何代もかけて育て上げていくものである。魔術師が持つ魔術回路の本数は決まっており、眠っていたそれが開く事はあっても、回路の数そのものが増える事はない。

それこそ、後天的に埋め込んだ蟲《むし》を回路の代わりにするマキリのような技を除いて。

だが、繰丘家《くるおかけ》はそれを成し遂げたのだという。

──できるわけがない。

そう考えたシグマの考えを読んだかのように、夕鶴《ゆうかく》が言った。

「ああ、そうとも。魔術回路の本数が増えるわけではない。変えたのは質と流量だ。私が生み出した微生物達は、魔術回路を自動的に目覚めさせ、最も効率良い形で運用するのだよ。自分達の住処《すみか》を快適にする為《ため》にね」

「……」

「その恩恵として、椿《つばき》は同じ本数の魔術回路を持つ者よりも、遙《はる》かに効率良く魔力を身体《からだ》に巡らせる事ができるのだよ。そうして活性化した魔術回路は、将来的に椿《つばき》を良《い》い母体にしてくれる事だろう。子の世代では、魔術回路の本数自体が跳ね上がるかもしれない」

先刻の『父親』として話していた時よりも、大分魔術師らしい喋《しゃべ》り方になった夕鶴《ゆうかく》の言葉を聞いても、シグマの感情は特に動かない。

元より、彼も政府の実験で生み出された魔術使いだ。

子供の頃から命を軽んじられた実験を何度も受けてきているし、人権などというものの概念を知ったのは国が滅びた後の事である。

なので、親の実験体のように扱われている椿《つばき》の身の上を聞いても、シグマは椿《つばき》に同情もしなければ、夕鶴《ゆうかく》に対して怒りを覚える事もなかった。

ただ──感情が湧かぬながらも、彼は考え、更に尋ねる。

「貴方達《あなたたち》の身体《からだ》にも、その細菌が？」

「ああ、試作段階ではあるがね。椿《つばき》に感染させた最新型は、まだ臓器が未発達な乳児段階に入れないと定着しないものだったからね。調整が大変だったよ。意識を失った時は気が気ではなかったが、子孫を残す機能は無事だと聞いて安心を……。ん……いや、椿《つばき》は今は目を醒《さ》ましている……それが一番じゃあないか。子孫などどうでも……そうだ、椿《つばき》こそが完成された……」

次第にブツブツと独り言へと移行していく夕鶴《ゆうかく》の言葉を聞き、彼は自分の過去の行為と今の精神状態の矛盾に混乱しているのだろうと判断した。

この程度の混乱で済んでいるという事は、恐らく本気で自分の子を弄《いじ》る事に対して忌避感がなかったのだろう。

そう思いながら、シグマはふと、自分の両親について思考した。

自分は、両親の顔を見た事はない。

父親は誰なのか明かされなかったし、母親は遠い国で死んだとフランチェスカに聞かされた。

あの時点では少年の身体《からだ》でフランソワと名乗っていたが、何故《なぜ》、出会ったばかりの自分の母親の事を、フランチェスカは既に知っていたのだろうか。

それを尋ねた事はあるが、

――『か、勘違いしないでよね！　君の出自に興味があったからであって、君自身に興味があるわけじゃないんだから！　……とか言えば喜んでくれる？　何も感じない？　あっ、そう。じゃあこの話はおしまい！』

と、わけのわからない答えを返されるだけだった。

両親の顔を知らぬシグマは、両親に育てられている椿《つばき》を前にどう振る舞えば良いのか解《わか》らずにいたが、今の夕鶴《ゆうかく》の会話を聞き、一つ理解した事がある。

実の親だろうと、自分を育てたような政府組織であろうと、その基準だけでは幸福というものに差などないのではないかと。

もちろん割合の差はあるだろうが、魔術師というものは、そもそもからして人間らしい情などとは縁遠い存在だ。

自分が椿《つばき》の立場であったらどうかと考えた時、自由になる事も消え去る事も、与えられた指示を熟《こな》す事すらできぬまま、延々と眠り続けて魔術回路を形成する為《ため》の『工場』として扱われる事を良しとするであろうか。

少し考え、『大して差はない気がする』という曖昧模糊《もこ》な結論に至った。

そういう意味では、繰丘椿《くるおかつばき》という存在は、自分と似ているのかもしれない。

シグマはそう考えた。

彼女は自分が求める『安眠』を、この偽りの世界で得たのだろうと。

サーヴァントを撃ち倒す事は、その安寧を崩すという事だ。

──なら、俺はどうすべきなんだろうな。

この件に、上からのオーダーは無い。この世界から脱出しない限り、届く事もないだろう。

偽りの聖杯戦争が始まる直前に、フランチェスカが言っていた事を思い出す。

──『英雄を呼び出したら、後は好きにすればいいよ』

──好きに動く、か。

フランチェスカやファルデウス達との繋《つな》がりが断たれ、自分で考えて動くしかない状況の中、シグマは自分の手を見ながら真剣に考え始めた。

今の彼には、考える事以外何もできる事はなかったのだから。

──俺は、何をするべきなんだ？

シグマがそんな自問自答をしていた頃、アサシンは宝具の一つを発動させる。

「暗獄に沈め……『瞑想神経《ザバーニーヤ》』──」

自らを世界の影であるかのように周囲の空間と同調させ、周りの魔力や風の流れなどを察知する感知型の宝具。

彼女はその流れを持って、あの巨大な犬を使役していると思《おぼ》しき『巨大な黒い影』の位置か、あるいはこの世界に関わりを持つであろう吸血種の気配を探ろうとした。

「……？」

だが、彼女が見つけたものは、別の魔力の流れだった。

それは、街全体の魔力の均衡を崩すかのような、奇妙な流れを生み出している。

宝具を用いなければ気付く事はできなかったであろう、ほんの僅かな流れだ。

──これは……魔力が漏れ出ている？

──いや、逆か？　それとも……。

まるでこの世界全体が、その一点を通気口として魔力を呼吸しているかのような流れ。

彼女は暫《しば》し考えた後、巨大な三つ首の犬を追うか迷った結果、魔力の揺らぎの方を追う事にした。

その流れの行き着く先が、あまりにも象徴的であり、あるいはこの世界を脱出するヒントになるのではないかと考えたからだ。

彼女は向かう。

均衡の取れているこの世界の中で、奇妙な魔力の流れが生じた場所——

すなわち、クリスタル・ヒルの最上部へと。

十九章

『夢も現も幻なれば　Ⅱ』

アヤカ・サジョウ

彼女は、何故《なぜ》『偽りの聖杯戦争』の開催に合わせ、この街へと訪れたのか。

それは――彼女自身にも良く解っていない。

自分が住んでいた冬木《ふゆき》の街を彷徨《さまよ》っている内に迷い込んだ、森の奥の城のような建造物。

そこで、白い髪の美しい女に捕まり、何かをされた。

今にして思えば、恐らくは精神支配的な魔術という奴《やつ》なのだろうとは思うが、魔術的知識に乏しいアヤカにとって正確な所は解《わか》らない。

だが、気付けば『アメリカでの聖杯戦争に参加しろ』という指示だけを受け、アメリカ行きの船に乗せられていた。

何故《なぜ》船だったのかは良く解《わか》らないが、自分がパスポートも持っていない事を考えると、十中八九密入国だろう。

事実、船内で偽《にせ》のパスポートとビザは渡されたが、まともに税関を通る事はなかった。

船の中での記憶も曖昧で、気が付いたら英語が喋《しゃべ》れるようになっていたというのも、恐らくは何か魔術が関係しているのだろう。

そんな状態の中でアメリカ西海岸に投げ出されたアヤカは、与えられたなけなしの金銭を元にスノーフィールドへと向かわされる事となった。

『お前の中に焼き付けられた、赤ずきんとやらを消してやる』という言葉。

そんな曖昧なものに希望を見出《みいだ》してこんな場所まで来てしまったのも、あるいは暗示の一種だったのだろうか。

あるいは、『逃げれば呪いがお前の命を喰《く》らい尽くす』という、呪詛《じゅそ》としてはシンプル過ぎる脅しに怯《おび》えただけの話かもしれないが。

——アヤカ。

——私は、サジョウ……アヤカ。

英語だとアヤカ・サジョウかと思い直しながら、何度も『アヤカ』と繰り返す。

——大学に通いながら……蟬菜《せみな》マンションで……。

——大学……？

——、、、どこの？

記憶がおぼろげになっていく。

生まれてからこれまでの記憶の何もかもが、深い霧の中に沈み込んでいくかのような錯覚に囚《とら》われる。

いや、錯覚ではない。

実際に、彼女の記憶は少しずつ曖昧になりつつあった。

——アヤカ。

——サジョウ……アヤカ……。

——私は、アヤカだ。

自分というものが月前の星のように薄らぎつつある彼女にとって——

その名前こそが、自分を保ち続ける為《ため》の合い言葉だったのだから。

×　　×

現在　結界内の街

風が迫る。

風が迫る。

アヤカの中で揺らめく霧のように曖昧な記憶を、その命ごと吹き散らさんとする死の風が。

「あ……」

反応する事はできなかった。

家屋よりも巨大な犬が、ショベルカーのアームのような爪を高速で薙《な》ぎ、路上に激しい突風を巻き起こす。


三つ首の巨獣——ケルベロスが警官隊を襲い始めてから、どれほどの時間が経《た》ったろうか。

僅か数分程度の気もするし、もう30分以上経《た》っているような気もしていた。

アヤカはセイバーの指示で手近なビルの中に避難していたが、巨獣の攻撃の余波により、そのビルの内部が崩れ始める。

そして、慌てて外に退避した瞬間、それを狙っていたかのように、ケルベロスがアヤカの前に立ち塞がっていたのだ。


一つ一つが研ぎ澄まされた大剣を思わせる、ケルベロスの爪。

それが触れれば、自分は死ぬ。

アヤカがそんな事を実感した時には、既に爪は数メートル先まで迫っていた。

今からどう動いても、避ける事は叶《かな》わない。

——あれ。

――私、今、何を……。

自分の名前がサジョウ・アヤカであると頭の中に浮かび上がっていたのは――あるいは、自分という存在が消え去る事を察した脳髄が見せた走馬灯《そうまとう》のようなものだったのだろうか。

記憶が曖昧になっている今、走馬灯《そうまとう》の代わりとして浮かんだのは、自分の名前だけだった。

「……」

身体《からだ》が強《こわ》ばる。

だが、そんな彼女の前に――

過去の記憶ではなく、まごう事なき『今』が現れ、迫る絶望を斬り払った。

衝撃音が走り、大剣の如《ごと》き爪が途中から折れて宙を舞う。

「セイバー！」

「大丈夫か、アヤカ」

セイバーが手にしていたのは、ハルバードに似た一振りの武具だ。

見るからに通常とは違う輝きを放っているそれは、素人《しろうと》のアヤカから見てもただの武器ではないという事を窺《うかが》わせた。

しかし、セイバーが元から持っていた剣ではない。

そもそもセイバーの装飾剣は警察に没収され、洋館で手に入れた装飾剣も金色のサーヴァントとの戦いで失われてしまっていた。

「あ……俺の⁉」

叫んだのは、少し離れた所にいたショートアフロヘアの男性警官だった。

己の手とセイバーの構えていた武器を交互に見て目を丸くしており、どうやらセイバーがその警官から武器をくすね取ったのらしいとアヤカは理解する。

「悪い！　借り受けた！　緊急事態ということで、見逃してくれると嬉《うれ》しい！」

セイバーはそう言って、武器を軽く放って警官へと返した。

慌ててそれを受け取った警官は、ジロリと一瞬セイバーを睨《にら》み付《つ》ける。

だが、続いて無事な様子のアヤカを見て、それ以上は何も言わずに己の武器を構え直した。

「今回だけだ。次は窃盗で逮捕する」

「それは怖いな！　縛り首は御免被《こうむ》る！」

笑いながらセイバーは、足元に転がった魔獣の爪を手に取った。

「え？　何を……」

アヤカが言うが早いか——セイバーは無造作に摑《つか》み取《と》ったその爪の先端を握り込むと、野球のバットのように構えて振り払う。

「『永遠に遠き《エクス》——勝利の剣《カリバー》』……ッ！」

拾い上げた魔獣の爪は、その瞬間輝きを増し、光の帯を撃ち放った。

光の斬撃は街の大通りを切り裂きながら、交差点に陣取る魔獣自身へと突き進む。

その斬撃は魔獣の脇腹に突き刺さり、黒い血液を撒《ま》き散《ち》らしながらその巨体をぐらつかせた。

「やったか⁉」

「……いえ、さして効いていないようです」

ジョンの言葉に、ヴェラが冷静に答える。

大きさだけではない。

その頑強さも、爪の鋭さも、身に纏《まと》う死の気配の色濃さも、何もかもが病院前で見かけた時と段違いの高みに引き上げられている。

まるで、この世界こそがこの魔獣の本来のホームグラウンドであると、その身に纏《まと》う力を持って証明しているかのようだった。

周囲の警官達やアヤカは、そのままセイバーが追撃をするものかと予測していたのだが、彼は巨獣の爪を握ったままそれを大地に立て、朗々とした声で巨獣へと問い掛ける。

「底なしの穴の守護者たる番犬よ！　知恵があるなら聞け！　そして我が問いに答えよ！」

「え？」

「……!?」

アヤカが呆けたような声をあげ、ヴェラやジョンをはじめとする警官達も、目を丸くしてセイバーの方《ほう》に顔を向けた。

セイバーはそんな周囲の様子にも構わず、戦場で相対した敵将と名乗りあう武将であるかのような勢いで声を張る。

「我らは冥界に背を向け裁きと安寧に抗《あらが》う魂にあらず！　我らは正道の中においてやがて死へと向かう道を歩む生者である！　英霊の身である我が身を死から逃れる魂と判別するならそれも良《い》いだろう！　だが、他の者達はまごうことなき生者なり！　冥府の王に忠誠を誓いし徒《ともがら》であるならば、その義を正しく果たす事を願うが、如何《いかが》か！」

あまりにも、堂々とした姿だった。

困惑していたアヤカですら、瞬時にその演説に取り込まれそうになる。

それほどまでに堂々とした立ち居振る舞いであり、一人の少女を殺すか殺さぬかと話していた時や、アヤカを護《まも》ると誓った時とはまた違う顔を見せている。

強いていうならば、パトカーの上で演説した時と似ているが、この危機的状況で、しかも言葉が通じるかも分からぬ巨獣そのものを相手に演説するという異常な振る舞いだ。

しかし、セイバーのあまりにも凛《りん》とした振る舞いに、アヤカや警官隊達《たち》は『それこそが唯一の正解である』との錯覚に囚《とら》われかけてしまう。

「――――」

当のケルベロスは、訝《いぶか》しむようにセイバーを凝視し、ゆっくりと顔を近づけた。

「おい、攻撃を止《や》めたぞ」

「まさか、本当に言葉が通じてるのか……？」

ジョン達が囁《ささや》き合いながら様子を眺めていると、ケルベロスはその三つの顔をセイバーに近づけ、スンスンと匂いを嗅ぎ始める。

牛すらもひと呑《の》みにしそうな巨大な顎《あぎと》に三方から迫られながらも、セイバーは身じろぎ一つせずにその場に立ち続けた。

やがて、ケルベロスは三つ首を蠢《うごめ》かせ、それぞれの首が互いに視線を交わしあったかと思うと――次の瞬間、その巨体を大きく仰《の》け反《ぞ》らせ、三つの頭を天に向けて同時に遠吠《とおぼ》えを響き渡らせる。

「Grrrrrrooooooooooaaaaaa……」

炎を吐いているかのような熱量を感じさせる咆吼《ほうこう》の三重奏。

アヤカは思わずたじろぐが、不思議と『この場から逃げ出そう』とは思わなかった。

もしかしたら、彼女は本能的に感じていたのかもしれない。

この結界世界の中で一番安全な場所が、最も『戦力』の集まっているこの交差点であるという事を。

だが、不安自体が拭われるわけではない。

それどころか、直後に目の前に浮かび上がった光景を見て、純粋なる恐怖に呑《の》み込《こ》まれかける事となった。

咆吼《ほうこう》が響き、周囲の空間が震え出す。

すると、その振動に合わせるかのように、街の各所にある『影』が蠢《うごめ》き始めた。

日の差さぬ路地裏、駐車してある車の下、マンホールの下に広がる地下空間。

あらゆる場所から黒い靄《もや》のようなものが湧き上がり、交差点の周囲に無数の塊として実体を持ち始めた。

やがてそれらは数箇所に纏《まと》まり、それぞれが既に鎮座しているケルベロスと同じ存在として顕現したではないか。

「これは……」

ジョンが冷や汗を掻《か》きながら周囲を見渡す。

先刻までは一頭だった三つ首の巨獣が無数に増殖してビルの上や道の前後に鎮座し、警官隊やリチャード達《たち》を完全に取り囲む形となった。

つい数分前まで静かだった街が、瞬時にして死の気配に包み込まれる。

巨獣の群れは暴れるでもなく、ただ、深い暗闇を湛《たた》えた瞳で静かにこちらを見つめていた。

更に、その群れの足元に生まれた『影』が更に蠢《うごめ》き、新たな黒い靄《もや》となって周囲を蝿《はえ》の群れのように覆い尽くす。


「……」　「z……」　「r……」　「……z……あ」　「……ぉ」

「……」　「……」　「……──」　「z」「……g……」　「……」


羽音のようなノイズが、交差点に響き渡った。

黒い靄《もや》は音と合わせて蝿《はえ》の群れであるかのような印象を皆に与え、より色濃い死の空気を世界の中に浮かび上がらせる。

次の瞬間──

ノイズが、意味を持った『声』となって、囲い込まれた者達の鼓膜を打ち震わせた。

【生者】【生者デ　アッタ　者達】　　【告】　　【汝《なんじ》ラノ身ニ】【生ハ在ラズ】

そして。

『影』は街の中に広がり始める。

この世界の真実の姿を明かすかのように。

あるいは、『誰か』に対して、世界の真実を覆い隠すかのように。

× ×

「ああ、いいね。いい感じに混ざり始めたよ……」

セイバー達のいる交差点から少し離れたビルの屋上からその様子を見ていた人影——少年の姿に変身していたジェスター・カルトゥーレは、変わりゆく街を見て恍惚《こうこつ》とした表情で呟《つぶや》いた。

「まさか地獄の番犬だなんて、本当に良い拾《い》い物をしたね、椿《つばき》ちゃんのライダーは」

子供らしい口調で、無垢《むく》とは言いがたい歪《ゆが》んだ笑みを浮かべながらジェスターは街の様子に己の感覚を巡らせる。

「……ふうん、そっちに行くんだ、アサシンのお姉ちゃん」

背中越しに感じるアサシンの魔力が、街の中心部にあるビルへと向かっていくのを感じ取りながら、ジェスターは不気味に口角を歪《ゆが》ませ、その口元から鋭い犬歯を覗《のぞ》かせた。

「まだ、希望を捨ててないんだねぇ」

「じゃあ、もう一押し、してこようかな」

×　×

結界内の街《まち》　繰丘邸《くるおかてい》

「だあれ？　どこにいるの？」

椿《つばき》の声に答えるように、家の何処《どこ》かから、椿《つばき》の耳に中性的な声が響く。

（ふふふ、探して御覧、お嬢ちゃん）

その声に誘われるように、椿《つばき》はトテトテと歩きながら家の中を歩き始めた。

（というか、見つけて貰《もら》わないと困るのだ）

「？」

（現世で何が起こっている？　世界に滅び溶けた筈《はず》の我が意識が浮かび上がるとは、尋常な事ではないぞ。政《せい》は……流石《さすが》に黄泉《よみ》か仙郷だろうが、私を知る者はもはや誰もおらぬか）

声は、椿《つばき》に話しかけているというより、独り言のように現状の分析めいた言葉を並べ立てる。

（いや……神代の如《ごと》き気配を複数感じる……。空にありしは……ああ、我が祖にして他者にして係累たる『番人』の化身か。いま一つは西方の神か？　自然神……いや、その分け身……？　遙《はる》か西から途轍《とてつ》もない量の水の気配も迫っているが、全ては偶然か、それとも必然なのか？）

「？　？」

（私を試すつもりか？　いいだろう人理に塗《まみ》れし世界よ。不完全でありながら金甌無欠《きんおうむけつ》たる人の世よ、その挑戦、受けて立つ！　焦《あせ》るな私、負けるな私！　遍《あまね》く森羅《しんら》よ万象《ばんしょう》よ、川のせせらぎのように優雅たれ風雅たれ……）

「？？？　ええと……わかりません、ごめんなさい」

言葉の意味が解《わか》らずに首を傾《かし》げる椿《つばき》に、『声』は困ったように沈黙した後、言葉を続けた。

（おっと、すまない。……。……こまっているから、お手伝いしてくれるかな？）

「お手伝い？」

（かくれんぼをしよう！　私を見つけたら、君の勝ちだよ？）

「かくれんぼ！」

（そうれ、いち、にい、さん、しい……もういいよ。私をみつけたら、あまぁいあまぁい水飴《みずあめ》をあげよう、ね？）

「！　……うん！」

普通に考えれば、怪しさしかない誘拐犯の如《ごと》き言葉。

いかに世間知らずな椿《つばき》と言えども、通常であれば怯《おび》えて親を呼びに行く筈《はず》なのだが、何故《なぜ》か彼女はその『声』に従った。

相変わらず、椿《つばき》はその声を『味方』であると確信している。

それはとても優しい、自分を包み込むような声をしていたのだから。

まるで、彼女がこれまでに望み続けていた両親の声であるかのような。

椿《つばき》は導かれるように家の中を歩き回り、一つの壁の前に立つ。

「？　こっちの方から聞こえるのに……」

声の主の『気配』を、声がそちらから聞こえるという形で認識《錯覚》している椿《つばき》は、そこで困惑したように立ち止まるのだが――

（ああ、大丈夫だ……壁にお願いしてごらん。通して下さい、って）

「え？　んーと……」

（大丈夫だよ、お父さんとお母さんは魔術が使えるんだろう？　君だって使えるさ）

「！　うん！」

椿《つばき》は力強く頷《うなず》くと、『壁』に向かって願いを捧《ささ》げる。

「えっと……おねがいします、ひらけゴマ！」

この数日の間に読んだ遠い国のむかしばなしに出て来た言葉を呟《つぶや》く。

すると、椿《つばき》は身体《からだ》の中が温かくなるのを感じ取った。

背中を走る、昔、父と母が『じっけん』だと言いながら何かをした時に激しい痛みが走った場所。椿《つばき》は一瞬ビクリとしたが、痛みが走る事はなく、ただ柔らかい日差しのような温かさが身体《からだ》を静かに駆け巡る。

それが魔術回路の反応だと本人は気付かぬまま、椿《つばき》の身体《からだ》から滑らかに魔力が滑り出し、壁の中へと吸い込まれていった。

次の瞬間、壁がまるで生き物のように蠢《うごめ》きながら口を広げ、地下に向かう階段を家の中に浮かび上がらせる。

「わあ……」

不思議な光景を前に、椿《つばき》は目を耀《かがや》かせる。

(さあ、私を見つけられるかな、お姫様)

椿《つばき》は再びその声に導かれ、ゆっくりと階段を降りていった。

そして、同じようにして自動的に解除されていった、いくつかの結界を越えた先にあったものは――多くの書物や魔術礼装、様々な実験器具に彩《いろど》られた魔術師の工房。

「あ……」

ビクリ、と椿《つばき》は身体《からだ》を震わせる。

――いや。

この場所には、覚えがある。

――ここ、は。

いつもこの部屋の奥の中で、『おてつだい』をしていた。

――だめ、だめ。

父と母が言う『じっけん』という『おてつだい』を。

痛みの記憶が、再び彼女の脳に走りかける。

「ひッ……」

――がまんしないと、だめ。

――いいこにしないと、がまんしないと……。

――おとうさんもおかあさんも、わらってくれない。


それは、揺り戻しのようなものだった。

ここ数日の間に体験した、幼いながらに夢見続けた『幸せな時間』。

その幸福な経験があったからこそ忘れる事ができていた苦痛が、幼い少女の心の中に蘇《よみがえ》る。

決壊したダムのように負の記憶と感情が溢《あふ》れ出し、目に涙を湛《たた》えかけた椿《つばき》だが――

「やあ」

声が。

過去のトラウマに呑《の》み込《こ》まれかけた部屋の中に、その声は響き渡った。

ただの一言。

しかし、それだけで椿《つばき》の心から溢《あふ》れる恐怖が霧散した。

つい先刻までは、椿《つばき》の頭の中にだけ響いていた声。

だが、今は違う。

その透き通った声は、ハッキリと部屋の中の空気を震わせていた。

「見つかってしまったね、ほうら、水飴《みずあめ》をあげよう」

そう言って椿《つばき》に差し出された嫋《たお》やかな手の中には、二枚貝の中に入れられた蜜のようなものがある。

その手の主は——美しい存在だった。

女性とも男性ともつかない中性的な外観。

仮に椿《つばき》がエルキドゥを目にしていたとしたら、似たような印象を抱いていたかもしれない。

だが、こちらの存在は質素な服装のエルキドゥとは違い、独特な化粧や艶《あで》やかな赤色の服装からなる豪奢《ごうしゃ》な雰囲気を身に纏《まと》っており、椿《つばき》はひと目見た瞬間、それがどこかの国の王様か女王様ではないかと考えた。

「えと、ええと……えらいひとですか？」

余りに場違いである煌《きら》びやかな存在を前に思わずそう尋ねる椿《つばき》。

そんな言葉を聞き、麗人は答えた。

「惜しいね。私が偉かったのは昔の話で、人でもない。いや、偉いだの偉くないだのという価値観からも無縁の場所にいたんだが……」

「？」

「ああ、また難しい話をしてしまった。すまない。人間と話すのは二千と数百年ぶりでね。いや、私は残響のようなものだから正確には違うのだが。……。ああ、また通じぬであろう難しい事を言った！　こんな事だから我は人と相容《あいい》れる事なく、しまいには夢からも水からも追われ干上がるのだ……！」

芝居がかった仕草で、部屋の隅でヨヨヨと泣き崩れる麗人。

「あ、あの、だいじょうぶ、ですか？」

自分が怯《おび》えていた事も忘れて麗人に駆け寄り、背中をさする椿《つばき》。

「ありがとう、人の子よ。君は優しいのだな」

落ち着きを取り戻した麗人は、静かにその呼吸を整えながら、椿《つばき》に対して言った。

「ああ、だが、そう気遣う事はない。私が君と話せるのは、ほんの少しの間だけだ。だからこそ、自分がなんの為《ため》にここに来たのかを知っておきたかっただけだ。とはいえ、私が縁を結べるのはこの世界の主である君だけなのだが……」

「せかいの、あるじ？」

「おとぎばなしの主人公……の、ようなものだよ。……ああ、ダメか。『死』の塊が活性化しているな……」

苦悶《くもん》の表情を浮かべる麗人を心配そうに眺めつつ、相手の背中をさすり続ける椿《つばき》。

そんな童女に、麗人は無理矢理笑顔を浮かべながら、部屋の一部を指差した。

「大丈夫、君が、あれを持っていてくれればいい」

その指の先にあったものを見て、椿《つばき》は首を傾《かし》げる。

椿《つばき》には、それが何をするものか良く解《わか》らなかった。

絵本の中に出てくる、弓というものに良く似ている気がする。

だが、もっと複雑な形をしており、『赤ずきん』の絵本の中に出て来た、最後に狼《おおかみ》を倒す狩人《かりゅうど》が同じようなものを持っていた気もする。

「それはね、『神墜とし《いしゅみ》の弩』と呼ばれているものだよ。昔の偉い王様……いや、王様の中の王様、『皇帝』だなんて初めて名乗った、物好きな人間が持っていた怖い怖い武器だ」

「ぶき。……これで、わるものをやっつけたの？」

「やっつけられたのは私なんだが……。当時の人間の価値観でいえばそうなる」

目を耀《かがや》かせる椿《つばき》から顔を逸《そ》らして気まずそうに答えた麗人は、誤魔化すように話を続けた。

「まあ、それはいい。君がそれを持っていてくれ。常に側にあれば、消えるまでの僅かな間、私は君に力を貸す事ができる。私はただ、何が起こっているのか知りたいだけなんだ。外まで運んでくれれば、御礼《おれい》に君のお願いを叶《かな》えてあげよう」

「……うん！」

言葉の意味を全て理解したわけではないが、椿《つばき》からすれば、『家族のような安心感を覚える不思議な人が、願い事を叶《かな》えてくれる』と言っているようなものだと理解する。

頭の中にシンデレラの絵本などを思い浮かべながら、椿《つばき》は無邪気にその弩弓《どきゅう》を持ち上げようとしたのだが――その見た目以上の重さによろめいて、そのまま尻餅をついてしまう。

「おお、危ない危ない！　怪我《けが》はなかったかい⁉」

「……うん」

少し辛《つら》そうに言う椿《つばき》。

そのままなんとか立ち上がろうとするが、同年代の中でも身体《からだ》が小さい椿《つばき》にとって、弩弓《どきゅう》は引《ひ》き摺《ず》って運ぶのが精一杯のようだった。

「持ち歩くのは無理か……？　くッ……人間の非力さを計算していなかったな……政《せい》の奴《やつ》め、私を討つ為《ため》に礼装だの装飾だの盛り過ぎだろう！　過剰戦力だぞ全く！　長城といい造りかけの阿房宮《あぼうきゅう》といい、なんでも大きく派手にすればいいと思っていないか？　あいつ……」

どこかの誰かに対する非難の声を上げた麗人は、ふと思いついたように言う。

「待てよ。この世界では君が『主』なのだから……君が軽いと信じれば、軽々と持ち上がる筈《はず》だが……いやしかし、この子はまだこれが夢と認識をしていないのか……？」

言葉の後半は椿《つばき》の耳に届かぬよう、麗人は小声で呟《つぶや》くに留《とど》めた。

「そうだな、誰か、手伝ってくれる人を呼んでもいい。君のお父さんでもお母さんでもいいぞ。頼めば、きっと手伝ってくれるだろうからな」

「そうかな……」

「ほら、誰か来たぞ。早速その人に頼んでみるといい」

階段の方から足音が響いたのを聞きつけ、麗人がそんな事を提案する。

「うん……あッ」

父か母だと思った椿《つばき》は、ここ数日とても優しい二人に頼んでみようと思ったのだが――階段から現れたのは、父でも母でもなかった。

「こんな所にいたのか。……ここは、君の家の工房か……？」

黒尽くめの格好をした傭兵《ようへい》ことシグマは、まずは椿《つばき》を目に留《と》め――

「……！　何者だ？」

その後ろにいた麗人に気付いて身構えるが、その見事な赤い装束を見た後、相手に敵意がない事を確認しながら訝《いぶか》しげに呟《つぶや》いた。

「宗教裁判……？」

×　　　　×

結界内の街　クリスタル・ヒル　最上階

「あ、もしもし教授！　俺ですオレ、俺オレ！」

『フラットか⁉　この反応は……なんだ、一体どこから電話している⁉』

即席の『祭壇』の上に置かれた、一台の携帯電話。

スピーカーモードになったその機体から響くのは、安堵《あんど》と困惑が入り交じった男の声だ。

「あ、先生！　連絡が遅くなってすみませんでした、ええと、なんだろう、まるで夢の中にいるような感じっていうか……」

『……何？　まさかお前、本当に寝過ごして連絡を怠っていたのか⁉』

「わわ、何の話ですか⁉　違いますよ！　そういう意味じゃなくって、ええと、結界、そう、結界の中なんです！　ウェールズの墓地で、先生とグレイちゃん達《たち》が閉じ込められた『過去の再演』に近いっていうか、あれの『現在の再演』バージョンっていうか……」

『……？　待て、ちょっと待て！　落ち着いて最初から状況を説明しろ』

生徒を叱る普段の声色に戻った男——ロード・エルメロイⅡ世の声を聞き、フラットは愉《たの》しげに笑う。

彼は知っていたからだ。

この状況だろうと、いや、こうした状況だからこそ、最高の状態でエルメロイ教室の『講義』を受ける事ができるのだと。

そして、講義の先には必ず現状に対する打開策があると信じているからだ。

もっとも、その策を成功させられるかどうかはフラット次第という事になるのだが。

話を全て聞いた後、時計塔のロードから発せられたのは、不可解な単語だった。

『冥界……だな』

エルメロイⅡ世の言葉に、フラットは首を傾《かし》げる。

「ちょ、ちょっと待って下さい先生、それって、俺達もう死んじゃってるって事ですか⁉」

『よし、フラットは少し黙れ。そして……貴方《あなた》がたは、脱出する事に関しては協力態勢をとって頂けるという事でいいのかな。監督役殿』

「ああ。陣営同士の争いには干渉しないがね。それに、貴方《あなた》には聖堂教会側もいくつか借りがある。腐れ縁のシスター・イルミアを救って頂いたこともあり、更には――――」

『いや、個人としての貸し借りの話をするならば、私もカラボー殿に助けられた。だが、それを組織としての話にすり替えるのはお互いに決まりが悪い。純粋に今回の件は、私の生徒に対する監督役としての立場から手助けをしてくれるのなら充分だ。危険に身を晒《さら》してくれなどと言うつもりはない』

その言葉を聞き、ハンザは苦笑しながら首を振った。

「フラット、君の師は噂《うわさ》通り、魔術師とは程遠い性質をしているな。よくもまあ、これであの時計塔という伏魔殿で生きながらえているものだ」

『……幸運と縁に恵まれただけだ。自分の能力不足など、言われなくとも解《わか》っている』

「失礼、侮辱したわけではない。賞賛したんだ。貴方《あなた》がそういう性質だからこそ、私の同僚や先達も君に手を貸したのだろう。君がいくら否定しようと、借りは借りだ。俺個人で返せる分は返す。仮に貴方《あなた》が吸血種になっても、悪事を働かないなら見ないフリぐらいはするとしよう」

『……君も、聖堂教会の神父としては些《いささ》か逸脱しているようだ。無論、私には吸血種となる予定も実力もないがね』

呆《あき》れたように言った後、Ⅱ世は改めて説明を再開した。

『冥府と言ったのは、もちろん本当に君達が死んだというわけではない。その結界内の性質という話だ』

「どういう事ですか？　別に地獄っぽいとか天国っぽいとか、そんな感じはないですけど」

『フラット、お前が授業を聞いてなかったのはよく分かった。その一般人じみた固定観念はさっさと捨てろ。推測が混じるという前提付きだが、恐らくその場所は、繰丘椿《くるおかつばき》という少女の魔術回路と精神を起点としているものだろう。神父殿が遠目に見たという魔獣……いや神獣か？　かのケルベロスがその世界で活性化していたというのなら、恐らくそこは冥界の【相】を持っている』

「照応、みたいな話ですか？」

『さっきフラットが「夢の中のようだ」と表現したのは的を射ている。魔術的な意味合いで夢を死後の世界と捉えるケースもある。繰丘椿《くるおかつばき》という昏睡《こんすい》状態の少女の夢を触媒として、そのサーヴァントは擬似的な冥府を造り上げた……。無論他の説も考えられるが、フラット達の話と私が独自に仕入れた情報を組み合わせると、その可能性は高いといって良いだろう』

するとそれまで黙っていたハンザが問い掛ける。

「ふむ……私の立場から『死後の世界』の多様性については語れないが、つまり……実在の街を鏡映しにした冥界だと？」

『現実と相似する冥界はいくらでもある。というより、ファラオや皇帝といったものの墳墓は、それ自体がひとつの都市を冥界に持ち込むための儀式だ。死後、まったく同じような場所でまったく同じような生活をしている先祖を見た……なんて記述だって、世界には無数にある。そして、生者が暮らしていた場とまったく同一の世界を形作ったという事は、その結界世界を造り出したのは、サーヴァントとしてもかなりシステマチックな存在と考える。くわえて、ケルベロスを世界の内に取り入れたという事は、現在をもって進化し続けているのかもしれない』

「進化する？　どういう事ですか？　先生」

『その英霊は、恐らくは【死】という概念そのものだ。冥界の具現化。ハデスやヘラ、ネルガル、エレシュキガルのような冥界神そのもの……いや、流石《さすが》にそこまでの霊基を呼び込む事は無い……筈《はず》だが。それに、冥界の管理者たる存在ならば、その結界世界は各々《おのおの》の冥界に寄り添った形を取る筈《はず》だ。恐らくは、冥界というより……死という概念そのものに近い何かだろう』

Ⅱ世はそう告げると、まるで最初から黒板に描かれた結論を読み上げるかのように、流暢《りゅうちょう》な調子で自分が目にしていない結界世界を解体していく。

『恐らくそのサーヴァントの人格は、召喚された時点からマスターである繰丘椿《くるおかつばき》の反応に対処する形で学習を続けたのだろう。喚《よ》ばれる度に全く違う存在となる可能性もあるが、境界《ゴースト》記録帯《ライナー》を召喚するような状況自体が稀有《けう》な以上、比較のしようはないな。だが、君達が新たな異物として世界に入り込んでいる以上、別種の学習をする可能性がある』

「でも先生、どうして俺達は洗脳されないんでしょう？」

フラットが疑問を挟む。

このビルに来るまでの間、街中で洗脳されているような様子の人影とすれ違う事もあった。

警戒してフラットもハンザ達《たち》も防御策を用意したが、こちらに洗脳の術式を向ける様子は未《いま》だにない。

『何か差があるはずだ。洗脳の方法など無数にありすぎて推測のしようもないが、何故《なぜ》そうしないかという観点なら推測は絞れる』

「はい！　ホワイダニットですね！　先生の決まり文句の！」

「ほう、『何故そうしたか《ホワイダニット》』という奴《やつ》か。確かに『誰がやったか《フーダニット》』はもう解《わか》りきっているし、魔術がある以上『どのようにしてやったか《ハウダニット》』も意味はない。しかし、それが決まり文句とは、魔術師というより探偵のようだな」

ハンザの言葉に一瞬口ごもりながら、Ⅱ世は咳払《せきばら》いをしてから言葉を続けた。

『よしてくれ。過去に得た知識を使って分析しているだけだ。探偵のような洞察力と閃《ひらめ》きがあれば私の人生も多少は変わっている。……ともあれ、君達が洗脳されていない理由は、その世界に取り込んだ理由にあるように思える』

Ⅱ世がその後指摘したのは、『街の外に出た人間達が、奇妙な言動と共に街に戻ってくる』という現象や、動物達《たち》に広まった奇病についてなどだ。

フリューという知人の魔術師から得た情報によれば、個人差はあるが、人間にも動物達《たち》にも、何か内出血のような病変が浮かんでいる例が見られたという。

その情報から、Ⅱ世は『病のような呪詛《じゅそ》に感染する事で、精神だけがこちらの世界に引き込まれて再構築されている者と、肉体ごと無理矢理結界内に引きずり込まれた者で区別されている』と推測した。

『後者は、敵として扱った結果という可能性が大きいな。前者も敵対的行動に見えるが……肉体的な損傷もなく、操った者を聖杯戦争に利用している様子もない。恐らく、手段が異常なだけで敵意はない可能性が高い』

「ああ、時計塔の人達にもけっこういますよね。そういう良かれと思ってやってるのに周りから見たら大迷惑っていうの」

『貴様がそれを言うかと怒鳴りつけたい所だが、今はやめておこう。とにかく、その世界から出る方法はいくつか考えられるが……魔力が尽きるのを待つ、というのは現実的ではないな。状況から察するに、サーヴァントとマスターを倒すのが一番の近道だろう。が、マスターである少女の保護という形で警察と同盟を結んでいる以上、マスターに危害を加える手段は無しだ』

——同盟など無くとも、何だかんだ理由をつけてその方法は排除したのではないか？

ジャックとハンザはⅡ世の言葉を聞いてそう考えたが、指摘してもはぐらかされるだけだろうと思い、肩を竦《すく》めながら黙って話に聞き入った。もっとも、シスターの半分は『なんでマスターを排除しないいんだろう？』とⅡ世より遙《はる》かに合理的な思考で首を傾《かし》げていたのだが。

『マスターを害さず、椿《つばき》という少女と交渉をする事で自《おの》ずから外への道を開かせる……という手もあるが、自分がマスターであるという認識があるのかどうかが問題だな。暗示などで強制すれば、サーヴァントが敵対行動と受け取って今よりも能動的に君達を排除する可能性もある』

「サーヴァントの方と交渉するっていうのは？」

『言っただろう、明確な人格があるというより、システムに近い存在の可能性が大きい。どのような存在であるか、その結果を確認する前に接触するのは避けた方がいい。もちろん、戦う場合に関してもだ。サーヴァントの恐ろしさは、夕べ充分に目の当《ま》たりにしたのだろう』

調子に乗らないように釘《くぎ》を刺した後、Ⅱ世は現在フラット達がいる空間を支配している存在に対して、現場にいる者達よりも余程強く警戒していた。

何しろ彼は、かつて自らと共に駆けた英霊の持つ『固有結界』の中に同伴した事があり、そのすさまじさを目に焼き付けた事があるのだから。

『その世界が冥界と照応していて、サーヴァントがそれに纏《まつ》わる存在ならば、少なくともその結界の内側において逃げられる場所はない。黄泉《よみ》に限らず、死とは遍《あまね》き場所にある。魔術的は、空気や水、岩や土にさえ死という概念が存在しているのだからな。その部屋の中も同様だ』に
重々しい口調で言い切った後、Ⅱ世は更にダメ押しするようにフラット達への警戒を促した。

『つまり、そこは最初から英霊の胎内。君達はクジラに呑《の》まれたピノキオのようなものだ』

「クジラのお腹《なか》かあ。いいですね、それ！」

『何がだ⁉』

素っ頓狂な事を言うフラットにⅡ世は声をあげるが、フラットは目を耀《かがや》かせながら言う。

「前に授業で、英雄の死地からの生還は、一種の胎内回帰だって話をしてたじゃないですか。皆が典位になった時にやる死と再生をモチーフにした儀式の事とか。あと、巨大な魚に食べられて吐き出されて、信仰心に目覚めてスーパーヒーローになって街を救った人の話とか……」

『まさか預言者ヨナとレヴィアタンの話か？　確かに巨大魚や迷宮、死者の国などの英雄譚《たん》を胎内回帰と照応させるケースは頻出するが……まさかその雑さでレポートに出す気じゃなかろうな⁉　まあいい。それについての補講は後だ』

呆《あき》れたように言うⅡ世は、そのまま脱出の具体例に話を移す。

『その場所が外と繋《つな》がったという事は、恐らく現実の世界で同じ位置にあたる場所に、その世界と融和性の高い何かがあるのだろう。一番可能性が高いのは死体だが、ただの死体で結界内にまで影響を与えられるとは思えん。なんらかの魔術的な影響下にある死体……あるいは、よ

りこの世界を造り出しているサーヴァントと融和性の高い条件が揃《そろ》った何かがある筈《はず》だ。工房のようだと言ったが、どんな特徴がある？』

「ええと、メソポタミアっぽい飾りとかがたくさんおいてあります」

『……ッ！　なるほど。仮にあの英霊の陣営の工房だとするならば、警察署長に協力を仰いで表側に回って貰《もら》うというのは死にに行けというようなものだな……。ならば、内側から英霊の特徴を探るべきだろう。囮《おとり》にするようで気が引けるが、街の中でケルベロスと別陣営の英雄が交戦しているというなら、その隙に少女が入院していたという病室か、繰丘《くるおか》という魔術師の家を――』

そこまでスピーカーから声が響いた所で、四方を見張っていたシスターの一人が声を上げた。

「ハンザ！」

「どうした」

「下から何か昇って来る！　多分サーヴァントだよ！」

次の瞬間――

硝子《ガラス》張《ば》りの壁面の一つが粉々に割れ、外から一つの影が部屋の中に滑り込んだ。

「うわわッ!?」

『どうしたフラット!?　何が起きた！』

スピーカーから慌てた声が響く。

ハンザは飛び散る窓硝子《まどガラス》を高速で振るう両腕で綺麗《きれい》に打ち払い、窓から現れた影に向かって言った。

「おっと……君もこちらに来ていたのか」

「役人の詰め所で見かけた顔だ。……異邦の司祭か」

現れたアサシンはジロリとハンザを睨《にら》んだ後、後回しだとばかりに周囲を見渡し、右手に令呪らしきものを宿しているフラットへと目を向ける。

「問おう」

「え、あ、はい！　あ、もしかしてサーヴァントの人ですか？　凄《すご》い！」

「貴様も、聖杯を求める魔術師の一人か……？」

問い掛けられたフラットは、一瞬キョトンとした後、少し考えた後に答えた。

「うーん、どうでしょう。最初はかっこいいから欲しいと思ってたんですけど、今は……俺のサーヴァントの人が困ってるから、まずはそれを聖杯で解決できたらいいかなって。最後にはどうすればいいんだろう。貴重なものだっていうから、博物館とかに寄付した方がいいんですかね？　やっぱり」

逆に問われたアサシンは、目を細めてフラットの様子を窺《うかが》う。

「……」

嘘《うそ》をついたりこちらを挑発したり、という様子ではない。

にわかには信じがたいが、どうやら本気で博物館に寄付すべきかどうか迷っているようだ。

「魔術師……なのか？」

始末すべきか判断しかねる、という顔で暫《しば》しフラットを睨《にら》むアサシン。

そんな状況に助け船を出すかのように、ハンザがパンパンと手を叩《たた》いて自分へと注視させた。

「恐らくは異なる教えの道を歩む求道者よ。私は聖杯戦争の監督役としてここにいるが、今は彼らに戦争の意志はないそうだ。少なくともこの結界世界から脱出するまではな。監督役として調停の為《ため》の言葉として伝えたが、当然ながら君の行動を縛るものではないがね」

肩を竦《すく》めながら言うハンザ。

恐らく、本気でアサシンが自分を殺しに来たら助かる術はないだろう。吸血種相手なら相性で立ち回れるが、武闘派の英霊が相手となると逆に相性が悪い。

それでも彼はコソコソ隠れる事はせず、師父に命じられた『監督役』としての立場を全うするため、アサシンに対して堂々と声をかけた。

「……」

アサシンはそんなハンザに警戒の目を向けているが、敵愾心《てきがいしん》までは向けていない。

フラットやハンザにとって幸運だったのは、現在の彼女が『邪悪な魔物の魔力によって顕現した』という負い目を感じている事と、同胞ではないセイバー――よりにもよって『獅子心《しし しん》王《おう》』と協定を結んだ状態である為《ため》、初日よりも他者への見方が寛容になっていた事だろう。

だが、それでも彼女には彼女なりに譲れぬ一線があった。

「……一つ、聞く。如何《いか》にして外への道を開くつもりだ？」

重々しい声色で放たれた問い。

フラットも流石《さすが》に『あ、これ、答えを間違えると死亡フラグが立つ奴《やつ》だ』と感じ取り、一瞬答えを言《い》い淀《よど》んだのだが――

彼女の問いに答えたのは、スピーカーモードのまま放置されていた、祭壇の上の携帯だ。

『極力荒事は避ける方針で固めた所だ。君が少女を害してまで外に出ようと言うのならば、我々にはそれを止める術はないが、他のやり方がある事は呈示させてくれ』

「……何者だ？」

『そこにいる青年の後見人のようなものだ。その場に居ない私の言動を信じろというのは、我ながら虫が良過ぎる話だと思うが……』

「……」

暫《しば》し考えた後、アサシンは警戒を完全には解かぬまま問い掛ける。

「命が救われる道があるというのならば、それは大いなる御方の思し召《おぼ め》しだ。話だけは聞こう」

とりあえず話を聞く態勢になったアサシンを見て、安堵《あんど》するフラットと腕時計形態のバーサーカー。

だが、そんな空気をぶち壊すかのように、幼さの残る声が、生ぬるい風と共に部屋の中に舞い込んできた。

「──無理だよ、お姉ちゃん」

「！」

全員が、声のした方向に眼《め》を向ける。

すると、そこには黒い靄《もや》のような煙があり、それがやがて様々な色を浮かべながら一人の人間の姿を模《かたど》っていく。

「そんな『道』はね、この椿ちゃんが作った世界には存在しないんだよ？」

まだ小柄な、幼さの残る少年の姿。

だが、その身体《からだ》に纏《まと》う禍々《まがまが》しい魔力が、それが見た目通りの存在ではない事を指し示す。

その姿を見たハンザは、わざとらしい舌打ちをしてから口角を上げた。

「これはこれは。ホテルの時のように魔力を隠さなくていいのか？　自分からわざわざ出向いて種明かしをするとは余裕だな」

「さっき、観《み》られてる気配を感じたからねぇ。僕は君を警戒してるんだよ、代行者。二度も同じ手が通じるとは思っていないし、それに……」

少年はクツクツと嫌らしい笑みを浮かべ、視線をハンザからアサシンへと移して陶酔したような表情で言葉を紡《つむ》ぐ。

「早く、アサシンお姉ちゃんの色々な感情を観《み》たかったから……ね？」

彼がそう言った瞬間、アサシンは既に動いていた。

纏《まと》う魔力と表情を見れば、それが自らを召喚した吸血種——ジェスター・カルトゥーレのものであると解《わか》る。

床を滑るように黒の外套《がいとう》が奔《はし》り、その中から放たれた手刀が少年の首を捉える。

しかし、刃の如《ごと》き指先は確かにジェスターの身体《からだ》を貫いたのだが、なんの手応えも感じられなかった。

「⁉」

霧となって宙に溶けた少年の身体《からだ》が、少し離れた場所にて再構成される。

だが、再構成された時は既に少年の姿ではなく、警官隊や病院の前に現れた青年風吸血種の姿となっていた。

「ハハハハハ！　まさか敵である君の前に馬鹿正直に本体で来ると思ったのか？　可愛《かわい》いなあアサシン。もちろん私も本体で来たかった！　正解だ！　心が通じ合っていると言ってもいいだろうが、その期待を裏切ってすまないなぁ愛《いと》しのアサシンよ！　だが、こちらも断腸の思いでこちらにまやかしの身体《からだ》を送り込んだのだ、理解してくれないか?」

陶酔と悲しみを織り交ぜながら己に酔った発言を続けるジェスター。

恐らく挑発ではなく本気なのだろうと考えるハンザの後ろから、電話越しに困惑したII世の声が聞こえて来る。

『おいフラット、私は今、何を聞かされているんだ⁉』

「良く解《わか》らないんですけど……愛の告白みたいです！」

そんな師弟の会話など耳に入っていないかのように、ジェスターはアサシンに意識を向けたまま、割れた窓を背後にして愉《たの》しげに両腕を広げて見せた。

まるで開演前に観客に向けて挨拶をする指揮者のような仕草で、ジェスターが深々と御辞儀《おじぎ》をしたかと思うと――

彼の背後で、世界が捻れた。

×　　×

閉ざされた世界　中央交差点

「何が起きた⁉」


四方をケルベロスや黒い異形達に囲まれ、膠着《こうちゃく》状態に陥っていたセイバーと警官達。

不気味な詠唱のような言葉を繰り返す獣達と一進一退の攻防を繰り広げていたのだが、セイバーの問い掛け以降、向こうからこちらを積極的に攻撃する様子は見せず、こちらが交差点から移動しようとするのを阻害するような動きになっていた。

しかし──つい数十秒前から、その状態に変化が訪れる。

状況、というレベルではなく、もはや世界そのものが変化していくような勢いだった。

真新しいコンクリートの街並みのあらゆる隙間から鼠《ねずみ》の群れが湧き出し、黒い砂埃《すなぼこり》のような色に滲《にじ》んだビル風が視認できる。

鴉《からす》の群れが周囲を飛び交い、死を想起させるものが交差点だけではなく、視認できる街並み全てを覆い始めていくではないか。

同時に、魔獣達《たち》の攻撃の手が激しくなり──

街の陰という陰から詠唱のように聞こえていた言葉の群れは、もはや叫びのようにアヤカ達の耳を劈《つんざ》き始めた。

それはまるで、この世界そのものが苦痛の悲鳴を上げているかのように。

あるいは──産声《うぶごえ》を上げているかのように。

【此《ここ》ハ】　【死ノ道也《みちなり》】
【冥府也《なり》】　【黄泉路也《よみじなり》】
【其《そ》ハ裁キ】　【其《そ》ハ福音】
【永遠《とわ》ノ安寧也《なり》】　【苦シミ也《なり》】

×　　×

閉ざされた世界　上空

繰丘椿《くるおかつばき》に纏《まつ》わる結界の世界。

街という範囲で閉ざされた限定空間ではあるが、その空にも限りがある。

空の青さは現実世界の姿を結界の境目に映し出しているに過ぎず、地上から仮に飛行機やヘリで脱出を試みたとしても、徒歩で街の外に向かうのと同様に捻《ね》じれた空間の中で堂々巡りをする事になる筈《はず》だった。

しかし、その『空』が今、静かに侵されつつあった。

旧《ふる》い家屋の天井に雨漏りのシミが広がるように、少しずつ、しかしながら確実にその『異変』は広がり続ける。

やがて、空の一部が切り取られ——

そこから、手を取り合った一組の男女が現れたかと思うと、そのまま自由落下を開始した。

「ああ！　ちょっと遅かったかな？　いそげいそげー！」

「確かに確かに！　お祭りはもう始まっちゃってるみたいだね！」

現れた二つの影、真キャスター陣営たるフランチェスカとフランソワは、恋人同士のように手を繋《つな》ぎながら真っ逆さまに堕《お》ち続ける。

二人の目に映るのは、鏡写しのように再現されたスノーフィールド。

だが、その世界はもはや完全にスノーフィールドとは乖離《かいり》しつつある。

街の中央辺りから色が徐々に失われ、漆黒の闇が拡散を開始していた。

地上から立ち上る黒い影は、黒雲となりて街の空を覆い始める。

湧き上がりつつある漆黒の積乱雲の中に突入した二人のプレラーティは、愉《たの》しげに愉《たの》しげにその雲の中で笑い続けた。

雷鳴の代わりに周囲に響く、この結界世界そのものの叫びを聞きながら。

【安寧タレ】

【惨痛タレ】

【黄泉路《よみじ》ハ我ガ僕《しもべ》トナリテ】

【我ガ主ヲ護《まも》ラン】

【聖杯ヲ】

【聖杯ヲ】

【我ガ主ノ】

【我ガ友ノ手ニ】

【聖杯ヲ】


「いいねえいいねえ！　騙《だま》しがいがありそうな世界だよ！」

この状況の中、フランチェスカは目を爛々《らんらん》と耀《かがや》かせながら黒雲の中で叫んだ。

やがて、二人の落下速度が急激に緩まり、最終的には空中にフワリと浮かび上がった。

英霊が行使する最高クラスの幻術を用い、世界の物理法則を騙《だま》す反則に近い一手である。

「あはは！　楽だね！　この世界を騙《だま》すの！　やっぱり夢が基板になってるんだと思う！」

プレラーティの言葉に、フランチェスカがニヤニヤ笑いながら忠告を告げる。

「でも気を付けなきゃダメだよ？　夢が基板って事は、それを見てる子次第でいくらでも変化しちゃうって事だからねー」

雲の底を突き抜け、夜のように昏《くら》くなった世界を眼下に見下ろしながらフランチェスカがイ

ベントを心待ちにする子供のような貌《かお》で笑う。

「まだ生きてるといいねえ、獅子心王《ししんおう》！　アーサー王の大ファン君！」

最後のセリフは、息を合わせて二人同時に吐き出した。

「君が絶望するかしないか、あるいは怒りに囚《とら》われるか……今から楽しみで仕方がないよ！」

×　　　×

閉ざされた街　クリスタル・ヒル　最上階

【我ハ剣】【我ハ獣】【我ハ渇《かわ》キ】【我ハ飢餓】

【我ハ死ヲ運ブ者】【我ハ死ヲ奏デル者】　【我ハ死】【我ハ死】【死】【死】【死】


感情のない叫びが、最上階の周囲の空間を埋め尽くす。

世界そのものが一つの生命体であるかのように叫び、街を黒く染め上げていく。

アサシンは目を見開き、フラットは目を耀《かがや》かせながら腕時計や携帯電話と何か叫び合っており、ハンザはシスター達に陣営を組むようにジェスチャーで指示を出しながら、重々しい声で呟《つぶや》いた。

「その物言い……まさかとは思うが……」

ハンザはその立場上、ある預言書の一節を思い浮かべずにはいられなかった。

あるいは、それに近しい逸話を持つ歴史上の人物かとも考えたが、先刻エルメロイⅡ世が語っていた【概念】という単語が頭をよぎり、一つの推測に辿《たど》り着《つ》く。

「死の具現化……終末の四騎士たる蒼き死《ペイルライダー》の担い手か……？」

一方のアサシンは、この状況の中で愉《たの》しげに笑い続けるジェスターの分け身へと叫んだ。

「何をした……」

「ん？　ああ、これは私の仕業ではないよ？　もう解《わか》っているのだろう？　この世界は私が産み出したものではない。ならば、この美しい変化を引き起こしているのも――」

「そんな事を聞いているのではない！」

ジェスターの言いたかった事など、アサシンはとうに理解している。

その上でここにいるという事も、当然把握した上での挑発だろう。

だが、挑発と解《わか》っていようと、アサシンは怒りを向けずにはいられなかった。

「あの少女に、何をした！」

怒りに満ちた叫びを聞いたジェスターは、胸に手を当て、アサシンに対して目を蕩《とろ》けさせながら恭《うやうや》しく一礼して見せた。

「ああ、ありがとう……実に実に嬉《うれ》しい！　憎しみであれなんであれ、君の想《おも》いを、人としての本音を感じる叫びだ。君は今、確実に僕を見ている。繰丘椿《くるおかつばき》に目移りしているようだが、それもすぐに無くなるだろうとも」

「何をしたと聞いている！」

「別になにも？」

口元をいやらしく歪《ゆが》めながら、ジェスターはアサシンに告げた。

それこそ愛の告白でもするように、感情を込めて、相手の一挙手一投足を窺《うかが》いながら。

「私はただ、彼女の背中を押しただけさ」

「子供が子供らしく、壮大な夢を追いかけるように、ね」

幕間
『麗人と海、少女と傭兵』

10分前　閉ざされた街《まち》　繰丘邸《くるおかてい》

シグマは困惑していた。

とりあえず椿《つばき》と話をしようとその姿を探したが、いつの間にか昼寝から目覚めていたようで、居間から姿を消していた。

父親の夕鶴《ゆうかく》が二階に探しに行く間、シグマは一階を探していたのだが——ふと、開いたままとなっている魔術的な隠し扉を見て、そのまま奥へと入り込んだ。

その結果として、地下工房の中で椿《つばき》の姿を見つけたのだが、妙な存在が椿《つばき》と同じ部屋にいるではないか。

赤い装束を纏《まと》った、明らかに現代のアメリカの空気からかけ離れた存在。

「……宗教裁判？」

もしやこれが【まっくろさん】とやらの真の姿なのかとも考えたが、あまりにも雰囲気が違うので、赤い姿から思い浮かんだ単語を口にしてしまった。

言ってから、シグマの頭の中に、幼き頃の同胞の顔が思い浮かぶ。

——ラムダ。

自分の事を『親友だ』と言っていた彼を殺した後に見たのが、その宗教裁判を扱ったコメディ映画であると思い出したシグマは、心の中に砂が混じったような違和感を覚えつつ、自らの右腰に付けた魔術礼装に指を這《は》わせた。

「……何者だ？」

「おっと、君は『囚《とら》われて』はいないのだね。一つ確認しておこう。君は、この少女の敵かい？　それとも味方かな？　もちろん陰と陽に明確に分かれるものでもなし、状況によって変わるのかもしれないが……私が仮に暴徒だった場合、君はこの子を護《まも》るかどうか？　という話だ」

「……現状では、護《まも》るつもりだ」

シグマは警戒を解かぬまま、正直に答えた。

アサシンとの円滑な同盟の為《ため》と心の中で再確認し、椿《つばき》を護《まも》れる位置にゆっくりと移動する。

すると、その赤い服の麗人は、ホッとしたように言った。

「ああ、良かった！　なんというか、君はどちらかというと支配者を護《まも》るというより殺す側のような目をしているから不安だったが、それならば安心だ！　私も彼女の味方なので安心したまえ。大船に乗った気持ちでいてくれ、寧《むし》ろ私は船を沈める側の存在だったが、気にしてはいけない！　沈んだ先が海神水府《わだつみのやしろ》という事もある。今風に言うなら竜宮か？」

コメディアンのような勢いで捲《まく》し立《た》てるその麗人を見て、シグマはどこか親近感を抱いた。

――普段の仕事ならば、念の為《ため》に始末するか逃亡する所だが……。

――今は、自由に動く事が任務だからな。

そう考えたシグマは、完全に警戒は解かぬまでも話だけは聞く事にした。

自由に動く為《ため》には、より多くの情報が必要だと考えたからだ。

「話を聞こう、貴方《あなた》は何者だ？」

「ああ、君が賢明で良かった！　だが残念だ、私はそろそろまた沈む」

「？」

「魔物がこちらに来る。奴《やつ》がくれば自動的に病魔の化身も椿《つばき》を注視するだろう。そうなれば、私の存在を隠しきれない」

妙な事を言い続ける麗人に、シグマはどういう事か尋ねようとしたのだが――その姿が、まるで蜃気楼《しんきろう》のように薄らぎ始めた事に気付いて息を呑《の》んだ。

「どうしたの⁉」

驚いた貌《かお》をする椿《つばき》に、麗人は包み込むような笑顔を浮かべて言った。

「ああ、大丈夫、また少しかくれんぼをするだけさ」

少女を安堵《あんど》させるように言うと、麗人はシグマに向き直り、椿《つばき》の抱える弩弓《どきゅう》を指差しながら言葉を続ける。

「その弩弓《どきゅう》、君か、あるいは常に椿《つばき》と共にいるような者に持たせてくれ。椿《つばき》から引き離してはいけないよ。私の事は……そうだな、『鮫《コウ》』とでも呼んでくれ。その弩弓《どきゅう》があれば、この世界の中でならば、何かその少女を護《まも》る為《ため》に力を貸すことができるかもしれない」

「わけが分からない。貴方《あなた》は一体何者なんだ」

「話せば長くなるが、簡単に言えば……。……？ 待て、君からどうして『アレ』の気配をかすかに感じる？ もしや、外の世界の空を舞っている『アレ』と縁があるのか？」

「！」

シグマは再び息を呑《の》んだ。

──知っているのか……？ 『ウォッチャー』を……。

「ああ、しまった、限界だ。その弩弓《どきゅう》を聡明《そうめい》な魔術師にでも見せるといい。そうすれば、私の……ことは……。ああ、ああ、確かに託したぞ！ 椿《つばき》を護《まも》るというこの願いを──……」

言葉が最後まで綴《つづ》られる事なく、コウと名乗った麗人の姿が跡形もなく消えてしまう。

椿《つばき》はキョトンとしてキョロキョロと周りを見渡しているが、シグマは難しい顔をして考えた。

──何者だったんだ？ 『ウォッチャー』が何なのか知っているようだったが……。

シグマ自身も良く解《わか》っていない自らのサーヴァントについて、重要な情報を引き出せそうだったのだが、消えてしまったのならば仕方がない。

──とりあえず、この弩弓《どきゅう》は持っておくべきか……。

シグマは椿《つばき》に造り笑いを浮かべると、『俺が持つよ』と言ってその弩弓《どきゅう》を受け取った。

彼は知らない。

それが、それこそが、繰丘家《くるおかけ》が聖杯戦争の為《ため》に用意した『触媒』であり──魔術師達《たち》の意図から大きく離れる形で、椿《つばき》の英霊の呼び水の一つとなった存在であると。

様々な存在が密集した現在のスノーフィールドにおいて、運命は複雑に、時に直接的に絡《から》まり合う。

「あれえ？」

良《い》い運命も、悪い運命も、区別なく。

「椿《つばき》ちゃん、そのおにいちゃん、だあれ？」

無邪気な声が、階段の方から聞こえてきた。

振り返ると、そこには一人の少年がいた。

──？

──誰だ？　精神支配されている様子が……。

緊張を解かぬまま、少年を観察するシグマ。

この世界で精神支配されていないというだけで、充分に警戒する理由にはなるからだ。

そんなシグマとは対照的に、椿《つばき》は安堵《あんど》したように言う。

「あ、ジェスターくん！　きてたんだ！」


ゾクリ、と。

魔術使いとして培《つちか》ってきた経験が、記憶を呼び起こすよりも先にシグマの全身を震わせた。

一瞬遅れて、シグマの脳裏に声が響く。

夕べ、この結界世界に連れてこられる直前に聞いた声が。

——「私の名はジェスターだ！　ジェスター・カルトゥーレ！」

声も外見も違うが、偶然と片付けられるほどシグマは楽観的ではない。

アサシンに向けて告げられたその名を思い出した瞬間——少年は、既にシグマの隣に居た。

（運が良かったね。椿《つばき》ちゃんの前で君を殺すわけにはいかない）

シグマにだけ聞こえる声で、笑顔のまま呟《つぶや》くジェスター。

（黙っててよ？　僕はその子の『友達』だ。僕を攻撃すれば、『まっくろさん』が君をすぐに排除するし、僕も何をするかわからないよ？）

椿《つばき》が『シグマさんっていうんだよ！』と事の経緯を説明している間に、それを笑顔で聞きながらシグマに警告の声を届けるジェスター少年。

「……」

沈黙しつつ、シグマは全身に汗を滲《にじ》ませた。

少年の姿を取れるというのは、ウォッチャーから事前に聞いていた情報だ。

しかし実際に見てみると、想像以上に見事な『変身』であり、椿《つばき》が名前を呼ばなければすぐに結びつける事ができなかっただろう。

その一点だけでも、目の前にいる少年が自分より遙《はる》か格上の存在である事を実感する。

──こいつは……何が目的なんだ？

相手の意図が読めずにいるシグマの前で、少年の姿をしたジェスターは爽やかな笑顔を浮かべて、周囲の光景を見渡した。

「へぇ、ここって凄《すご》いね。なんだか秘密基地みたい」

「う、うん。おとうさんとおかあさんのおへやなんだよ」

はにかみながら答える椿《つばき》を見て、シグマは首を傾《かし》げる。

──工房については、口止めの暗示をしていないのか？

──昏睡《こんすい》状態になった事で解除されたか、それとも他の要因か。

少しズレた事を考えていると自分でも思いながら、ただ考える事しかできない自分を疎《うと》ましくも思う。

任務の成否とは関係無いが、自分の生存の可能性には大きく関わる状態だ。

安眠と食事、つまりは快適な生存を願いとしているシグマとしては、ここで惨《むご》たらしく吸血種に殺されるのは避けたい流れである。

それでも、相手の目的すら解《わか》らないのでは動きようがないと考えていたのだが——

吸血種の行動は、至極単純なものだった。

椿《つばき》と話す。

結果だけを見れば、ただ、それだけの事だったのだ。

そして——その単純な行為の結果こそが、この世界を一つの果てに導く形となった。

×　　×

シグマおにいちゃん、なんでだまっちゃったんだろう。

さっきのきれいな人、どこにかくれちゃったのかな？

そうだ、あとでジェスターくんといっしょにさがそう！

「ねえ、椿《つばき》ちゃん」

「なあに？　ジェスターくん」

「ぼくのパパから聞いたんだ。君のお父さんとお母さんが、とってもえらい魔術師だって」

「！」


どうしよう。

どうすればいいのかな。

そういえば、まじゅつのことはひみつっていわれてたのに。

「大丈夫だよ、皆には秘密だって解《わか》ってるから。そう、僕と椿《つばき》ちゃんだけの秘密だね！」

「……ほんとう？」

「ああ、本当だよ。そこのお兄ちゃんも大丈夫、魔術を知ってる人だから」

「そうなんだ！」

シグマおにいちゃんがウンっていった。

そっか、おとうさんとなかがよさそうだったもんね。

シグマおにいちゃんも『まじゅつし』だったんだね。

でも、やっぱりジェスターくんはやさしいな。

うまれてはじめて、わたしのおともだちになってくれた。

もしかして、ジェスターくんもまじゅつしなのかなあ。


「ねえ、椿《つばき》ちゃん」

「なあに？」

「椿《つばき》ちゃんは、お父さんとお母さんのお手伝いがしたいんだよね？」

「うん！」

「どうすれば、椿《つばき》ちゃんのお父さん達は、一番喜んでくれるかなあ？」

「！」

「優しくして貰《もら》ったなら、ちゃんと良い子にしないといけないからね」


そうだ。

わたしは、おかあさんとおとうさんのおてつだいをしないといけないのに。

ずっとずっとおやすみしてたけど、いいのかな。

えほんをよんでくれたり、おいしいケーキをつくってくれたりしたのに。

わたしは、ちゃんとしなきゃ。ちゃんと、ちゃんとしなきゃ。わたし、わたしは。

「一緒に考えよう？　椿《つばき》ちゃんのお父さん達《たち》は、いつもなんて言ってた？」
「ええと……」

――『私達は、いずれ――に』
――『そうよ、椿《つばき》。それが私達の大望なの』
――『そうだ、かの宝石翁のような――に……』
――『流石《さすが》にそれは非現実的よ。もうその枠は残されていないというのが定説でしょう？』
――『なに、言霊《ことだま》は力になる。不可能だろうとそれを目指すだけでいいんだ』
――『暗示のようなものね』
――『ああ、そうだ。椿《つばき》、これはお前にかける最初の暗示だ』
――『繰丘家《くるおかけ》がいずれ――を生み出す事を、父さんも母さんも願っているよ』

なんだろう。
おとうさんたち、むずかしいことといってる。
だけど……。

そうだ、おもいだした！

まじゅつしより、すごいひと！

シンデレラをおひめさまにした、あのひとだ！

「そっか！　わかった！」

「おや、もうわかったのかい？　椿《つばき》ちゃんは凄《すご》いなあ」

「うん、わたしね……」

「おとうさんとおかあさんのために、まほうつかいになりたい！」

「そっかぁ、それはいいね、きっとみんな喜ぶよ」

わあ、ジェスターくん、うれしそう。

よかった、これであってたんだね！

「わたし、がんばってまほうつかいになる！」

「そうだね、きっとなれるよ。【まっくろさん】も手伝ってくれるだろうし」

「うん！」

……あれ？

どうしたんだろう。

シグマおにいちゃん……なんだかこわい顔してる。

×　　　×

それは、意志を持たぬ一つのシステムだった。

己の願いは無く、ただマスターの為《ため》に自らの能力を行使する機械。

道具としては正しい在り方で、使い魔としては意見が分かれるような存在の英霊。

だが、自らの意志を持たず、世界の理《ことわり》の一部を具現化したものであるからこそ強力な力を行使できる【ソレ】は、今この瞬間、マスターの願いを正式に受諾した。

——魔法使いになりたい。

椿《つばき》を護《まも》る英霊は、確かにそう認識した。

それが、それこそが、自らのマスターである繰丘椿《くるおかつばき》の長期的な願いであると。

父や母と仲良く暮らしたい。

動物と過ごしたい。

街からみんなが出て行かないようにしたい。

火事に巻き込まれた人達を避難させたい。

そうした短期的な『願い』は、全てその英霊自身の力で対処する事ができた。

しかし、『魔法使いになる』というのは、自分のシステムに備わった能力を大幅に超える願いである。

魔術ならば可能だが、魔法となるとそうはいかない。

普通の使い魔ならば、どれだけ知恵があろうとも『不可能だ』と答えることだろう。

だが、椿《つばき》のサーヴァントにして守護者たる英霊――ペイルライダーは違った。

英霊として知識を与えられるが故に、可能性を持ち合わせていたのだ。

『聖杯』という可能性を。

それも確実な道というわけではない。

だが、どれだけ低い確率であろうとも、『死』の概念たるサーヴァント、ペイルライダーはその道を呈示する。

大聖杯の作成と共に、世界から失われた第三魔法。

魔法とは理《ことわり》の外側にあるもの故に、理《ことわり》の内側にある願望器を用いたとしても再現は不可能だ。

しかし、それ自体が聖杯に連なる第三魔法だけは——可能性がある。

その聖杯を自分を通して椿《つばき》に組み込むことで、理《ことわり》を流転《るてん》させる。

大聖杯の設計図となった【器】の魔術回路そのものを再現する事ができれば、あるいは。

可能性は限りなく低い。

絵空事に近い話だ。

しかし、ペイルライダーはそれを認識した。

マスターである繰丘椿《くるおかつばき》の『夢物語』として。

そして、この瞬間から——ペイルライダーは、己のリソースを最大限に用いて、自らと融合させた『椿《つばき》の夢』を根幹とする世界を組み替える。

目的を達する手段の為《ため》に。


聖杯戦争に勝利し、大聖杯をその手中に。

最も早くスノーフィールドに降臨したその英霊が——

この瞬間、ようやく参戦の狼煙《のろし》をあげたのだ。


世界の全てを、『死』の気配で包み込みながら。

二十章
『夢幻は現となりて』

フランチェスカ・プレラーティが聖杯戦争と関わりを持ったのは、第二次世界大戦の最中に、アメリカの組織から解析を依頼されたのがきっかけだった。

元々時計塔に潜り込ませていたディオランド家の人間が参戦し、敗れてしまったものの、その聖杯戦争という儀式が極東の地方儀式というにはあまりに特異であるという分析結果が報告され、国の魔術的発展の為《ため》に接収した土地に一つの街を造り上げる計画が進んでいたのだが——第三次聖杯戦争の報告は、『その土地で、同じ事を再現できないか？』という方法へとシフトが進む。

その為《ため》の具体的な調査の為《ため》、時計塔とは縁がなく、尚《なお》かつ有能な魔術師達《たち》が集められる事となり、フランチェスカは腐れ縁の人間からの推薦という形で協力する事となった。

——『冬木《ふゆき》に空爆までやって調査したんだ。大袈裟《おおげさ》だなあ。そこまでする？』

と、最初はあまり乗り気ではなかったフランチェスカだが、実際に冬木《ふゆき》の聖杯戦争を観測した事で、彼女——当時は彼——の態度は豹変《ひょうへん》した。

第四次聖杯戦争。

時計塔のロードが惨殺《ざんさつ》され、魔術世界とは無縁の戦闘機なども失われる事態となり、儀式の隠匿に聖堂教会が殊更苦労したとされている曰《いわ》く付《つ》きの一件だ。

各地に張った情報網から、変わった事が起こりそうな場所を観測し、その情報を別の場所で起こっている事件に放り込んで混乱を引き起こす事を『趣味』としていたフランチェスカだが、彼女（肉体によっては彼）が長年集めていた中で、その極東の儀式は群を抜いて異常だった。

次々と観測される境界記録帯《ゴーストライナー》。

魔術師達と魔術使い、そして聖堂教会まで絡《から》んだ陰謀。

そして、二人の『見知った顔』の存在。

一人は、自分の魔術の師である精霊達が気にかけ、師匠の師匠である夢魔系男子が導いたと言われている『王』の姿。フランチェスカとは一切関わりが無かったが、師匠達《たち》の水見の囁《ささや》きでその姿だけは見たことがある。

だが、そちらはフランチェスカにとって、さして興味を引く程の存在ではなかった。

『星の聖剣使いまで呼び出せる儀式なのか』と驚きはしたが、儀式が終われば消えてしまう存在だと考えれば、本当に人格まで再現されているのかどうかまで確認できなかったからだ。

しかし、もう一人の知り合いの姿——『ブルターニュの貴族騎士』ことジル・ド・レェの姿を遠見の儀式で確認した時、フランチェスカは腰を抜かし、着の身着のままで南極から日本への旅路に駆け出した形となる。

その時に進めていた別の作業を全て擲《なげう》ってまで駆けつけたのだが──準備不足も祟《たた》り、介入する事が一切できぬまま聖杯が破壊されたらしく、フランチェスカは結局盟友の男と一度も顔を合わせる事ができなかった。

蟲《むし》使いであるマキリの当主の実力を舐《な》めていたという事もあるだろう。

恐らくは使い魔の存在は泳がされていたのだろう。街に向かう途中の道筋に数多《あまた》の蟲《むし》が配置されており、最後には老人の姿をした魔人に直接迎え撃たれてフランチェスカはその時の肉体を廃棄する結果となった。

──『蟲《むし》には幻術が効きにくいんだもんなー』

──『もっと準備さえできてれば、土地ごと騙《だま》して入り込めたのに……』

──『ああ、ジル、ジル、戦争はちゃんと楽しめたのかなぁ？』

そうぼやいていた姿が、時計塔に向かう前のファルデウスに目撃されている。

第五次こそは介入するつもりだったが、いくつかの要素が重なり、それは叶《かな》わなかった。

一つは、四次の際に妨害をしてきた間桐臓硯《まとうぞうけん》が部外者用の結界を強化していた為《ため》に、観測そのものができなかったという事。

一つは、聖堂教会の神父の外敵に対する手際《てぎわ》が異常に良かった事。

一つは、準備期間中に冬木《ふゆき》の調査をしようとした所、『七つ以上の魔眼が同じ線上にあるという奇妙な気配』を感じ、迂闊《うかつ》に街に近寄れなかった事。

それにより、土地に対するアプローチが最低限のものしかできなかった。

更にダメ押しの一つは、蒼崎橙子《あおざきとうこ》という冠位の魔術師に肉体を殺され続けていた真っ最中だったという事だ。

故に、フランチェスカは第五次聖杯戦争の結末を知らない。

結果だけは漏れ聞こえてくるものの、具体的に冬木《ふゆき》という土地の中でどのような『戦争』が起こり、どの陣営がどのように結末を迎えたのかという事を、彼女は把握できなかったのだ。

だが、それで充分だった。

フランチェスカは辛抱強く聖杯の仕組みを観察し、五次が開催されるまでの間にかろうじて手に入れた大聖杯の魔力の欠片《かけら》や、四次の際の『冬木《ふゆき》の大災害』跡地から発掘した『泥』など、様々な要素を組み合わせて、スノーフィールドの土地に偽《にせ》の聖杯を造り上げた。

とはいえ、偽物《にせもの》は偽物《にせもの》。

ユスティーツァという聖杯戦争の祖、その魔術回路が完全な形で素材となっていなければ、大聖杯の完全再現は不可能だ。どこまで行っても偽物《にせもの》に過ぎない。

しかし——英霊、サーヴァント、境界記録帯《ゴーストライナー》。

如何《いか》なる奇跡か気まぐれか、偽《にせ》の聖杯戦争の土台となった土地は、いくつもの名で呼ばれる『力』を顕現させられる段階までに達してしまった。

なれば、と、フランチェスカは考える。

これからは、ただ単に、偶然を頼ったトライアンドエラーとなるだろうと。

人類が滅びるまでの間、何千回、何万回と繰り返せば、その内に雇い主の望む結末に辿《たど》り着《つ》き、自分の望みでもある『人類の技術発展による魔法の消滅』にも辿《たど》り着《つ》くかもしれない。

フランチェスカ・プレラーティという魔術師は、魔術師というよりは理《ことわり》に志を割かない魔物の類であると言えた。

だからこそ彼女は、考えるのだ。

英霊を呼ぶからには、その英霊達《たち》で最高に楽しまねばならないと。

そして今、彼女は心を躍らせていた。

何故《なぜ》か冬木《ふゆき》の聖杯戦争で何度も顕現していたと聞く、伝説の聖剣使い。

この偽《にせ》の聖杯戦争において代わりに現れたのは、その英雄に憧れた一人の王だ。

それ故に、フランチェスカ・プレラーティはその『憧れ』を穢《けが》したくて仕方がなかった。

輝ける者から光を奪った時、果たしてそこに残るものが何なのか。

それを確認する為《ため》だけに、プレラーティ『達』は夢の中を堕《お》ち続ける。

現れたモノがどれだけ醜かろうと、痛々しかろうと、憐《あわ》れであろうと――

自分達だけは、それを人間の形として愛そうと心に強く決めながら。

×　　×

過去　1189年　フランス西部

「君はあれだ、本当にアーサー王の事が好きなんだねえ」

奇妙な自走荷車の下に潜ってガチャガチャと何かを弄《いじ》りながら、周りの雰囲気にそぐわぬ出《い》で立《た》ちの男がそう問い掛けた。

すると、問い掛けられたリチャードは少年のような笑顔を浮かべながら答える。

「それは違うぞ、サンジェルマン！　アーサー王だけじゃない。円卓の騎士も好きだし、シャルルマーニュの伝説も大好きだ！　ベオウルフ王のグレンデル退治には心が躍るし、影の国で修行したいと思った事は一度や二度じゃあないぞ！」

「アレキサンダー大王もいいぞ。恐らく君とは笑いながら戦場で殺し合える」

「本当か⁉　それは光栄だな！　……まあ、だが確かに、俺が主として忠誠を誓う伝説があるとすれば、心の祖王たるアーサー王の凱歌《がいか》であるのは確かだな」

「最後には身内に裏切られて滅ぼされるのにかい？」

皮肉のように言いつつ、荷車の下から顔を出した男――サンジェルマンに対し、リチャードはこともなげに答えた。

「もちろんだ。俺はモードレッド卿《きょう》の事も大好きだぞ？　あの凄《すご》いアーサー王を討った凄《すご》い騎士だ。伝説を終わらせた者もまた伝説たりえるだろうさ」

「ああ、そうか。そうだよねえ」

周囲を見渡し、サンジェルマンは苦笑交じりに頷《うなず》く。

大勢の騎士や歩兵が整然と並んでいる光景の中、宮廷魔術師のような立ち位置である一人の詐欺師がリチャードに聞こえぬ声で呟《つぶや》いた。

「君もこれから……実の父親を討ちに行く所なんだからねぇ」

獅子心王《しししんおう》ことリチャードI世の人生は、アーサー王への憧れと共にあった。

伝説への執着を示すエピソードは枚挙にいとまがなく、彼の奔放な性格はともかく、騎士道精神と言った規範はそうした数々の伝説の中から培《つちか》われたと言っても過言ではない。

自ら英雄達の遺物の収集に出向く事も多く、グラストンベリーで発見したというエクスカリバーが果たして本物だったのか、それとも伝説への妄執が見せた幻だったのかは、今となっては知りようもない。

ただ──中身はともかく、『鞘《さや》』だけは本当に見つけたのだ、と、数百年後のフランスの宮廷で王侯貴族達を相手に語る者がいた。

聖剣を世界の侵食から守り続けたその偉大なる鞘《さや》に敬意を払い、手ずから最高の封印を施してアーサー王ゆかりの土地に納めたのだと。

そして、それも単なる噂《うわさ》の一つであろうと世間に流され、更に数百年が経過し──

×　　　×

現在　閉じられた街　中央交差点

「おい……なんか目つきが変わったぞ、こいつら」

警官隊の一人が、冷たい汗を背に滲《にじ》ませながら言った。

「落ち着いて下さい。守りを固めながら突破口を探る事に変わりはありません」

冷静な顔をしているが、彼らのとりまとめ役であるヴェラも状況のまずさは理解している。

「突破口っていってもよ……」

別の警官が、ヴェラの懸念《けねん》を彼女の代わりに言葉にする。

「逃げ場なんて……あるのか？」

もはや視界の中に見える街の全てが黒い影に侵食されており、大地には鼠《ねずみ》の群れが奔《はし》り続け、空は黒い風と鴉《からす》で埋め尽くされようという勢いだ。

そして、それまで守勢気味だったケルベロス達の動きが攻勢に変わる。

激しい攻撃の中で警官達がまだ無事なのは、ジョンがまだキャスターから与えられた『力』を行使する事ができ、素手でありながらなんとか牽制《けんせい》できている事と、ケルベロスをはじめとする魔獣達の眼中に彼らが入っていないという事だろう。

魔獣達は英霊であるセイバーを中心として狙っているようで、これまで無機質だった攻撃の中に、あからさまな殺意のようなものが感じられた。

「何かあったらしいな！　例の女の子が無事だといいが！」

四方から迫る黒い異形達の攻撃をケルベロスの爪で打ち払うセイバー。

その間隙《かんげき》を突く形で迫る、巨獣の顎《あぎと》。

自分の身長よりも遙《はる》かに大きく開かれた上下の牙が高速で閉じられるが、セイバーはそれを紙一重で躱《かわ》した。

だが、ケルベロスの顎《あぎと》は三つある。

三連で繰り出される死のギロチン。

セイバーは丸太のように太い牙を蹴って二撃目を避け、更に続く三つ目の顎《あぎと》を空中で方向転換してやり過ごした。

しかし、そのタイミングを見て背後から別の個体が迫り、爪による斬撃がセイバーの身体《からだ》を吹き飛ばした。

「……ッ！」

そのままセイバーの身体《からだ》が黒い靄《もや》に覆われたビルへと突き刺さり、ガラスとコンクリートの破片が周囲に舞う。

「セイバー！」

吹き飛ばされるセイバーを見て、アヤカが叫んだ。

──違う。

──いつものセイバーより、動きが鈍かった！

──やっぱり、夕べの怪我《けが》がまだ……！

アヤカは自分の迂闊《うかつ》さを呪った。

セイバーは、マシンガンの弾のように打ち出される金色の英霊の宝具すら避け続けていた筈《はず》だが、今の彼の動きは、その時よりも明らかにぎこちなかった。

治癒魔術で回復したとは言っていたが、やはり一度死にかけていた傷だ、全快はできていなかったのだろう。

魔術というものに疎《うと》いが故に、アヤカは『良く解《わか》らないが、魔術ならもう完全に回復したのだろう』と思い込んでしまっていたのだ。

思えば、先刻のように『いざという時は、自分が汚れ役になる』というどこかセイバーらしくない発言をアヤカにしたのは、自分が長く残れない事を悟っていたからではないのか？

ネガティブな思考を連鎖させながら、アヤカは土煙が舞う中、セイバーが叩《たた》き込《こ》まれたビルへと走り出す。

だが、セイバーの次にケルベロス達が——いや、この『世界』が目を向けたのは、セイバーに対する魔力の供給源。即《すなわ》ち、アヤカの姿だった。

「え……」

巨獣のうちの一頭が、アヤカに迫る。

だが、その顎《あぎと》を、間に割り込んだ警官隊が大盾やハルバードの宝具を用いて受け止めた。

「立ち止まるな、行け！」

「どうして……」

停戦中とはいえ、何故《なぜ》、本来は敵陣営である自分を命懸けで助けたのか。

そんな目をするアヤカに、警官の一人が言った。

「こういうのが、本当の仕事だからな」

「……ありがとう！」

アヤカはギリギリの所で声を絞り出し、そのまま建物の中へと駆け込んだ。

チラリと背後に目を向けると――そこでは、巨獣に薙《な》ぎ払《はら》われる警官達の姿があった。

その奥では深い傷を負い、地面に倒れている警官達の姿もある。

セイバーが消えたこのわずか数秒で、あっさりと均衡が崩れ去ったのだ。

ジョンやヴェラが健闘してはいるが、このままでは数分と経《た》たずに全滅するだろう。

そんな光景を見てしまったアヤカは、目から涙を零《こぼ》しながら暗い屋内の階段を駆け上がり、セイバーが叩《たた》き込《こ》まれたであろう階層を目指した。

――なんで、私なんかを……。

――私にはできる事なんてないのに。

――私は、マスターとかいう奴《やつ》ですらないのに。

――マスターなんかに……。

――違う。違う違う違う。

――私は、なれなかったんじゃない。ならなかったんだ。

――また、逃げたんだ私は。

――もう、行き場なんかないのに！

自分自身の憶病さに怒りを覚えながら、アヤカは足の筋肉が千切れそうになるのも構わず、ただ、ただ、駆け続ける。

英霊や魔術師達と比べれば、自分など弱者に過ぎないとアヤカは知っている。

そして彼女は、たとえ同じ人間同士だろうと自分が弱いという事も、その理由も知っていた。

性別も年齢も関係無い。

ここで言う強さに、そんな差異など意味は無いとアヤカは理解していた。

自分が弱い理由は、単純だ。

——私はそもそも……強くなろうとしなかった。強く、な、り、た、く、な、かった……。

——逃げる方が、ずっとずっと楽だったから。

そして——セイバーがいるであろうと思われた階に辿《たど》り着《つ》こうかという時、階段の上に立つ赤い影が見えた。

息を呑《の》むアヤカ。

ここは普通のビルだ。

当然ながらエ、レ、ベ、ー、タ、ーがある。

目の前に現れた、幻覚なのか亡霊なのかも解《わか》らぬ『赤ずきん』を前にしたアヤカの全身に震えが走る。

——怖い。

——怖い、怖い、怖い怖い怖い怖い。嫌だ嫌だ嫌だ嫌だ嫌だ。

骨が軋《きし》み、腹の奥が焼けるようによじれ、喉の奥から吐き気が立ち上る。

だが──

それでも、足を止めなかった。


「……どいて」

限界を迎えた足で、一段一段、関節と筋繊維を軋《きし》ませながら階段を上るアヤカ。

涙を流しながら、彼女は視線を上に向けて『赤ずきん』を睨《にら》み付《つ》ける。

「私を殺してもいい、呪ってもいい。きっとあなたには、その権利がある」

この結界の中の世界は、瞬時にして遍《あまね》く死に満《み》ち溢《あふ》れた。

結果として、その過剰な死の空気が、死から逃げ続けていたアヤカの恐怖を麻痺《まひ》させたのかもしれない。

「私はあなたが怖い、だけど……」

「──」

赤いフードの陰からかろうじて見える顔の一部、つまりは赤ずきんの口が開き、アヤカに対して何かを言いかけた。

だが、アヤカはそれに構わず歩を進め、赤ずきんの真横を通り過ぎようとした。

「今は、セイバーから逃げ出す事の方が怖い」

刹那──

赤ずきんの口元が動き、アヤカにだけ届く声で囁《ささや》いた。

「……[redacted]」

「え……？」

言われた言葉に、思わず顔を向けるが、そこにはもう赤ずきんの姿はない。

一瞬の戸惑いの後、アヤカはパンと両手で己の顔を張り、セイバーの姿を探すべく砕けた壁面の方へと足を向けた。

「ああ……なんだ、ここまで来たのか、アヤカ」

セイバーは、そこに居た。

初めてオペラハウスで出会った時のように、堂々たる威姿《いすがた》で立っている。

だが、その時とは違い、彼の姿は血に塗《まみ》れていた。

教会の時のように倒れ臥《ふ》してはいなかったが、ケルベロスの爪に裂かれたのか鎧《よろい》の一部が裂け、そこから鮮血が滴《したた》り落《お》ちている。

「セイバー……！」

「そんな顔しないでくれ、こんな傷は些細《ささい》なもの――」

「そのやり取りはもう三回目か四回目だけど、私も覚悟を決めたから黙って聞いて！」

「ハイ」

鬼気迫るアヤカの様子に、自分の怪我《けが》の事も忘れて思わず頷《うなず》くセイバー。

「セイバー……あなた、私の魔力を使うのを躊躇《ためら》って、力を抑えてるでしょう」

「……」

「私はもう、あなたからも『聖杯戦争』からも逃げない。あなたと一緒に戦うって決めた！　いつ決意したかって聞かれたら、たった今だけど！　そこはごめん！」

「あ、うん。……ハイ」

怒りながら素直に謝るという器用な真似《まね》をするアヤカに、再び反射的に頷《うなず》くセイバー。

ここ数日考え続けていた事だが――アヤカは悟ったのだ。

全てに怯《おび》え、逃げ続けた先に何かあるのか。

自分が置かれた状況は、そんな問い掛けが成立する以前の問題であり――ここが既に、逃げついた先なのだと。

逃げ出した先に何かがあるのだとすれば、ここで見つけるしかないのだと。

「私が魔力を吸い尽くされて死ぬっていうなら、それでもいい！　いや、良くはないけど、こんな所で、何が起きてるのかも解《わか》らないままセイバーと一緒に死ぬよりはずっとマシだよ！

だから、私は私にできる事をやる！」

外から聞こえて来る戦闘の音を聞きながら、アヤカはセイバーの手を握り、自分の身体《からだ》に刻まれた令呪のようなものの一つに押し当てた。

「もしもセイバーが、私から魔力を受け取る事への対価をくれるっていうなら……私に、戦い方を教えて欲しい。石の投げ方でもなんでもいい。足手まといになるっていうなら、魔力の増やし方とか使い方とかそういうのでもいいから！」

真剣な表情で語るアヤカに、セイバーは一瞬目を伏せた後――こちらも真剣な顔をしてアヤカに答えた。

「君の気持ちは嬉《うれ》しいし、君は強い。だが……今の俺の方が、君に答えられない」

「？」

「君は戦う決意までしてくれたのに、俺にはまだ、命や騎士道を懸け、他人の願いを踏みつけてまで聖杯を求める理由を得ていない。ならば、俺のこの命は戦争を勝ち抜く為《ため》じゃあない。君を護《まも》る為《ため》にこそ使うべきだろう。昨日までは、俺の好奇心と両立できるかもと思いあがっていたんだけどな……あの金ピカの奴《やつ》に思い知らされたよ」

その言葉を聞いて、アヤカは思う。

やはりセイバーは、傷を負っていたのだと。

身体《からだ》だけではない。金色の英霊との戦いは、彼自身の心にも楔《くさび》を打ち込んでいたのだと。

セイバーは他者を怖《おそ》れない。決して、金色の英雄に負けた事で、あの男に殺される事に怖《おそ》れを成しているというわけではなかった。

それはアヤカにも理解できるし、今でも変わっていないだろう。

だが、『聖杯への願い』を持っていない今のセイバーでは、怖《おそ》れる事はなくとも、その獅子《しし》の如《ごと》き心を聖杯戦争に向けるべき目的がないのだ。

故に、戦いに対して心を燃焼しきる事ができずにいるのだろう。

たった数日の付き合いだが、アヤカはセイバーのそうした気質を嫌というほど理解させられていた。

「だから、俺が消えるのは構わない。だが、巻き込んだ君を生かす事が第一の目的だ。君の安全を確保できた後、残った魔力であの金色の王にもう一度挑めれば最高だが」

「願いなんてなんでもいいよ！　聖杯を売ってお金にしたいとかでも、私は気にしない！　ほら、音楽を『座』だか天国だかに持ち帰るって言ってたじゃない。そんな子供みたいな我《わ》が儘《まま》だっていいよ！」

アヤカの言葉に、セイバーは再び目を伏せ、苦笑した。

「？」

「……座はともかく、俺は天国にはいないよ」

「俺は英霊、所詮は世界に焼き付いた影だから実際の所はわからないが……天国があると言うなら、俺の魂は……人類が果てるその日まで煉獄《れんごく》で焼かれ続けている筈《はず》だ」

「……？」

それはどういう意味なのかと尋ねようとした所で、ビルの壁が更に崩れた。

「！」

二人が目を向けると、そこには三つ並んだ巨獣の口がある。

いつの間にか、ケルベロスは更に巨大化しており、まるで特撮映画の三つ首の巨獣を思わせるような姿だった。

滴《したた》り落《お》ちる涎《よだれ》が床に落ち、そこから瞬時に毒草が生い上がった。


【死《眠》レ】


三つ首が同時に告げ、ビルの部屋ごと噛《か》み千切ろうかというその瞬間——

セイバーやアヤカが動くよりも先に、一つの小さな欠片《かけら》が二人と巨獣の間に転がった。

「？」

アヤカが首を傾《かし》げる。

突然、ケルベロスの首が三つともその動きを止めたからだ。

巨獣の三つ首に備わった六個の視線は、全て床に転がった小さな塊に注がれている。

それが何なのかという事に気付いたアヤカが、それまでの命の危機とはあまりにも場違いな
それの正体に気付き、思わず呟《つぶや》いた。
「……クッキー……？」
それは、ハチミツの甘い匂いを漂わせる、どこのスーパーにも売っているようなクッキーの
一枚だった。
ケルベロスも含め、全ての存在が沈黙する空間。
そこに、やはり場違いに明るい雰囲気の声が響き渉《わた》った。
「ケルベロスを取り入れたのって、面白いけど失敗だよねー」
「こんなに弱点が有名なのにね！」
少年と少女の声は実に実に愉《たの》しげで、まるで今のアヤカ達のピンチをスラッシャームービー
の一部として観《み》ている観客のようだった。
実際、その二人はポップコーンさながらに、市販品の焼き菓子やチョコレートを食べながら
その現場に現れた。
天井にポッカリと穴が開き、そこから傘を開きながら映画のキャラクターのように降り立つ
二つの人影。
「やあ、初めましてかな？　獅子《しし》心王《しんおう》君と……良く解《わか》んないけど魔力が凄《すご》い女の子！」
ゴスロリ風のドレスを身に纏《まと》った少女が、ニパ、と笑いながら傘を回す。

開かれた傘がくるくると回る横で、良く似た顔立ちの少年の方が恭《うやうや》しく一礼した。

「……色々と聞きたい事はあるが……」

困惑するアヤカの声を代弁するかのように、セイバーが不思議そうな顔で二人に問い掛ける。

「なんで、建物の中で傘をさしてるんだ？」

「いや、そこはいいでしょ」

まったく代弁になっていない問い掛けに、アヤカが思わず眉を顰《ひそ》めた。

だが、傘を回す少女は目を耀《かがや》かせながら胸を張る。

「よくぞ聞いてくれました！　やっぱりいいね、君！　そういう反応してくれる人、大好き！」

そんな少女の言葉を引き継ぐ形で、少年が両手を広げながら言った。

「答えは簡単」

「これからここに、雨が降るからだよ！」


次の瞬間──ビルの中に大量のクッキーや飴玉の包みが降り注ぎ始め、灰色だった床をポップな色合いへと染め上げていく。

童話や漫画の中に出てくるような、通常では有り得ない光景。

先刻までの死に満ちた空気とは全く別の意味で非現実的な空間に変化した景色の中で、こんどこそアヤカは言葉を失った。

　更には、徐々にその雨粒の代わりの菓子袋が大きくなり始め、まるで自動車処理場に積み上げられた廃車の山のように、菓子袋が天井の高い屋内に積み上げられていくではないか。

　なによりも彼女が驚いたのは――

　動きを止めていたケルベロスが、スンスンと鼻を鳴らした直後、その巨大化した菓子袋を袋ごとむさぼり始めたのだから。

「貴方達《あなたたち》は、一体……」

　状況が理解できず、アヤカはセイバーの横から少年と少女に問い掛けた。

　すると、少女の方が傘で菓子の雨を弾《はじ》きながら口を開く。

「聞きたいのはこっちだけどねー？　フィリアちゃん、どこから君みたいなのを見つけてきたんだろうね……っと」

「！　あの人の知り合いなの⁉　あの人は、今どこ⁉」

　自分をこの街に無理矢理導いた白い女。

　相手がその縁者と知り、警戒の度合いを上げながら尋ねるアヤカだったが、返ってきたのはやはり意味の解《わか》らない言葉だった。

「アハハ！　もう、どこにもいないと思うよ？　身体《からだ》は残ってるけどねぇ！　うっかり話しかけないように気をつけなきゃダメだよぉ？　不敬だとか見窄《みすぼ》らしいって理由で宝石に変えられちゃうかもしれないからね！」

「？」

「まあいいや。私の名前はフランチェスカ。こっちの子はフランソワね。この聖杯戦争で、本物のキャスター陣営と黒幕と胴元とトラブルメーカーを纏《まと》めてやってる……って言えば、大体解《わか》るかな？　解《わか》るよね？」

「？？？」

ますます困惑するアヤカの横で、セイバーが頷《うなず》いた。

「なるほど、全く解《わか》らないが、助けてくれてありがとう。ケルベロスは伝承で蜜練り小麦に目がないとは知っていたんだが、手持ちがなかった」

「凄《すご》いよねぇ。御菓子《おかし》で罪人を見逃しちゃうような番犬が現代まで語り継がれてるんだからさ」

フランチェスカはケラケラと笑って外を見る。

アヤカはハッとして、菓子を貪っているケルベロスを警戒しながら外の様子に目を向けた。

すると——外にも同じように菓子の雨が降る光景が広がっており、ケルベロス達は揃《そろ》ってクッキーの山に釘付《くぎづ》けとなっている。

「ああ、そうそう。御礼《おれい》を言う必要はないよ？」

「僕達、君達を穢《けが》しに来たんだからね」

ニッコリと笑いながら言う、謎の二人組。

「え？」

アヤカは眉を顰《ひそ》め、相手がどういうつもりなのか観察する。

するとそんなアヤカを逆に観察しながらフランチェスカが言った。

「ふうん？　カーシュラ君に殺されかけてた最初の日と比べて、随分と強くなったねぇ？」

「……カーシュラ……もしかして、オペラハウスの奴《やつ》の仲間⁉」

「そうそう。あの時はもう生きるのも面倒臭いーって顔してたのにさ。英雄の獅子心王《ししんおう》君に引っぱられて、君自身も強くなった感じなのかな？　それとも、強い人に寄り添って気が大きくなってる狐《きつね》さんかなあ？　どっち？」

「なっ……」

突然そんな話を振られたアヤカは、後者ではないと言い切れずに言い淀《よど》む。

だが、代わりにセイバーがなんの衒《てら》いもなく正直な意見を口にした。

「何を言ってる？　アヤカは最初から強いし、強かろうと弱かろうと、信頼できる奴《やつ》が寄り添えば気が大きくなるのは当然だ。あとアヤカは確かに狐《きつね》みたいに凛々《りり》しい目をしているが、庭や農園を荒らしたり、猫のフリをして人を誑《たぶら》かしたりはしない」

「本音でそれが言えるって、いい！　やっぱいいよー、君！」

「なるほどなるほど、確かにこれは、いい王様だ！　その瞬間の自分の理《ことわり》だけで動いてる！」

フランチェスカの皮肉が通じなかったというのに、何故《なぜ》か満足げに言う二人。

二人は改めてアヤカを見て、クルクルと踊るような動きを見せながら言った。

「いいねえ、うらやましいねえ。アヤカちゃんだっけ？」

「君はいい王様に巡り会えた！　そりゃあ強くなるし、信頼もできるよ！」

「だからこそ、今の内に君達には謝っておくね？　ゴメンゴメン！」

「まあ、許してくれなくてもいいよ。許してくれるなら仲良くしよう！　なあに、君達の身体《からだ》を傷つけるわけじゃないから、安心していいよ？　やったね！」

こちらを挑発するような事を言い続ける二人に、流石《さすが》にイラッとしたアヤカが何か一言言おうとした。

「ちょっと、何をわけのわからない事を……」

だが、次の瞬間。

「これからちょっと、王様の憧れを踏みにじってあげるだけだから」

フランチェスカが傘を閃《ひらめ》かせると、世界がグルリと裏返った。


それは、美しい城だった。

観光地のように整備されているわけではないが、周囲の門や中に見える庭園には丁寧に手入れされた跡があり、古びた石壁なども逆に荘厳《そうごん》とした雰囲気を滲《にじ》ませ、深い森という場所と幻想的な調和を生み出している。

「……あ、あれ？」

アヤカの声が上ずり、震えたような言葉が漏れ落ちる。

数秒前まで、自分達は確かにビルの中にいた筈《はず》だ。

だが、今は無機質なコンクリートもガラス片も、何より菓子の山とそれを貪る巨獣の姿が完全に消え去っている。

まるで、最初からそんなものなど世界に存在していなかったかのように。

だが、アヤカの声が上ずった理由は、世界の景色が入れ替わった事ではない。

世界が裏返る光景なら、つい先刻見せられたばかりだ。

彼女の鼓動が跳ね上がり、全身に汗を滲《にじ》ませた理由。

それは——彼女が、この景色に見覚えがあったからだ。

「うそ……。これ……冬木のお城……」

「フユキ？」

隣から聞こえた声に、アヤカは驚いて眼《め》を向けた。

するとそこには、先刻までと変わらぬ位置に立っているセイバーの姿が。

「！　……良かった！　あんた、無事だったの!?」

「ああ、ビックリはしてる。これは……サンジェルマンの奴《やつ》に見せられた『ぷろじぇくしょんまっぴんぐ』とかいう奴《やつ》より凄《すご》いな。幻術だ。景色だけじゃない、風の匂いも土の温度も含めて、完璧に俺達の認識を騙《だま》してる」

「幻術……？　瞬間移動とかじゃなくて？」

「ああ、恐らく俺達はどこにも移動していない。警官達もいない所を見ると、騙《だま》しているのは空間じゃなく俺達の五感の方だな。俺の仲間の魔術師が、こういうのに詳しいんだ」

『へえ、興味あるね。そのお友達の魔術師』

フランソワと名乗った少年の声が聞こえ、周囲を見渡すアヤカ。

だが、声はすれども姿はなく、挑発するように今度はフランチェスカの声が聞こえてきた。

『ちぇッ。瞬間移動だと思わせて遊ぼうと思ったのに、つまんないなあ』

「いやあ、大したものだ。これほど精巧な幻術は流石《さすが》に生きている間にも見た事はない。凄《すご》いな、俺の宮廷魔術師にならないか？　本来その役目だったサンジェルマンの奴《やつ》なんかは呼びかけても返事がなかったし、代わりに重用するぞ？」

『……ねえ、聞き間違いかと思ったけど、さっきからちょくちょく嫌な名前が出てるよ』

『出てるねえ。ああ、確かにこの王様、あの変態ポンコツ詐欺師が会いに行きそうだ』

先刻まで愉《たの》しげだった声のトーンを露骨に落としたフランチェスカ達に、セイバーは淡々と言葉を続ける。

「いやあ、変態ポンコツ詐欺師は酷《ひど》いぞ？　あいつはせいぜいグランド奇天烈木っ端《きてれっこぱ》貴族だ」

「そっちの方が酷《ひど》くない？」

夢の中でその『サンジェルマン』を見ているアヤカはそれ以上突っ込まなかったが、幾分緊張のほぐれたアヤカは、冷静になって考える。

「なるほど……私の故郷の幻を見せて、どうするつもり？」

『え？　ああ、君、冬木《ふゆき》出身なんだ』

「え？」

フィリア達を知っているようだったので、自分を狙っての幻術だと思ったのだが、どうやら違ったようだ。

ならば、何故《なぜ》冬木《ふゆき》の景色を？

そう考えたアヤカの背後で、変化が起こる。

何か巨大な物が迫る音がしたかと思うと――アヤカ達の横を過ぎ去る形で、雷鳴を轟《とどろ》かせながら『それ』が森の大地を蹂躙《じゆうりん》した。

そのまま城の中へと続く大扉へと向かっていったのは、大きな牛に引かせた一台の馬車。

アヤカでは『馬車』としか形容できなかったが、リチャードは一目でそれが何なのかを悟る。

「今のは……戦車《チャリオット》か？　雷《いかずち》を纏《まと》う牛……まさか、飛蹄雷牛《ゴッド・ブル》!?　なら、あれはゴルディアスの王、いや……」

数多《あまた》の英雄達の伝承を嗜《たしな》んだセイバーは、それが何であるか、そして、それを駆る者が誰であるかを瞬時に悟った。

古代の戦場を駆け巡った戦車に乗っていたのは、二人の男。

一人は立派な髭《ひげ》を蓄えた赤毛の巨漢で、見るからに豪放磊落《ごうほうらいらく》といった雰囲気を纏《まと》う男だった。

「嘘《うそ》だろ……本物は伝承と違って巨軀《きょく》だとは聞いていたが、サンジェルマンの奴《やつ》が話を盛ってたわけじゃなかったのか……！」

「知ってるの？」

「ああ……俺の予想が当たってるなら……あれは、マケドニアを起点として大陸を蹂躙《じゅうりん》した覇者、ア、ア、アレキサンダー大王だ……！」

——アレキサンダー大王？　聞いた事あるような……。

英雄伝説には疎《うと》く、獅子心王《ししんおう》と同じく『名前は聞いたことがある』程度の認識のアヤカだが、子供のように眼《め》を輝かせるセイバーを見れば、それが歴史上の人物、しかもセイバーよりも過去に存在していた英雄だという事は理解できる。

——じゃあ、あれもサーヴァント……？

尋常ならざる気配を感じ取ったアヤカだったが——その赤毛の男の横で悲鳴を上げていた青年の姿を思い出し、わずかに安堵《あんど》を覚える。

黒髪で童顔のその青年に対して、アヤカは自分と同じ『魔術師らしくない存在だ』というようなシンパシーを感じ取ったからかもしれない。

×　　　　　×

閉ざされた街　クリスタル・ヒル　最上階

『菓子包みの雨が降っているだと……？』

困惑混じりのエルメロイⅡ世の声が、携帯電話のスピーカー越しに木魂《こだま》する。

フラットから周囲の様子を聞いたⅡ世だが、すぐに状況を摑《つか》んで見解を述べた。

『そうか……無貌であった冥界の中で異質であるケルベロスの特性を利用したのか……。しかし、どのような系統の魔術にせよ、広範囲にそんな馬鹿げた状況を引き起こせるのは、相当レベルの高い魔術師だな……サーヴァントという可能性が大きい』

そんな冷静な声が響く一方で、ジェスターの分け身は顔を顰《しか》めながら苛立《いらだ》ちの声を上げた。

「ちいっ！　幻術使いか！　余計な真似《まね》を！」

──実際に死者を複数取り込めば、あの神獣は更に本来の強さに近づく筈《はず》……。

──この儀式の土地が用意できる魔力リソース次第だが、上手《うま》く行けば上位クラスのサーヴァントと同等の戦力になるものを……。

ジェスターはふむ、と思案し再び口角を吊《つ》り上《あ》げる。

「せっかくここまでお膳立てをしたのだからな。少しばかり手を貸すとしよう」


「貴様、何を……！」

窓から入り込んできた異形を切り裂きながらアサシンが叫ぶ。

「簡単な事さ。取りあえず交差点にいる警官達を皆殺しにし、菓子の代わりにケルベロスの胃に無理矢理詰め込む。それだけの事だ」

「そんな真似《まね》を……ぐっ……」

アサシンが駆け出すが、その行く手を阻《はば》むように、黒い煙のような異形が無数に立ち塞がる。

「ああ、こいつらは……というか、今やこの世界はサーヴァントを優先的に狙っているようだから気を付けろ？　そちらにおられる、かの高名な殺人鬼殿もね」

フラットの装着した腕時計を見ながら言うジェスター。その言葉にはどこか敬愛のような感情も含まれているようだったが、それに気付いたのは当のジャック本人だけだった。

『……忠告には感謝しよう』

自分の存在がバレていた事に心中で舌打ちしつつ、ジャックは念話でフラットに語りかける。

（どうする、フラット。できるか？）

（んー、い、い、あとちょっとです）

　そんなバーサーカー陣営の念話の内容を知らぬまま、ジェスターは恍惚《こうこつ》とした表情でアサシンへの挑発を続けていた。

「フフ、あの警官隊を私が殺すのが気になるのか？　君だって警察署で奴《やつ》らと殺し合っていたじゃあないか。それなのに、私が彼らの命を弄ぶ事を止めようとしているのはどうしてだい？　ケルベロスがパワーアップするのを嫌がっているというようにも見えないが」

「……貴様の好きにはさせない。それだけだ」

「いいや、違うね！　君はあの警官隊が繰丘椿《くるおかつばき》を助けようとしていると知って、敵ではあるがそれなりの敬意を示すようになったんだろう？　ああ、解《わか》るよ、君の事はなんだって解《わか》る。だが、君はまだ魔術師達《たち》というものを理解していない」

「黙れ！」

　隠し持っていたダガーを投擲《とうてき》するが、先刻と同じようにジェスターの身体《からだ》を擦り抜けるだけであり、この場にジェスターの本体が居ないと言う事を再確認する結果となる。

「魔術師は究極の合理主義者だ。最後には繰丘椿《くるおかつばき》を殺す道を選ぶだろうさ。だが、それは正解なんだよアサシン。この結界世界の暴走はすぐに結界の外……現実のスノーフィールドにも波及する！　ならば、人類史に寄り添う英雄なれば、速やかにもっとも犠牲が少ない道を選ぶべきだろう！　たった一人の少女の犠牲で八十万人、いや、場合によっては全人類が救われる！」

そこまで言うと、ジェスターの分体は愉《たの》しそうに愉《たの》しそうに言葉を続けた。

「ああ、誰よりも先に、君が目をかけていたあの傭兵《ようへい》の男が椿《つばき》ちゃんを殺してしまうかもしれないなあ！　それはそれでアリだ！　信頼していた男に裏切られ、怒りと絶望に向かう君を見たい！」

「……」

怒りならばもう見せている。

そう言わんばかりの殺気を籠めた視線を送りながら、アサシンは身に纏《まと》わりついていた異形の最後の一体を割れた窓から叩《たた》き落《お》とした。

怒りと沈黙を携えたアサシンと、恍惚《こうこつ》と饒舌《じようぜつ》を携えた吸血種が相対する。

だが、そんな二人だけの世界になりかけた空気を読まずに、それまで沈黙していたハンザが口を開いた。

「おい、屍《しかばね》」

「……なんだ、代行者。邪魔をするな。今良《い》い所なんだ」

苛立《いらだ》たしげに言うジェスターに、ハンザは構わず続ける。

「お前は、前に警察署で人理を否定すると言ったな。死徒は人類史を穢《けが》す為《ため》にあると」

「？　なんだ？　そんな当たり前の事、代行者の貴様ならば良く知っている筈《はず》だろう」

「人類史の一部たる、そのアサシンの事は否定しないのか？　確かに穢《けが》してはいるが――それは否定からの貶《おと》めではない。お前は彼女に魅せられたから、否定できなかったからこそ、その歪《ゆが》んだ情欲で彼女を穢《けが》し尽くそうとしている。堕落させようとしている。違うか？」

「……何が言いたい」

顔から表情を消したジェスターの問いには答えず、ハンザは淡々と別の話を切り出した。

「ところで、貴様ら高レベルの死徒を倒すには、聖別した武器か特異点持ち、あるいは高レベルの魔術師が必要だ……と前に言ったのを覚えているか？」

「それがどうした、時間稼ぎになんの意味がある？　寧《むし》ろ時間が足りないのは貴様らの――」

ジェスターの分体を、一本の黒鍵が通り抜ける。

それが彼の背後の壁に突き立つと同時に、ハンザは言った。

「？」

「俺の聖別した武器では、この場にいない貴様の本体には届かないが……」

「幸い……高レベルの魔術師の協力があってな、ドロテア」

「――――――――」

刹那、ジェスターの時間が止まった。

その一瞬の空白を縫う形で、フラットが魔術を発動させる。

「干渉開始！」

すると次の瞬間、魔力が部屋の四方に走り、散開して身を潜めていたシスター達《たち》の持つ礼装に反響し、簡素化された魔力の流れを造り上げた。

最後にハンザが投げた黒鍵に集約する形で、一つの魔術が発動する。

「があっ⁉　……なッ……ぐぁぁ！」

刹那、分け身に過ぎない筈《はず》のジェスターが全身をビクリと震わせ、苦悶《くもん》の表情を浮かべながら呻《うめ》き声をあげた。

「⁉」

困惑したのはアサシンだ。

魔術そのものについてでも、ジェスターに有効なダメージが与えられている事でもない。

神父がジェスターの事を『ドロテア』と呼んだ瞬間、吸血種は露骨に目を見開き、完全にアサシンからすら意識が離れたではないか。

ジェスターは床に膝をつき、目を血走らせながらハンザを睨《にら》んだ。

「貴様ら……何を……」

「あー……フラット、説明してあげてくれ」

「はい！　分け身っていうから、その魔力の流れを辿《たど》って、今、本体の方を攻撃しました！」

あっけらかんとした調子で言うフラットに、ジェスターは苦悶《くもん》の表情のまま言う。

「莫迦《ばか》な、俺のはただの分け身では……」

「はい！　解《わか》ります解《わか》ります！　魂っていうか、概念の核をそれぞれ別に用意して礼装として本体に纏《まと》って変身してるんですよね？　だから、分け身それぞれにも思考をさせて自由に動かせてるんですよね？　で、それを複雑に切り替えながらジャミングみたいにしてるっていうか、ジャグリングみたいにしてこっちを困惑させるっていうか……いやあ、そのパターンを見分けるのに時間が掛かっちゃって大変でした！　でも楽しかったです！」

「見分けた……だと？　この短時間でか……？」

ジェスターの表情の中で、苦しみを驚愕《きょうがく》が上回った。

「貴様……何者だ？　魔術師の所業では……。ああ、くそ、俺の変身を何故《なぜ》か識っていたあの傭兵《ようへい》といい……流石《さすが》は聖杯戦争、一筋縄ではいかないという事か……」

分体である存在がこの苦しみようという事は、本体の方は今ごろ動けなくなっているかもしれない。

そう判断したハンザは、フラットがどのような魔術を本体に送り込んだのか気になったが、そこは今聞く事でもないと沈黙しながら様子を見守っていた。

そんなハンザに対してジェスターが目を向ける。

「だが、そんな事はどうでもいい……今重要なのは貴様だ、神父」

「俺が何かしたか？　名前を呼んだだけだが、それだけであんなに驚いてくれて光栄だよ。ああ、今なら認めてもいい。君は、少しばかり慢心してたんじゃあないか?」

「惚《とぼ》けるな! 貴様……どうして、あの名を……ッ!」

憎しみと動揺が深く入り交じった声で叫ぶジェスターに、ハンザは困ったように息を吐きながら言った。

「正しい情報だったか。これは、正式に感謝をする必要があるか……俺の立場上、バレると色々とまずいんだがな」

「……?」

訝《いぶか》しむジェスターだったが、次の瞬間、別の声が部屋の中に響く。

『感謝は不要だ、我らが仇敵たる者よ』

その声は、ハンザの神父服のポケットから聞こえていた。

彼がそこから取り出したのは、一台の携帯電話。

時計塔のロードと繋《つな》がっているものとは別の電話——ハンザの物だ。

最初からスピーカー通話になっていたと思《おぼ》しきその電話から、これまでずっと沈黙し続けていたと思《おぼ》しき通話相手の声が響く。

優雅な、それでいて途方もない底の深さを感じさせるような声の主は、ハンザに対して協力の理由を口にした。

『君ではなく、古き争友の末裔《まつえい》に投資をしたまで』

「その……声は……」

ジェスターの顔の表情が、目まぐるしく入れ替わる。

混乱、動揺、怒り——そして、絶望。

『見返りとして廃棄物の処理を依頼する。それだけの話だ。感謝を受ける謂《いわれ》はない』

こちらには微塵《みじん》たりとも意識が向いていないその『声』に、ジェスターは心中で冷や汗を流しながら呟《つぶや》きを漏らした。

「何故《なぜ》……」

その呟《つぶや》きに、ハンザが淡々とした調子で追い打ちを掛ける。

「紹介しよう、『協力してくれた、高レベルの魔術師』だ」

「嘘《うそ》だ……どうして貴方《あなた》が、こんな……！」

全身に奔《はし》る苦痛に混乱の極みという顔で呻《うめ》くジェスターに、緊張感の無い顔でフラットが言った。

「ああ、何故《なぜ》かっていうと、簡単ですよ！」

「何……？」

「貴方《あなた》ぐらい強い吸血種なら、絶対他の吸血種の人達の間でも有名だろうなって思って、知り合いに聞いてみようって流れになったんです！」

「……は？」

あまりに暢気《のんき》な言葉を前に苦しみすら忘れ、ジェスターは呆《ほう》けた顔で声を漏らした。

「で、吸血種の知り合いで俺が電話番号交換したの、一人だけだったんですよ」

フラットは自分の予想が当たった事を悦《よろこ》び、親指を上に立てて通話相手の名を告げる。

「そしたらビンゴ！　やっぱり貴方《あなた》のこと御存知でしたよ！　ヴァン＝フェムさんは！」

×　　×

同時刻　冬木市《ふゆき》（幻術）

「？　……なんだろ、なんか嫌な気配を感じた気がしたけど」

「気のせいじゃない？」

首を傾《かし》げるフランチェスカの横で、プレラーティが菓子を頬張りながら言った。

繰丘椿《くるおかつばき》の結界世界内において、宝具『螺湮城は存在せず、故に世の狂気に果ては無し《グランドイリュージョン》』で発動させた幻術は二つある。

一つ、セイバー達を隔離空間に閉じ込める為《ため》にこの結界世界そのものを騙《だま》したもの。

もう一つは、セイバーとアヤカの五感を騙《だま》す形で施した幻術だ。

全身にVR装置を装着したかのように、今のセイバー達には冬木《ふゆき》市の光景が見えている。

プレラーティ達《たち》は、第三者として鏡で冬木《ふゆき》市の中にいるセイバー達の姿を見ながら楽しげに声をかける。

「さぁさぁ！　君達は映画を観《み》る時はポップコーンとチュロス、どっち派かな？　準備するなら今の内だよ！　ドーナツやホットドッグもいいよねぇ！　フランソワ《私》もそう思うでしょ？」

「わあ、フランチェスカ《僕》が僕にマウントを取ってきたよ。僕が死んだ頃にはそんなものは無かったって知ってる癖に」

「ポップコーンは私達が生まれるずっと前からあったらしいよー？　こっちの大陸にはね」

「え、嘘《うそ》。それ下手したら神代じゃない？　ポップコーン凄《すご》い！　神！」

「凄《すご》いなポップコーンとやら……。そんなに歴史のある料理なら食べてみたくなった」

腹の傷を『仲間』の治癒魔術で癒《いや》しながら、セイバーが唾を飲み込む。

「いくらでも奢《おご》るよ。ここから出られたらね」

アヤカはもはやセイバーにツッコミを入れる事も無く、自ら周囲の様子を観察していた。

城の中に突っ込んで行った赤毛の大男とそのマスターらしき黒髪の青年は、まだ破壊した扉の奥から出てくる気配はない。

周囲の花の揺らめきすら止まっている所を見ると、フランチェスカやフランソワと名乗った者達が『幻術』の再生を止めているのだろう。

すると、頭上から再び声が響き始めた。

『まあいいや。何も食べないで集中した方がいいかもね！　何しろ君にとっては生きてる間は絶対に拝めなかった最高のショーが観《み》られるんだからさ！』

「ほう、それは楽しみだ！　幻術という事は、あのアレキサンダー大王と俺を戦わせようっていうのか？」

『それはそれで面白いけど、これが幻術だって気付いてるんじゃ効果も半減だからねー。でもまあ、それよりもっともっと面白い出し物だっていう事は保証できるよ？　君が見た事もないものを見せつけてあげるって話なんだからさ』

フランチェスカの声がそう言うと同時に――止まっていた景色が、再び動き出した。

僅かな時が流れた後、破壊された大扉の奥から、大樽《おおだる》を担《かつ》いだ赤毛の大男が顔を出す。

それと、やはりどこかびくついた様子の青年に続き、別の人影が城の中から現れた。

「あれは……フィリア⁉　いや、よく見ると違う……」

アヤカが思わず声を上げる。

一人は、フィリアと同じ雪の様な美しい銀髪を靡《なび》かせた美女。

その横に居たのは、その女性よりも小柄な、青い服の上に銀色のプレートメイルを纏う、凜とした表情の女性だった。

「？　誰だろう……やっぱり英霊っぽいけど……女の人で騎士……ジャンヌダルクとか？」

自分の記憶の奥底から引っ張ってきた名前を挙げながら、横に立つセイバーにそう問い掛けたのだが――

「え……？」

思わず、アヤカは息を呑《の》む。

セイバーの顔からいつもの余裕のある笑みが消え――世界の終わりか始まりを目にしたかのように、悦《よろこ》びや悲しみと言った感情すら浮かばぬ純粋な驚嘆の色に染まっていたからだ。

「……これは……夢か？」

「いや、だから幻だって……え？　知ってる人……なの？」

――まさか、奥《おく》さんとか妹とか娘さんとか……？

何か近しい人物なのかもしれないと緊張したアヤカに、セイバーは視線をその女性に向けたまま首を小さく振った。

「いいや、初めて見る顔だ」

「？？？　どういう事？」

困惑するアヤカに、セイバーは茫然自失《ぼうぜんじしつ》となりながら答える。

「待ってくれ……俺の仲間にも、今、確認を……。あぁ……なんて事だ、あぁ……あぁ……」

セイバーはその場に立ったまま拳を握りしめ、横にいるアヤカに言った。

「俺が跪《ひざまず》かず、今こうして立ち続けていられる理由が二つある」

「跪《ひざまず》く……？」

「一つは、俺もまがりなりにも王だからだ。簡単に膝をつくのは、俺を讃《たた》えてくれた民に悪い」

冷静なのか冷静ではないのか良く解《わか》らぬ事を言うセイバーに戸惑うアヤカだが、次の言葉を聞いて、アヤカは『セイバーは冷静ではない』と確信する事となる。

「もう一つは……生涯をかけて追い続けた伝説を、一秒でも長くこの目に焼き付ける為《ため》だ」

跪《ひざまず》く事で、地面に目を伏せる時間すら惜しい。

そう言わんばかりのセイバーを見て、アヤカは蒼銀《そうぎん》の装具を纏《まと》う少女が何者であるのかという事も理解した。

理解はしたが、即座に納得する事はできなかった。

彼女ですら名前を知っているその英霊は——記憶に残る限りでは、男性である筈《はず》だからだ。

だが、それ以外の答えに思い至る事ができず、アヤカはその名前を口にした。

「まさか……アーサー王、、、……？」

夢の中でリチャードの母親が様々な伝承を語り、セイバー自身も『偉大な祖王』と口にしていた、円卓伝承の主役たる英雄。

アヤカはにわかには信じられなかったが、確かにその女性からは威風堂々とした振る舞いが感じられ、目の前を歩くアレキサンダー大王の巨躯《きょく》と比べても見劣りしない格のようなものが滲《にじ》み出《で》ていた。

「え、でも、女の子……なんで？」

アヤカの疑問に答えるように、空から彼女達だけに聞こえる声が鳴り響く。

『アルトリア・ペンドラゴン。それがアーサー王の本名だよ？　歴史のテストで書いたらペケを貰《もら》うから気を付けてね？』

「これって、もしかして……」

『そう、冬木《ふゆき》で起こった聖杯戦争の一部。今から15年近く前だけどねー。いやー、私ってばすっごく運が良かったんだよ！　この時、丁度お城の結界があの雷戦車で破壊されててさぁ。王様が三人も揃《そろ》う所が観《み》られたの！』

「三人？」

あと一人、更に王様が来るというのだろうか。

そう考えていたのも束の間《つかま》――その最後の一人が、不機嫌そうな空気を携えて、アーサー王とアレキサンダー大王の前に現れた。

「ッ……！」

それは、教会でセイバーを撃ち倒した金色の英雄だった。

警戒するアヤカに、フランチェスカが笑う。

『アハハ！　怖がらないで大丈夫！　私の使い魔が観測した光景を再現してるだけだから！』

「なんなの……何が目的なの⁉」

キッと空を睨《にら》み付《つ》けるアヤカに、少年と少女の声が返ってくる。

『僕達はただ、観《み》せてあげたいんだ』

『そうそう！　それで、その後の王様の反応を私達が見たいの！　フィフティフィフティ！　ＷｉｎＷｉｎの関係って奴《やつ》だね！』

『民衆から大人気だった獅子心王《ししししんおう》様に敬意を表して教えてあげるよ。そんな獅子心王《ししししんおう》様よりも有名で、何より獅子心王《ししししんおう》様自体が騎士道の礎《いしずえ》として心の支えにしてきた「アーサー王」陛下の、い、い、真実の姿を！』

刹那、世界にノイズが走る。

ザザ、ザザ、という幻聴が聞こえそうな形で景色がブレ、一瞬で世界が塗り変わる。

否。

塗り変わり、塗り変わり、塗り変わり続ける。

冬木《ふゆき》の大橋の景色があった。

港で槍兵《そうへい》と戦うアーサー王の姿があった。

川で巨大な怪物と戦う英霊達や、戦闘機と融合する異様な騎士の姿があった。

車椅子に乗った男を銃で薙《な》ぎ払《はら》う魔術師の姿があった。

倒壊するホテルの姿があった。

アヤカにとって見覚えのある景色の中で行われる、現実離れした景色の数々が数秒単位で切り替わっていく。

だが、周囲に現れる人間も英霊も、誰もアヤカとリチャードの存在に気付いていない。それどころか、堂々と擦り抜けていった人影さえある。

恐らくは、本当に自分達はただの『傍観者』であり、干渉することさえできず、されることもない存在なのだろう。

目まぐるしく変わる景色は、ただただアヤカの心を不安にさせる。

それらの中には、彼女が見たくなかった玄木坂《くろきざか》周辺の風景もあった。

蝉菜《せみな》マンションが一瞬だけ視界の隅に映り、それだけでアヤカは心臓が締め付けられる錯覚に囚《とら》われ、自然と呼吸が荒くなる。

思わず下を向いた所で、フランチェスカの声が響く。

『今までのは予告編だよ！　いいよね！　予告編って！　それじゃあこれから君達に本編映像を見せてあげちゃうよー！　第四次の断片的な記録だけれど……ドキュメンタリーとして楽しんで貰《もら》える編集にはしてあるよ！　まあ、ネタバレするとバッドエンドなんだけどね！』

そして、映像が再び切り替わるが、今度は数秒で終わる事はなかった。

空港に下り立つ、フィリアに良く似た女性と、それに付き従う黒いスーツ姿のアーサー王。

まるで映画のオープニングのような光景の中、アヤカに見える形で空中に文字が浮かぶ。

【編集：フランチェスカ・プレラーティ】と、日本語と英語で併記された可愛《かわい》らしいロゴが。

その趣味の悪さに頬をひくつかせるアヤカだが、チラリと横を見ると、セイバーが無表情のまま、真剣な目つきでその光景を見続けていた。

――セイバー……。

――本当に、あの女の子が、あんたの尊敬してたアーサー王なの……？

セイバーに釣られるように緊張感を取り戻したアヤカは、その幻術世界から目を背けぬ事にした。

『せいぜい楽しみなよ？　君が尊敬するアーサー王の正体と……』

観客が乗ってきた事を確認したのか、フランソワが意地の悪そうな声と共に、わざとらしい開幕のベルの音を幻覚の中に流し込む。

『彼女がマスターに裏切られて、その願いを踏みにじられた瞬間をねぇ』

×　　×

閉じられた世界　クリスタル・ヒル　最上階

『興味深く拝聴させて貰《もら》ったよ、フラット』

ハンザの携帯のスピーカーから響く声に、フラットは安堵《あんど》の息を漏らす。

「良かった！　スピーカー通話にしてあるのに全然喋《しゃべ》らないから、もしかして退屈してるのかなって……」

『流れで時計塔のロードの講義まで聴講できたのだ、損の無い取引だったとも』

すると、祭壇の上に置かれていた携帯から、その時計塔のロードの声が響く。

『待て、フラット……今の声は誰だ？　私の聞き間違いでなければ、君の故郷絡《がら》みの話で度々耳にする名前が出た気がするのだが……。もしや、私よりも先に電話が繋《つな》がっていたのか⁉』

「す、すみません先生！　交代でかけてたんですけど、ロンドンよりモナコの方が早く通信が安定して……」

『良《い》い講義だったよ、ロード。君の教室の生徒達とは、よ、よ、よくよく縁があるようだな』

『……その節は、ご迷惑を』

かろうじてそれだけ告げて沈黙するⅡ世を余所《よそ》に、ハンザの携帯の奥にいる男は、深みのある声で、過去を懐《なつ》かしむようにフラットに告げた。

『しかし……80年程前、ラジオで初めてオーディオドラマを聞いた時の事を思い出したよ。あの題材はモンテクリスト伯だったか。それに比べると、悪役があまりにも陳腐ではあるがね』

「……ッ！」

声だけで、最後の一言が自分に向けられたものだと理解するジェスター。

言葉の意味を考えれば確かにそうなのだが、それ以前の話として、ジェスターは確かにその相手の視線を感じ取っていた。

実際に見ているわけではないかもしれないが、向こうはこちらの事など手に取るように把握できるだろう。相手がそれ程の存在であるとジェスターは知っている。

そんな相手が、淡々とした調子で、まるでホテルにモーニングコーヒーを頼むような調子で一つの依頼を口にした。

『フラット。いい機会だから、ついでにソレを片付けておいてくれ』

「……ッ！」

ジェスターの神経が凍り付く。

電話から聞こえた『ソレ』というのが何を指すのか、即座に理解する事ができたからだ。

そこで、驚愕《きようがく》と畏怖に囚《とら》われていた心が溶かされ、ようやく彼は電話の向こう側にいる相手に向かって口を開く。

「私の……私の邪魔をするというのですか……！　ヴァンデルシュターム公！」

『……』

その会話を聞いていたジャックは、心中で軽い驚きを覚えていた。

——なるほど。

——フラットの言葉を疑っていたわけではないが……確かに、大物の吸血種らしいな。

——穏やかな老紳士という声色だが、その裏にある威圧感はまるで強大な王のようだ。

ヴァレリー・フェルナンド・ヴァンデルシュターム。

通称『ヴァン＝フェム』。

フラットがバーサーカーとの会話で時折口にしていた『知人の吸血種』であるが、ジャックが想像していたよりも遙《はる》かに大物として世界の裏側に君臨している存在のようだった。

ハンザが言うには三十人弱ほど指定されている特殊な上級死徒の一人であり、世界有数の企業のトップという『人間としての顔』も持ち合わせる男。

吸血種や死徒としての能力ではなく、経済力と権力で人間社会に強大なコネクションを築き上げた特殊な存在であり、死徒と人間双方の力を併せ持った恐るべき吸血種だ。

もっとも、フラットにとっては『地元の豪華客船でカジノを開いている、物凄《ものすご》いお金持ちで物凄《ものすご》く強い吸血種』程度の単純な認識なのだが。

そんな【魔王】と渾名《あだな》されるような類の死徒は、暫《しば》し沈黙した後――

ジェスターに答えるというより、まるで独り言のようにスピーカーから声を響かせる。

『死徒とは人類史を否定するもの……か』

実際、彼は既にジェスターと会話する価値を見出《みいだ》していなかったのかもしれない。

フラットやハンザ達に聞かせるかのように、彼は淡々と言葉を並べ続けた。

『なるほどその通りだ。だからこそ醜悪だ。人間世界を否定すると言いながら、今は人類史の極致ともいえる境界記録帯《ゴーストライナー》……英雄を愛している。ダブルスタンダードというヤツだよ』

「……ッ！」

『人間を悪意で堪能《たんのう》する分には構わない。逆に美しき信念を持った狂信者に惚《ほ》れる事もあるだろうし、個体によって態度を変えるのは当然だ。だが、死徒としての立ち位置……つまりは己の在り方まで相手次第で変えるというのならば、それはもはや世界に刻まれた不必要なバグだ』

ハンザは確信する。

逆に言うとこのヴァン＝フェムという死徒は、ジェスターが『人類史を否定する』などと言わずに純粋に歪《ゆが》んだ欲望でアサシンを穢《けが》すだけならば、特に何もしなかっただろうと。

仮にジェスターが『愛の為《ため》に死徒としての在り方を封印する』という立ち位置を取っていた場合どう動いていたかは解《わか》らないが、少なくとも今は机上の空論なのでハンザはその疑念をひとまず棚に上げる事にした。

ロード・エルメロイⅡ世と連絡が付く前、フラットがジェスターについて話した時、最初はジェスターについて同じ人類肯定派の存在だと友好的な物言いだった。退廃的で破滅主義のきらいはあるが、人類に対して無理心中を目論《もくろ》む程の価値を見出《みいだ》していた死徒であると。

しかし、ハンザが警察署での出来事——アサシンを愛すると言いながら人類史を否定する力を行使したという話をした瞬間から、急激に冷めた態度に切り替わった。

ドロテア、というジェスターの真名《しんめい》を口にしたのもその時である。

その事からも解《わか》るように、この上級死徒の中には自らの定める厳格なルールがあり、ジェスターはそれを破ってしまったという事なのだろう。

——それさえジェスターが破っていなければ、逆に我々の敵になっていた可能性もあるわけか。これだから死徒というのは面倒だ。

それこそハンザの敬愛する埋葬機関と呼ばれる集団が相手どるような大物だ。

いつ介入してくるか解《わか》らないと警戒を続けるハンザだが、そんな彼の心を見透かしたかのように、電話越しにハンザへと話しかける。

『ハンザ君と言ったか。安心したまえ。私は時計塔のロードと同じく、安全な場所から戦地を語る観客に過ぎない。君が気にする事はないさ』

「それは痛み入る。教会としては、貴方《あなた》のご寄進を心待ちにしていますよ」

『小切手で良ければな』

ハンザの挑発にも動じる事なく、経済界の覇者は穏やかな声色で言った。

『最近、エコロジーという奴《やつ》に凝っていてね、長電話でエネルギーを消費するのはこの辺りにしておこう』

冗談なのか本気なのか解《わか》らない事を告げた後、軽い別れの言葉だけを告げ電話を切るヴァン＝フェム。

最後までジェスターと直接会話する事なく、その事実こそが、完全にジェスターが縁を切られたという事を示していた。

「……」

「あー、あの、ええと……フェムさん、凄《すご》く怒ってたみたいですけど、大丈夫ですか？　仲直りするなら、メールからにした方がいいですよ？　電話が着信拒否されても、メールは秘書の人が全部チェックするみたいですから」

膝をついたまま動かずにいるジェスターに、クリティカルな追い打ちを掛けるフラット。

ハンザはもはやこの分体に力はあるまいと判断し、シスター達にジェスチャーで指示を出す。

「残念だが、メールを打つ余裕があるなら、教会宛に懺悔《ざんげ》の言葉でも送っておけ。これから、貴様の本体を討ちにいかせてもらうとしよう」


——今のが、魔物達の首魁《しゅかい》の一人か。

——声だけで解《わか》る。恐ろしい敵だ……。

——だが、奴《やつ》について考えるのは後だ。

アサシンもわずかに行動を迷った後、分体を相手にしている暇はないと判断したのか、そのまま割れた窓から外に——繰丘椿《くるおかつばき》のいる場所へと向かおうとした。

だが、それに立ち塞がる形で、割れた窓が巨大な影に覆われる。

煙のような魔獣でもケルベロスでもない、殊更に純粋な『死』の象徴——

漆黒の炎に焼かれて炭化した全身骨格。

更に特徴的な部分を上げるとすれば、その骨格の全長が、このビルに匹敵する程の高さを持ち合わせていたという事だろう。

「うわあ！　巨人のオバケ⁉」

フラットが小学生のように驚く中、蹲《うずくま》っていたジェスターがゆっくりと立ち上がった。

「うわあ、吸血鬼のオバケ⁉」

更に驚くフラット。

ジャックが腕時計の形のまま、訝《いぶか》しげに声をあげた。

『まだ術は効いてる筈《はず》だが……』

分け身であるとはいえ、攻撃が一切できないとは限らない。

周囲の面々が警戒する中、下を向いて沈黙していたジェスターだが——

「……フフ」

零《こぼ》れたのは、小さな笑み。

「そうか……私は死徒として廃棄されたか」

幽鬼のように青ざめた顔をしたまま、どこか狂気に満ちた笑みを浮かべるジェスター。

「なら、これでお揃いだなぁ、愛《いと》しのアサシンよ」

「何を……言っている？」

不気味なものを感じて眉を顰《ひそ》めるアサシンに、ジェスターは言った。

「誰よりも強い信仰を抱きながらも教団の長達に捨てられた君と、誰よりも尊き愛を向けていたが故に人類肯定派の主流に捨てられた私。なるほどなるほど！　これこそが君の見ていた景色か！　私は魂で理解したよ！　やはり我々が惹《ひ》かれ合うのは運命だったというわけだ！」

「警察沙汰になって職場をクビになったストーカーみたいな事を言うな」

うんざりした顔をするハンザだが、今はその言葉を聞いている暇はない。

彼は巨大な髑髏《どくろ》に目を向け、撃退すべきか脱出すべきか考えた。

すると、派手な衝撃がビルを襲う。

「⁉」

何が起こったかは明白だ。

巨大な骸骨がその腕を振り上げ、直接ビルを殴りつけ始めたのである。

「おお！　まさかここまでやるとはな！　流石《さすが》は夢と死を礎《いしずえ》とする世界だ、悪夢に果てなどないと言わんばかりだ！」

ジェスターはテンションをさらに上げながら、全身を襲う苦痛すら乗り越えて笑い続ける。

「良《い》いでしょう、ヴァンデルシュターム公！　私が証明して見せよう！　愛《いと》しのアサシンと共に聖杯をこの手で掴《つか》み、その力を持って、私はやはり蜘蛛《くも》を起こし人類を滅ぼし尽くそう！　その最後に残った人理がアサシン一人となった時、私は元の人類を肯定する身へと戻ろう！　その時は祝福の宴《うたげ》を開いて頂きますよ！　ヴァンデルシュターム公！」

「何か支離滅裂になってません、この人⁉　ちょっと術式をキツくし過ぎたかも……」

フラットの叫びに、ハンザが答える。

「安心したまえ、最初からこいつはこんな感じだった」

彼と同じように、ジェスターの壊れ方を最初から知っているアサシンは、躊躇《ためら》う事なく髑髏《どくろ》を迎撃しようと試みる。

刹那、巨大な髑髏《どくろ》の口から零《こぼ》れた炎が、アサシンへと躍り掛かった。

「……！」

彼女はそれを自らの宝具の一つ、『狂想閃影《ザバーニーヤ》』で打ち払う。

蠢《うごめ》く髪の刃で牽制《けんせい》するが、見ると、ビルの反対側にも同じ大きさの巨大な骨が出現しており、外に出る道はほぼ塞がれた形となった。

「ハハハ！　これはこれは！　このビルごと崩しそうな勢いだな！　まあ安心したまえ、この夢の主が望めば、どれだけこの街が崩壊しようとまた元に戻る！　もっとも、ビルだけの話だが……ああ、かわいそうに、君がここに来てしまったばかりに、憐《あわ》れな神父やシスターや魔術師が巻き込まれて死に絶えるわけだ！」

「貴様……！」

唸《うな》るアサシンと、その殺意を受けて心地良さそうに目を歪《ゆが》ませるジェスター。

「あわわ、まずいまずい、祭壇が！」

度重なる揺れがビルを襲い、フラットが組み上げた簡易的な祭壇が崩れ落ちた。

『おい！　フラット⁉　何が——』

ロード・エルメロイⅡ世の声が途切れるのと同時に、ビルが大きな軋《きし》みを上げる。

やがてクリスタル・ヒルは大きく傾き、街のシンボルである摩天楼が音を立てて崩れ落ちた。

そして、最上階に居たフラット達は——

×　　×

冬木《ふゆき》市（幻術）

幻術の中で、冬木《ふゆき》ハイアットホテルが倒壊する様が派手に映し出される。

それは第四次聖杯戦争の序盤で起きた出来事なのだが、プレラーティの編集によってクライマックスである『冬木《ふゆき》の大火災』の絵に重ね合わされ、より悲惨な演出となって幻術の幕が閉じられた。

「……」

幻術が終わり、世界の姿が冬木《ふゆき》の森へと戻る。

もう誰も現れる事はなく、城からも人の気配は感じられなかった。

寒風が吹きすさぶ中――アヤカは何か言わなければならないと思うのだが、横にいるセイバーの方を向くことすらできない。

あの少年少女が見せた『幻術』は、ひたすらに悪ふざけの極致とでも言うべき冗談めいた演出が続いたが、それが逆に見る者の神経を逆撫《さかな》でる為《ため》の計算された演出であるという事は彼女にも理解できた。

自分はアーサー王という人物の事は知らない。

だが、アーサー王ではなく、その伝説を己の屋台骨として育ったリチャードを見れば、どれだけ高潔に、どれだけ勇猛に、どれだけ荘厳《そうごん》に語られてきた存在なのかを感じとる事ができた。

実際、ここ数日の間にリチャードが道中で憧れを語るのを聞いていただけで、アーサー王伝説を知らないアヤカの中でも『良く解《わか》らないけど、とにかく凄《すご》い人なんだろう』というイメージが根付きかけていたほどだ。

だが、だからこそ――

今の幻術の中でアーサー王を観《み》たリチャードがどのような顔をしているのか、アヤカはそれを確認する事ができなかった。

結論だけを言うならば、それは決して、アーサー王という存在を無為に誹謗中傷《ひぼうちゅうしょう》するような内容ではなかったと言えるだろう。

アーサー王が悪辣の虐殺者だったと言うわけでも、卑怯《ひきょう》な小物だったと描写したわけでもなく、確かに高潔であろうとする存在だと言うのはアヤカにも理解できた。

だが、最終的に見せられたものは、その高潔さと正義の志をもってしても、どうにもならぬ事があるという現実だった。

他の王達に己の道を否定され、自らの命運を預けるマスターと大きくすれ違う。

最後にはそのマスターに裏切られる形で、自らの聖剣の力で聖杯を撃ち砕いた。

その結果として、冬木《ふゆき》の街に未曾有の大災害が引き起こされた……という光景である。

焼け焦げた人々の死体の山の中心に立つ形で幻術を見せられた最後の光景に、アヤカは耐えきれずに下を向き続ける事しかできなかった。

アヤカは幻術で見せつけられたとある光景について考える。

三人の王が酒を酌《く》み交《か》わした時の、それぞれの王が言い放った言葉を。

金色の英雄王は言った。

――「王として果たすべき筋道は、自らが定めた法そのものである」

赤毛の征服王は言った。

――「王とは己の身体《からだ》を起点とし、遍《あまね》く全ての富と理《ことわり》を征服し、蹂躙《じゅうりん》するものである」

そして、蒼銀《そうぎん》の騎士王は言った。

――「王とは民の救済を叶《かな》える為《ため》に、正しき理想へと通じる『道』に殉じるべきものである」

騎士王は更に、聖杯に託す願いについても宣言した。

――「選定の剣の儀にまで時を戻し、自分より相応《ふさわ》しい王が居るならば、その者に歴史を譲り渡す事でブリテンの歴史をやり直す」

リチャードの母親による寝物語の序盤に聞いた、アーサー王が王である事を決定づけたと伝えられる選定の剣の儀。

最終的に国を滅ぼした自分よりも優れた者がいるならば、そのものが国を担《にな》うべきであると騎士王は考えたようだ。

だが、騎士王の言葉を聞いた征服王は静かに怒り、金色の王は滑稽であると笑う。

征服王は、『救済を願う民の祈りに応える』という騎士王に対し、『無欲な王に民を導く事はできない。正しさの奴隷に人民が憧れる事はないのだ』と、怒りに満ちた言葉で否定した。

――「正しさに殉じ己の全てを捨てるなど、そんな生き方はヒトではない」

──「征服王よ、ヒトを辞めた治世がヒトに劣ると何故《なぜ》言い切れる」

──「クク。騎士王よ。その在り方はいずれ貴様を人ではなく神の領域へと押し上げるぞ」

──「何を笑う英雄王。そんな事がヒトの身に可能ならば、何を躊躇《ためら》う理由がある」

──「そうか？　我《オレ》が知る女神は、民に己の正しさを押しつける理不尽の化身だったがな」

──「なあ騎士王。ゼウスの子孫と語られた余が言うのもなんだが……」

──「神の如《ごと》き正しさを追い求める道は、最後には民を選別する事になるぞ」

その後も暫《しばら》く問答が続いた後──騎士王が最後に何かを言おうとする前に、襲撃者が現れて問答は終わりを告げた。

実際にはもっと長いやり取りだったのだが、アヤカはその全てを覚えていない。

赤毛の王の迫力と金色の王に対する奇妙な恐怖心に気圧《けお》され、気が気ではなかったせいだ。

もしも襲撃が無ければ、何か騎士王に、あそこから巻き返す言葉はあったのだろうか。

アヤカとセイバーの位置からは、騎士王の顔は見えなかった。

彼女がどんな表情をしていたのかは、想像で補うしかない。

あえて見せなかったのか、あるいは観測していたというフランチェスカ達にも騎士王の表情は見えなかったのか、それも確かめようはない。

アヤカと同じように、征服王の怒声に気圧《けお》されていたのか？

それとも、自らの王道に曇りはないと、泰然自若たる顔をしていたのだろうか？

金色の王は『苦悩する騎士王の顔が良い《い》』とサディスティックな事を言っていたが、本当に苦悩の顔をしていたのだろうか？　ならばそれは、何に対する苦悩なのだろう？

アヤカには解《わか》らない。

セイバーになら解《わか》るのだろうか？

そう考えている内に景色が切り替わり、アヤカには結局、騎士王は他の王に対して何か反論する事ができたのかどうか最後まで知る事ができなくなってしまっていた。

だが、民の為《ため》に生きるというセイバーの言葉がアヤカにも正しいように思えた為《ため》、それが他の王達の怒りを買ったり嘲られたりしていた事は、少なからずショックであった。

民ではないが、自分を救ってくれた獅子《しし》心王《しんおう》の事も拒絶されたような気がしたからだ。

幻術で生み出した映像は、確かに使い魔が観測した光景の再現だった。

中には大金を出して雇った過去視の魔眼使いから得た情報で再現した光景もある。

だが、冬木《ふゆき》の聖杯戦争の管理者たるマキリの蟲《むし》による結界は手強《てごわ》く、その全てが見通せたわけではなかった。

当然ながら、各々《おのおの》がどのような心持ちだったのかその内側までは覗《のぞ》けない。


それとは逆に、知ってはいたが、意図的に獅子心王達《しししんおうたち》には伝えなかった部分も多くあった。

フランチェスカは冬木《ふゆき》の聖杯が『泥』に汚染されていたという事を知っている。

破壊する前後のやり取りは観測できなかったので、フランチェスカもアーサー王のマスターの心の内までは解《わか》らない。

だが、あの聖杯の破壊はある意味で正しい選択であったのだろうという事は推測できた。

そして、編纂《へんさん》された幻術はそれを悟らせない。

獅子心王《しししんおう》とアヤカが見たのは、映像だけだ。

街の遠くから使い魔が見た視点で、聖杯が破壊された瞬間の光と――

それを起因として冬木《ふゆき》の街に溢《あふ》れ出《で》た地獄の光景だ。

聖杯の破壊に令呪が使われたというのは、推測として挟まれたナレーションに過ぎない。

だが、アーサー王が自《おの》ずから聖杯を壊すという選択肢を取るとは考えられない以上、そのナレーションを否定する理由も無かった。

そして、アヤカから見た素直な感想からすると――

今し方アーサー王が歩んだ『道』は、恐ろしいまでに生々しい『戦争』の姿であり、夢の中でリチャードの母親が語っていた『騎士道物語』とは程遠いものだった。

壮絶なる騙《だま》し討ちがあった。

マスターに否定される王の姿があった。

自らの陣営の仲間が女性を人質に取り、銃で無抵抗の相手を薙《な》ぎ払《はら》う姿があった。

そして――瀕死《ひんし》となったその魔術師達の首を刎《は》ねる王の姿があった。

戦争ならば当然だと言われればそれまでだ。

しかし、それにしても、アヤカの抱いていた『英雄達の戦い』というイメージからは程遠く、自分がいまどのような戦いに巻き込まれているのかを突きつけられたアヤカは、恐怖から来る吐き気を堪えるので必死だった。

――あんな酷《ひど》い仕打ちの中で……。私と同じぐらいの歳の子が戦い抜いたっていうの……？

果たして、彼の戦場を駆け抜けたアーサー王はどんな顔をしていたのだろうか。

その何《いず》れも、苦境の中のアーサー王の顔は映し出されず、ショックを受けているのか、あるいは全くもって平然としているのかアヤカからは判別できない。

だが……そのどちらだとしても、リチャードの憧れていた英雄譚《えいゆうたん》からは遠ざかるのではないだろうか。

残酷な運命に惑うならまだしも、残酷な運命を平然と受け入れているのだとしたら――それは、確かに他の王達が言っていた通り、人ではなく機械じみた『システム』だ。

そして、そこまでしたにも関わらず、最期はそのマスターに裏切られて何も手にする事ができなかったのだ。

「冬木《ふゆき》でこんな事が……大火災の話は聞いたことがあったけど……」

確かにそれだけでも悲惨な光景であったが、アヤカが気にしていたのは、アーサー王がまるで惨《みじ》めな敗北者であるかのような構成で編集されていたという事だ。

だからこそ、アヤカはこみ上げる吐き気を抑えながら、セイバーが何か言うよりも先にプレラーティ達の声が響く方向を睨《にら》み付《つ》けた。

「あー、うん。とりあえず、あんた達が最悪だって事は良く解《わか》ったよ」

『アハハハ！　そんなに褒めないでよ、照れるなぁ』

「……気にする事はないよ、セイバー。幻術なんでしょ？　きっとみんなデタラメだよ！　あの王様同士の言い合いも全部嘘《うそ》に決まってる！」

『あれ？　いいの？　全部嘘《うそ》だと騎士王様が相手に言い返してた部分も嘘《うそ》って事になっちゃうけど？』

意地悪く言うフランチェスカに、アヤカが言葉を詰まらせる。

「そ、それは……」

『まあ、どうかなあ、どうなのかなあ？　人は信じたいものだけ信じるっていうけどさあ……そもそも君、自分が信じたいアーサー王像なんて持ってないよね？　敢《あ》えて言うなら、君を護《まも》ってくれてる獅子心王《ししんおう》君が落ち込まないような、完璧で格好良くて、誰もその在り方を否定できない騎士王様って奴《やつ》じゃない？』

「そんな事……。そもそも、結末からしておかしいし。マスターの人が、自分で聖杯を壊す理由が無いよ！　ちゃんと騎士王様は聖杯を手に入れてるかもしれない！　そもそも、そんな凄《すご》い王様が、王様を別の人にして歴史をやり直そうなんて願い事を言う筈《はず》が……」

『ああ、いい！　いいねぇその反応！　聖杯戦争の事を何も解《わか》ってない部外者ならではの意見、すっごくそそるね！　でも、そっか……アルトちゃんがあの聖杯を手に入れてたらどうなってたのか、それはそれで気になるね！　下手したら泥がタイムスリップ……いやまさか……』

妙な事をブツブツ言い出すフランチェスカに苛立《いらだ》ちつつ、アヤカは暫《しばら》く黙り込む。

そして、未《いま》だに無言を貫いているセイバーの顔を見た。

同時に、フランチェスカ達もセイバーを挑発するように囃《はや》し立《た》てる。

『さあ、どうだった？　獅子心王《ししんおう》君！　君がずっと憧れていた王様の英雄譚《たん》を、よりにもよって王様自身が建国の時からやり直そうとしてた……っていうのを知った感想は？　もしも聖杯を手に入れていたら、君達の歴史を無かった事にしようとしていた暴君だったのを見て、どう思う？』

『君が憧れていた伝説のアーサー王が、戦いに勝ち続けたのにも関わらず、なあんにも摑《つか》み取《と》れなかったみじめな物語を見た感想は！　他の王様達《たち》に散々否定されてた王様の姿は！』

「黙ってて！　全部あんた達《たち》の仕込みでしょう！　セイバーがそんなものに騙《だま》されると……」

アヤカは恐ろしかったのだ。

普段なら饒舌《じょうぜつ》に何かを語り続けるセイバーが、あの青い装束の王が現れてから、何一つ言葉を発していないという事が。

感嘆の声も驚きの声も無く、横にセイバーがいるという気配すら感じられない。

何も得られなかった王の姿を、王でありながら魔術師の走狗《そうく》として扱われ、死にかけの弱者を葬《ほうむ》り、最期《さいご》にはそこまでして成し遂げようとした願いすら裏切られる。

そんな姿を見せられたセイバーの心がどんな事になっているのかと考えると、アヤカは何か声をかけねばならないと思ったのだが、結局かけるべき言葉を見つける事ができなかった。

だが、そんなアヤカの横で、それまで沈黙していたセイバーが声をあげる。

「フランチェスカ・プレラーティ」

その声に思わず振り向くと、そこには、完全に表情を消していたセイバーの顔があったが、その目に何か光るものを見たような気がしたのは、気のせいだったのだろうか。

あるいはあまりにショックを受けて絶望の涙を流したのでは、と思いかけたアヤカだが——

実際は、その逆だった。

セイバーは立位のまま、この幻術の世界に対して最上級の一礼を手向ける。

「王を名乗る者が他者に一礼を尽くす事の重さ……この幻術を編纂《へんさん》した者ならば解《わか》るだろう」

「セイバー……？」

戸惑いながら見つめるアヤカの前で、セイバーは自らの魂から響く言葉をそのままに告げる。

「だが、俺は心からの感謝を捧《ささ》げよう。この俺に……偉大なる騎士王の、新たなる英雄譚を伝え聞かせてくれた事を……！」

徐々に湧き上がるその言葉の中に籠められていた感情に気付き、アヤカだけではなく、それを観測していたフランチェスカ達からも戸惑いの気配が滲《にじ》んだ。

それは——圧倒的、歓喜。

先ほど目に光ったものが涙だとすれば、それは感謝と慶《よろこ》びが極まった結果流れたのだろう。

「セイバー……何を……」

「アヤカは……あの騎士王を見て……英雄じゃないと思うか？」

「え……」

「俺にとってはな、アヤカ。円卓の伝説において……王が裏切られるのも、理不尽なのも、最期《さいご》にボロボロになって全て失うのも——全部知ってる。だが、それを含めた全てが憧れなんだ」

首を傾《かし》げるアヤカに、リチャードは自分が好きな野球チームを語る少年のような顔で、ゆっくりと語り始めた。

「それに……あの酒宴での問答も騎士王が他の二人に否定されたわけじゃない」

「え？　だって……あんなに怒鳴ったり……」

「よく考えてみろ。アレキサンダー大王は怒っただけだ。決して騎士王の王道を否定してはいない。飾り物だの王の偶像に縛られているだのと色々言ってたが、偶像そのものを否定したわけじゃあない。あれは単に『功績は認めるが、俺は好かない』ってだけの話さ」

取り乱すどころか、いつも以上に冷静なセイバーの言葉に、アヤカは驚きながら言う。

「そう……なの？」

「母上の受け売りだけどな。『王とは王道を歩む者ではない、歩んだ道が民から王道と呼ばれる者の事を言う』。時代や土地、民や臣下の気分によって物事の正邪は簡単に移ろう。だから、あの問答にはそもそも正解など無いし、なにより問答をしていた三人が一番それを解《わか》っていただろうさ。量ろうとしてたのは理《ことわり》であって、正しさなんかじゃあない」

　リチャードは堂々と佇《たたず》んだまま、冗談めかしてアヤカに言った。

「そうだな、我らが騎士王が他の王達に劣っていた事は確かに一つある！　単に、声が小さかっただけだ！　俺はどの王の意にも賛同するし、否定もしよう！　俺とは違う地、違う時を生きた王がそれぞれの王意を持つ事は当然の事だ！　でもな、最後には大きい声で『俺こそが正しいのだ！』っていう顔をする奴《やつ》は強いぞ。十字軍でフィリップの奴《やつ》がそんな感じだった」

その様子を見たプレラーティ達の声が、わずかに困惑に染まる。

『あー、そっちに行っちゃう？　もっとムキになって他の二人の王様を貶《けな》したりするか、逆にアルトちゃんに絶望して余裕の皮が剝がれるかと思ったのにー』

『……っていうか、アーサー王が女の子だって事に驚いてなくない？』

声色から感情を消し、確信するかのように二人は言った。

『……やっぱり、君、知ってるね？』

『魔術に絡《から》んだ本当のアーサー王の……いや、アルトリア・ペンドラゴンの伝説に、君はどうにかして辿《たど》り着《つ》いたんだ……そうでしょう？』

訝《いぶか》しむプレラーティ達を余所《よそ》に、リチャードはその場で大きく背伸びをする。

「やっぱりな。そっちが本当の目的だったか。俺が、どこまで騎士王の歴史に踏み込んだのかを知りたかったんだろう？　残念ながらマーリンの幽閉された塔は見つけられなかったが」

そして、一度表情を消して、空を仰ぎながら深く深く考え込んだ。

「ああ……しかし、本当に凄《すご》いな……アレキサンダー大王も、あの金ピカも、我らが祖王も……みんな、俺の想像以上の『王』だ」

「セイバー？」

動きを止めて独り言を言っているセイバーが気になり、やはりショックを受けているのではないかと心配したアヤカが声を掛ける。

　すると、セイバーはゆっくりと顔を下に向け、目を伏せながら言った。

「アヤカ」

「な、なに？」

　首を傾《かし》げるアヤカに、セイバーが言った。

「さっきのアヤカの決意……やっぱり受け入れる事にする」

「え？」

　きょとんとするアヤカの前で、セイバーは傷ついた鎧《よろい》を隠す事なく堂々と腕を広げる。

「もう一度……君との出会いをやり直させて欲しい」

　芝居がかった一礼をし、流れるような動きでアヤカの右手を取るリチャード。

「問おう」

　森の中に立つ荘厳《そうごん》な城の前に立つ王と少女は、美しい調和で景色の中に溶け込んでいた。

　まさしく、数多《あまた》の伝説に語られる英雄譚《たん》の一節であるかのように。

「君が、俺のマスターか？」

×　　×

閉ざされた街　中央交差点

「しっかりしろ！　ケルベロスは動かないんだ、なんとか押し切れ！」

ケルベロスが菓子袋の雨に封じられた今、ジョンをはじめとする警官達が必死に陣を立て直そうとしていた。

しかし、ケルベロス以外の小物の異形達は倒しても倒しても街のどこかから湧いてくる。

重傷を負った仲間達に何とか治癒魔術を施そうとする警官もいるが、鼠《ねずみ》の群れが警官達の傷口に群がって邪魔をするという悲惨な状況となっていた。

更に追い打ちをかけるように——大地が揺れるような音が周辺を包み込む。

「！　あれは……」

ヴェラが、頭上を見上げてそれに気付いた。

クリスタル・ヒルと同等の高さを持つ巨大な骸骨が、そのビルをへし折る形で無理矢理倒壊させたのである。

ビルの破片が降り注ぎ、まだ動けた警官達がかろうじてそれを防ごうとするが、それも限界があるのか、一人、また一人とアスファルトの上に倒れていった。

「糞《くそ》……ここまでだってのかよ……」

警官の一人の言葉に、ジョンが首を振る。

「まだだ！　動ける内は諦めるな！」

先刻からこの世界に立て続けに異変が起こっているのは確かだ。

ならば、更に持ちこたえればまた何らかの変化が起こるかもしれない。

今の所、菓子袋の雨以外は悪い方向に進んでいるのが厄介だが――

しかし、そんなジョン達の上に影を落としたのは、今し方ビルを崩した巨大な骸骨の足だった。

「くッ……」

――ここまでか。

無念の思いで、黒い炎を纏《まと》った漆黒の髑髏《どくろ》を睨《にら》み付けるジョンと警官達。

そんな彼の頭上に、髑髏《どくろ》の巨大な足が叩《たた》き落《お》とされ――

次の瞬間、どこからか伸びてきた光の帯が、その骨の足を粉微塵《こなみじん》に吹き飛ばした。

「!?」

光の帯は、二度三度と連続してビルの隙間から放たれる。

僅か数秒後には、ビルほどの大きさもある巨大な髑髏《どくろ》を風に飛ばされる黒い骨粉へと変えていた。

そして、警官隊の何人かは、その光の帯に見覚えがあった。

病院前での戦いの最中、教会の上でギルガメッシュと戦闘を繰り広げていたセイバーの宝具によるものだと。


「……悪いな、ちょっと寝てた」

そんな声と共に、ビルの陰からセイバーが現れる。

彼の姿を見たジョンが、苦笑を浮かべながら言った。

「随分といい顔してるな。何かいい夢でも見たのか？」

「ああ、きっと正夢だ」

肩を竦《すく》めながらそう返した後、セイバーは背後を歩くアヤカに告げる。

「なあ、マスター」

「アヤカでいいよ。で、何？」

肩を竦《すく》めながら言うアヤカに、セイバーが言った。

「本当にすまない。今から俺は、子供みたいな我《わ》が儘《まま》を言うぞ」

「我《わ》が儘《まま》……って？」

二人は空を見上げながら会話をする。

その視線の先には、菓子を貪るケルベロスの代わりに現れた、天を衝《つ》く巨大な漆黒の髑髏《どくろ》。

今し方セイバーが吹き飛ばしたものと同等の大きさの髑髏《どくろ》が、それこそ街の高層ビルよりも多く顕現してこちらに向かってきているではないか。

だが、セイバーの顔は晴れやかであり、アヤカの顔も、緊張はしているが逃げ出そうという様子は無く、正面からその怪物の群れを見据えている。

「俺は、凄《すご》く身勝手な事に聖杯を使いたい」

「いいよ。『座』ってところまで歌を持ち帰りたいって奴《やつ》？」

「いいや、少し違う」

首を振った後、朗々とした声でセイバーは言った。

「聖杯の力で……歌を響かせたい所があるんだ」

ジョン達は、そんな会話をするセイバーの後ろを見て、驚きに眼《め》を見開く。

セイバーとアヤカの後ろに、いつの間にか五つの影が付き従っているではないか。

その内の二人は、先刻見かけた長槍の騎士と弓兵だ。

先刻陰に隠れていたと思《おぼ》しき、顔をフードで隠した狩人《かりゅうど》のような男もいる。

更には、無数の剣を背負う異様な風体《ふうてい》の騎士と、その男に寄り添うように浮かぶ球状の水。

「なんだ……あいつら……」

警官隊の言葉を余所《よそ》に、彼らはゆっくりと異形の群れへと歩んでいく。

「すまない、さっきのでケルベロスの牙を使い潰したんだが……剣を一つ借り受けられるか？」

セイバーの言葉に、無数の剣を背負った騎士が気だるげに肩を竦《すく》め、美しいが大分使い込まれていると思《おぼ》しき装飾剣を鞘《さや》ごと一本投げ渡した。

「ありがとう」

それを受け取ったセイバーは、その剣を抜き放ちながら言う。

「敵は恐らく死神で、勢力はこの世界そのものか」

ニヤリと笑い、セイバーは勢い良く駆け出した。

「相手にとって、不足はない！」

彼に呼応するかのように、背後にいた騎士や弓兵達《たち》も散開し、フードを被《かぶ》った男はいつの間にかその姿を消していた。

アヤカの周りには水の球体がフワフワと浮かんでおり、まるで彼女を守護しているかのようにも見える。

そして——彼らの『戦』が幕を開けた。

「うわあ！　なんか凄《すご》い事になってる！　あれ、全部英霊ですかね⁉」

『静かにしたまえ。隠匿の術式をかけた意味が無くなる』

×　　　×

空からセイバーの一派が戦う光景を見ていたのは――クリスタル・ヒルの最上階に取り残されていた筈《はず》のフラットとジャックだった。

フラットは奇妙な落下傘《らっかさん》のようなものを身につけており、通常のパラシュートよりも大分緩やかに降下を続けている。

その横には、ハンザやシスターも同じ落下傘《らっかさん》で降下しており、フラットの隠匿魔術が無ければちょっとした空中ショーのような光景が広がっていた事だろう。

「でも、良かったねハンザ。予《あらかじ》め部屋の中を探しておいて」

シスターの言葉に、ハンザが答える。

「ああ……まさかパラシュートがあんなに大量にあるとはな。しかも通常の市販品じゃあない。特殊な魔術式が書き込まれた礼装に近い代物だ。魔力を装填する必要はあったが……。あの工房を使っていた陣営は、ビルが崩される事まで予《あらかじ》め想定していたのか？」

その落下傘《らっかさん》は、現実世界のスイートルームにある代物のコピーだった。

かつて『落下傘《らっかさん》ぐらいは貸してやろう』と言っていた英雄王が、有言実行という形で部屋の装飾品などと共にティーネ達《たち》の人数分配備していた代物なのだが、当然ながらフラット達は知る由《よし》もない。

そして、眼下に広がる『死』の群れとセイバーの戦いを観《み》て、ハンザは冷静に言った。

「……巻き込まれないように、離れて降りた方がいいな」

そして、空から見える街の景色が、黒く染まりつつある事を確認しながら付け加える。

「まあ、もはやこの街で『巻き込まれない場所』など無さそうだがな……」

×　　×

具現化した『死』に満ちた街を駆け抜けながら、セイバーはその心を歓喜に満たしていた。

――アーサー王は、やはり伝説の通りの御方だった。

打ち震えるその心は、少し気を緩めれば彼に悦《よろこ》びの涙を流させる事だろう。

――彼女の行動は賞賛に値する。他人に預けられた糸だろうが自ら紡《つむ》いだ糸だろうが、彼女はそれを何度でも紡《つむ》ぎ直し、我が国に決して折れる事なき旗を靡《なび》かせようとしたのだから。

無意識に身体《からだ》が動き、二体、三体と髑髏《どくろ》のような異形達を斬り払う。

――確かに、俺なら別の道を取ったし、俺ならやり直しは選ばないかもしれない。

一体切り捨てるごとにその動きは切れを増し、討ち果たした数が十を超える頃には、既に金色の英霊と戦った時の最高速度にまで達していた。

——だが、それがどうした？　そんな事は些事《さじ》だ。価値観の違いがあるだけだ。

セイバーの奮闘に合わせ、彼の供回りである騎士や弓兵達《たち》も、次々と周囲の異形達《たち》を打ち崩していく。

「信念を賞賛する時に、その正邪は語るまい！」

気付けば、声を上げていた。

溢《あふ》れ出《で》る想《おも》いに耐えきれず、彼はビルを高速で駆け上がりながら悦《よろこ》びの言葉を謳《うた》いあげる。

「だからこそ、俺は賞賛しよう！　かの征服王が如何《いか》に怒りを浮かべようと！　最古の英雄王が如何《いか》に嘲り笑おうと！」

リチャードは実の所、征服王が怒りを覚えた意味を理解はしていた。

彼としては、そんなアレキサンダーにも好感を覚えるが、それはアーサー王の意志を否定する事にはならない。

そも、獅子心王《ししんおう》の歩んだ王道もまた、あの三者とは全く違うものなのだから。

だからこそ、彼は言祝《ことほ》ぐ。

自らの騎士道を形作った騎士王の抱いた理想を、その信念を。

「臣民の成した結果を無に帰してまで、自分の理想を紡《つむ》ぎ上《あ》げようとするその騎士道を俺は肯定する！ その暴虐さも、また王の証《あかし》だ！」

騎士王の『理想に殉じる』という思いを『暴虐』と言い切り、だからこそ賞賛すると宣言するリチャード。

その声を聞いていた警官達は訝《いぶか》しげな顔をし、アヤカは大きな溜息《ためいき》をついた後、『あいつらしいね』と微笑《ほほえ》んだ。

「……しかし、偉大なるアーサー王よ。貴女《あなた》は、一つだけ過慮に囚《とら》われておられる」

セイバーはわずかに顔を曇らせ、憂慮するように言った。

そして、この場にいない誰かに進言するかのように、己の想《おも》いを唱《うた》いあげる。

「我らが騎士道の祖王よ！ 貴女《あなた》は気付いておられない！ 円卓により造り上げ、円卓によって滅びたかの国は、決してやり直す必要などない！」

「アーサー王は、確かに我々をアヴァロンへと導かれた！」

× ×

「あーあー、好き勝手言っちゃってまあ。アルトちゃんも死んだ後にまで期待を上乗せされて大変だねぇ。お師匠様達が見たらなんて言うやら」

側壁の一部が崩れたビルからヒョッコリと顔を出し、プレラーティが呆《あき》れたようにセイバーを見る。

「ちぇッ、それにしても、もっと醜い所を見せてくれるかと思ったけど、ダメだね、あれは筋金入りだ。自分が本当に英雄譚《たん》の中に生きてると思い込んでるタイプだ。あれで方向性が一つに定まってれば、ジャンヌちゃんみたいになるんだろうけど」

すると、その横から現れた少女が、傘をクルクルと回しながら楽しそうに言った。

「ま、でもいいんじゃない？　私は好きだよあの王様！　これからたくさん引っかき回してくれそうだし！　このまま神様だのなんだのに蹂躙《じゅうりん》されて、一方的な殺戮《さつりく》になっちゃうと面白くないからね！　プロモーター兼観客として、最高に楽しい潰し合いを用意してあげなくちゃ！」

「嫌いとは言ってないよ。だからこそ、くしゃくしゃに歪《ゆが》んだ泣き顔も見たかっただけさ」

「ああ、それは同感！」

フランチェスカは目を細め、悪魔めいた笑みを浮かべてうっとりと見つめていた。

「それに……」

セイバーではなく、そのマスターとしての立場を受け入れたアヤカ・サジョウの姿を。

「今度は逆に、あの子の方を堕とすのも面白そうだし……ね☆」

そんなフランチェスカを見て肩を竦《すく》めたプレラーティは、自らも笑いながら空を見上げた。

「で、どうする？　なんだか吸血種の気配も弱っちくなったけど、トドメ刺しに行く？」

「そうだねぇ、どっちにしろ、いくら大きな骸骨を倒したって、この世界からは……」

黒く染まった世界を眺めながらそう言いかけたフランチェスカだが、ある異変に気付いて言葉を止めた。

「ん、あれれ？」

「うそ、すっごいすっごい！　獅子心王《ししししんおう》君、街一つ分とはいえ……まさか『世界』に押し勝っちゃう？」

×　　　×

クリスタル・ヒルの次に高いビルの屋上まで駆け上り、セイバーは一度呼吸を整える。

「我らが偉大なる祖王よ！　私が証明しよう！」

彼の前に立ち塞がるのは、一際《ひときわ》巨大な漆黒の髑髏《どくろ》だ。

その身は何体もの髑髏《どくろ》が融合して生まれたもので、千手観音のように無数の骨がその背中に

咲き乱れている。

異様な姿をしたその怪物を前に、セイバーは全く怖《おそ》れる事なく、アーサー王を讃《たた》える言葉を世界の中に刻み続けた。

「貴女《あなた》が歩んだ王道は、決して間違ってはいなかったと！」

そして、セイバーは屋上を蹴り、空高く舞い上がる。

「円卓が残した王道と誇りが、我々を生み出したのだと！　悲劇と滅びが魂を練り上げたのだと！　人類の、騎士道の栄花は未来永劫潰えはしないと、貴女《あなた》と円卓に詠《うた》い示そう！」

迫る漆黒の炎を潜《くぐ》り抜《ぬ》け、セイバーは、全力を持って閃光《せんこう》の斬撃を撃ち放った。

「我らは貴女《あなた》にこそ憧れを見たのだ！　これからも見続けるのだ、祖王アーサーよ！」

己が掲げる願いを、高らかに高らかに歌い上げながら。

「私はもう、その資格は失ったが……」

そして、一瞬だけ自嘲気味に微笑《ほほえ》んだ後、瞳と声にまだ見ぬ誰かに希望を託すような輝きを鏤めながら叫び上げた。

「いつか私ではない誰かが、理想郷《あなた》に辿《たど》り着くだろう！　ああ、そうだ！　貴女《あなた》が紡いだ星の歴史は、必ず御身の元に安寧の風を届ける！　私はただ、それを祝福する音を奏でるまで！」

「我は聖杯の力を持って――遙か理想郷《アヴァロン》の最奥《さいおう》まで、人間達の凱歌《がいか》を謳《うた》いあげてみせる！」

幕間
『傭兵は自由の身　Ⅱ』

──「君よ、君よ。よくお聞きなさい、同胞の子よ」
──「君達が討ち滅ぼすべきものは、我々から何かを奪おうとする者達です」

シグマが過去を思い出そうとする時、必ず思い浮かぶ『育ての親』達の言葉。

洗脳の為《ため》の全く意味の無い言葉であったと知った今でも、シグマはそれを忘れる事ができずにいた。

言葉に対して憎しみも無ければ悲しみもない。

『そういう言葉を繰り返し投げかけられた』という事実としてだけ記憶の中に残っている。

ただ、それが最も古い記憶であると考えた時、シグマはいつも思う。

あの言葉は、自分の生き方に何か影響を与えているのだろうかと。

思い出す度に、考える事がある。

果たして、今の自分には、命以外に奪われるものなどあるのであろうかと。

奪った者を滅ぼさねばならぬと思う程の、何かが。


それを見つける事ができぬまま――シグマはただ、受け身の存在として生き続ける。

自ら表に立とうとする事もなく、延々と、世界の幕の裏側で蠢《うごめ》き続けているだけだ。

たとえそれが、聖杯戦争の渦中《かちゅう》でさえも。

×　　×

閉ざされた街　繰丘邸《くるおかてい》

時は、僅かに遡る。


「ジェスターくん！　ジェスターくん！　どうしたの⁉」

突然倒れ臥《ふ》したジェスターを見て、椿《つばき》が慌てたように駆け寄った。

その様子を見たシグマは、ジェスター少年の身体《からだ》の様子を観察する。

――これは、魔術による攻撃か？

――恐らく、相手の体内で異質な魔力を暴れさせて魔術回路そのものを乱している。

ガンドなどが飛んできた様子は無かったが、一体何が起こったのだろうか。

「くッ……あ……」

苦しげに呻《うめ》いているジェスターを見て、椿《つばき》は泣きそうな顔でオロオロとしている。

――……今なら、トドメをさせるか？

だが、まずは椿《つばき》をこの場から引き離した方がいいだろう。

子供に凄惨な現場を見せたくない、というよりは、椿《つばき》がシグマを殺人鬼と認識した場合、彼女のサーヴァントと思《おぼ》しき『まっくろさん』の攻撃対象となる可能性があった。

「椿《つばき》ちゃんは、お父さんとお母さんを呼んできて」

シグマがそういうと、椿《つばき》は「う、うん！」と震えながら呟《つぶや》き、足早に階段を駆けていく。

「……」

それを見送った後、シグマは腰から一つの魔術道具を取り出した。

吸血種や特殊な召喚獣などを相手どる際に使う、限定的な用途の薬液入り注射器である。

聖水と同等の効果を持つこの薬液は、普段ならばジェスターレベルの吸血種には欠片《かけら》も通用しないだろう。

だが、今の状態なら試す価値はある。

そう判断したシグマは、ジェスター少年を診断するように見せかけ、首筋に手をおいた。

「……ッ……く、くはは、無駄だよ、お兄ちゃん。それを使っても、この子供の概念核が死ぬだけさ」

「そうかもしれないが、試す価値はある」

「待った待った、子供の外見を新しく手に入れるのは面倒なんだよ。無理矢理じゃなく……完全な同意がないと装填できないからさぁ……」

苦しみながら己の魔術について語っているが、魔術師が手札を晒《さら》すとは思えないので、恐らくはデタラメか、さして価値の無い情報なのだろう。

時間稼ぎであると判断したシグマは、冷徹に注射器を突きたてようとしたのだが——


「————————」


幼い子供の悲鳴が、階上から響き渡った。

「⁉」

その一瞬の隙をつき、ジェスター少年は呻《うめ》きながらシグマの腹を蹴り上げた。

「……ッ！」

距離を取るシグマだが、まだ悲鳴は続いている。

苦しそうではあるが、立ち上がっているジェスター少年を見て、シグマは現段階では仕留めきれないと判断した。

即座に行動を切り替え、シグマは机上に置いていた弩弓《どきゅう》を掴《つか》み上げると、そのまま階段へと跳躍する。

――いざとなれば、使えるのか？

弩弓《どきゅう》はよく手入れされているが、すぐに撃てるかどうか解《わか》らない。

それでも、あの妙な赤い服の麗人がわざわざ託したのだから、何かの判断材料にはなると考え、そのまま持ち出すことにした。

――罠《わな》の可能性もあるが……。情報は多いに越した事はない。

半分賭けではあったが、過去にフランチェスカから受けた依頼の大半は『なんか面白そうなアイテム見つけたら持ってきて』というオプションがついていた為《ため》、そこまでの忌避感は感じなかった。

――持ち手を呪殺するような術式が仕込まれている様子はない。

――……だが、随分と礼装を盛ってるな……。

弩弓《どきゅう》に関してそんな感想を抱きながら、シグマは一息に階段を上りきった。

すると、椿《つばき》が窓の外に眼《め》を向けて腰を抜かしているではないか。

「どうした？　……!?」

異変は、すぐに理解できた。

窓の外に見える世界が、先刻までと完全に違うものとなっている。

青空は黒雲に覆われ、巨大な怪獣のような骸骨が何体も街の中を闊歩《かっぽ》していた。

青々としていた芝生や庭木は枯れ落ち、土の所々から禍々《まがまが》しい黒い蒸気が立ち上っている。

「なんだ……これは」

「怪獣……怪獣……」

『まっくろさん』の事は怖がっていなかった椿《つばき》が、巨大な骸骨の群れには怯《おび》えていた。

──彼女はこの現象に関与していないのか？

次の瞬間、その『まっくろさん』が庭から浮かび上がり、抱きしめるように少女の身体《からだ》を包み込む。

「まっくろさん……？」

安心したようにその名を呼ぶ椿《つばき》に、その英霊らしき影は何も答えず、ただ椿《つばき》の目から『恐ろしい世界』を隠しながら揺らめいている。

「……これは……やはり」

魔法使いになりたい。

その椿《つばき》の言葉を思い出した。

繰丘夕鶴《くるおかゆうかく》の言葉を鑑《かんが》みれば、サーヴァントは椿《つばき》の守護者的存在となっているらしい。

ならば、その椿《つばき》が『魔法使いになりたい』と願った事に反応したとしたら？

ジェスターがそう誘導するかのような質問をしていた時から、嫌な予感はしていた。

それが的中した事を歯噛《はが》みしながら、シグマは椿《つばき》に問い掛ける。

「なあ、椿《つばき》ちゃん、体調が悪かったりしないか？」

「え？　う、ううん。こわいけど、だいじょうぶ」

「そうか……」

魔力の枯渇《こかつ》などとはやはり無縁のようだ。

すると――そこで、庭先から椿《つばき》の父親、繰丘夕鶴《くるおかゆうかく》が現れる。

「やあ、椿《つばき》。どうしたんだい？」

「あ、お、おとうさん！　おそとにオバケがいっぱい……、あ、ううん、そうだ、ジェスターくんが、ジェスターくんが……！」

涙目になって父親に駆け寄る椿《つばき》。

すると、後からやってきた母親が、穏やかな笑顔で言った。

「大丈夫よ、椿《つばき》。あの大きな大きな骸骨さんも、みいんな椿《つばき》の味方だから」

「……え？」

きょとんとした眼《め》で母親を見上げる椿《つばき》。

それに反応する形で、父親も言った。

「そうだぞ、椿《つばき》。あの骸骨さん達《たち》は、まっくろさんと同じものさ」

「で、でもまっくろさんとはちがうよ？　まっくろさんは、あんなこわいことしない……」

椿《つばき》の視線の先では――巨大な髑髏《どくろ》が、ビルを破壊しながら『何か』と戦っているような姿があった。時折光の斬撃のようなものが見える所から、セイバーの英霊の可能性が大きい。

「ああ、まっくろさんとアレは、同じものだよ。まっくろさんは君を護《まも》る役目だけれど、あの骸骨さん達は武器だからね。椿《つばき》が怖がるのも無理はないか」

「え？　……え？」

「おい……」

困惑する椿《つばき》を見て、シグマは父親達の言葉を止めようとした。

だが、その言葉は途中で止まる。

空からグラインドするような勢いで、一つの影が降ってきたからだ。

それは、身体《からだ》中を傷つけたアサシン。

「アサシン！」

シグマが言うと、彼女は自分の怪我《けが》も構わず言った。

「少女は無事か！　あの吸血種はここにいるのか⁉」

「ああ。だが、急に苦しみだして……」

「あの魔術師達の呪《まじな》いが成功したか……奴《やつ》はどこに？」

今すぐにでも止めを刺しにいこうという勢いのアサシンに、椿《つばき》が声をかけた。

「『あさしん』の、おねえちゃん？」

アサシンが名前だと認識している椿《つばき》が、心配そうに近寄ろうとする。

「だいじょうぶ？　けがしてる……血が……」

泣きそうな椿《つばき》の顔を見て、アサシンは自らの装束で傷口を隠しながら、安堵《あんど》させるような優しい声で言った。

「ああ、私は大丈──」

その身体《からだ》が、横から現れた黒い異形に吹き飛ばされる。

「ぐぅッ……」

アサシンは装束の隙間から伸ばした影で応戦するが、異形達《たち》は次から次へと湧き上がり、アサシンを数で圧倒しようとする。

敵の本体、核のようなものがあるのであれば、アサシンはそれに合わせた宝具を使って一気に趨勢《すうせい》を覆《くつがえ》す事ができるだろう。

だが、シグマは既に理解している。

この結界世界そのものが、本体と融合しているのだと。

つまりは、この場合において核と言えるのは──やはり、繰丘椿《くるおかつばき》の他にはいないのだ。

「おねえちゃん！」

慌てて駆け寄ろうとする椿《つばき》を、両親の腕が引き留めた。

「危ないわ、椿《つばき》」

「そうだぞ、巻き込まれたら大変だろう」

優しげな顔だが、明らかに周囲の状況と嚙《か》み合《あ》っていない両親の表情。

その違和感は、子供である椿《つばき》に深い楔《くさび》となって突き刺さった。

不安が膨れあがり、椿《つばき》は泣きそうな顔になりながら叫ぶ。

「なんで⁉　まっくろさんのおともだちじゃないの⁉　どうしてあのオバケは『あさしん』のおねえちゃんを……」

「それはね……そのお姉ちゃんが、君を殺そうとしているからさ」

「！」

皆の背後から、少年の声が響いた。

地下工房から上がって来たジェスターである。

まだ少年の姿を取っていた彼は、フラットの術式に苦しみながら、それでも無理矢理笑顔を貼り付けて椿《つばき》に言う。

「そのお姉ちゃんは、君が生きてたら困るんだってさ」

「え……？」

「やめろ」

シグマが静かに制止の声を上げた。

だが、痛みに全身を震わせながら、ジェスターは更に続ける。

「ああ！　そこのシグマお兄ちゃんもそうさ……自分の為《ため》に君を殺そうとしてる、悪い人なんだよ？」

「……違う」

「わたしを……どうして？」

「君は気にしなくていいんだ。君はこの世界の王様だ、好きな事をすればいい。魔法使いになって、お父さんとお母さんに褒められたいんだろう？　大丈夫、きっと君ならなれるよ。僕は君の味方だからね」

ことあるごとに『味方』であると強調するジェスター。

恐らくは、椿《つばき》にそう強く認識させる事で自分を攻撃対象から外そうとしているのだろう。

現在はアサシンもジェスターではなくセイバー経由で流し込まれたアヤカというマスターの魔力で動いているが、逆に言うならば、ジェスターはアサシンのマスターであると『まっくろさん』に認識されづらい状況だと言えた。

「わたしが、おうさま？」

「ああ、そうだよ。そんな君を羨ましいと思っている人達が、君を苛《いじ》めようとしているんだ。

だから、まっくろさんはそんな奴《やつ》らから君を護《まも》ってくれるんだ。ずうっとね」

少女を甘やかすように、子供に対する万能感を刺激しようとするジェスター。

だが、彼には一つの誤算があった。

あるいは、フラットの攻撃を受け、自らの上位に位置する死徒に捨てられるという衝撃を経ていなければ、もう少し冷静に椿《つばき》の感情を理解してコントロールできていたかもしれない。

彼は知らなかったのだ。

椿《つばき》という少女の事を、病に侵された年相応の無邪気な少女であると思い込んでいたのである。

実際、椿《つばき》は無邪気であると言えよう。

この世界の中にいる椿《つばき》は、年相応の少女そのものだった。

だが、その本質は──数多《あまた》の痛みを潜《くぐ》り抜《ぬ》けた末の、造られた無邪気さだと彼は知らない。

そうした本質故に、何故《なぜ》皆が怒っているのかが解《わか》らない少女は、恐れながらも、泣きそうになりながらも、幸せになりたいと願いながらも、気付いてしまう。

「そっか……」

生まれてからずっと続いてきた『経験』から、彼女は一つの答えに辿《たど》り着《つ》いたのだ。

「わたし、また『しっぱい』しちゃったんだ……」

悲しそうに俯《うつむ》いた後、椿《つばき》はゆっくりと顔を上げる。

そして、泣きそうになるのを必死に堪えながら、周りの全てに対して言った。

「ごめんなさい、ごめんなさい……おとうさんも、おかあさんも」

「謝る事はないいいさ、椿《つばき》、お前は安心していればいい。何もしなくてもいいんだ」

謝る事はない。

幼い椿《つばき》にも、感覚で理解できた。

それは、『椿《つばき》は失敗していない、何も悪くない』ではなく、『椿《つばき》は失敗したけれど、怒らない』という意味であると。

つまり、本当に自分のせいで、シグマ達《たち》が困っていて——何より、あの黒い骸骨の群れが、自分のせいで暴れているのであると。

今もなお破壊されている町の音を聞きながら、椿《つばき》が泣きそうな声で続けた。

「で、でも……ビルにひとがいたら、まちのみんなが……」

「街の人達は幾ら死んでも構わないよ。電池と同じ、ただの消耗品なんだからね」

「そうよ、椿《つばき》、貴女《あなた》を怒る人達は、みんなみんな、あの骸骨さん達が殺してくれるわ」

「ああ、それに椿《つばき》の世界なら、何人死んでも神秘の秘匿は守られる」

「良かったわ。あとは、表の世界への影響をどう誤魔化すかを考えてあげないとね」

——……なんだ？

——こいつらは、一体何を言っているんだ？

異形達《たち》を討ち払いながらそれを聞いたアサシンは、思わず眉を顰《ひそ》める。

彼らは、椿《つばき》を護《まも》る為《ため》に洗脳されている筈《はず》だ。

ジェスターに操られている様子もない。

ならば彼らは——普段から素の調子で、自らの娘に今のような物言いをしているという事になる。

両親の言葉を聞いた椿《つばき》は、何かに縋《すが》るようにシグマやアサシンを見た。

だが、どう答えるのが正解なのか解《わか》らず、二人とも沈黙を返す事しかできない。

そして——椿《つばき》は、自分の考えが間違っていないと悟った。

悟ってしまった。

「だいじょうぶ、です」

椿《つばき》はカタカタと震えながら、それでも周りの『大人達』に対して笑顔を浮かべて——

「がんばります、から」

そのまま、吸い込まれるように『まっくろさん』の煙のような身体《からだ》にしがみついた。

「え？」

ジェスターでさえ、椿《つばき》の行動の意図が読めず、困惑する。

だが、最初にアサシンが、次いでシグマが椿《つばき》の意図を察し、止めようと声を上げた。

「よせ！」

「待て、君は何も……」

だが、その言葉は届かず、駆け出そうとした二人は『まっくろさん』から湧き出した異形に
その行く手を阻《はば》まれる。

結果として、椿《つばき》は己の我《わ》が儘《まま》を行使する事ができた。

「おねがい、まっくろさん」

少女の令呪が薄く輝く。

「ぜんぶ、ぜんぶもとにもどしてください」

「なッ……」

ジェスター少年の驚愕《きょうがく》の表情をよそに、椿《つばき》はさらに令呪を輝かせる。

「わたしを、ずっとずっと、ひとりぼっちにしてください」

一瞬だけ、『まっくろさん』が驚いた仕草をしたように見えた。

「はやまるな！」「やめろ！」

アサシンとジェスターが同時に叫ぶ。

シグマはただ、その光景を見守る事しかできなかった。

やがて、『まっくろさん』が悲鳴を上げるようにその身を激しく震わせ――

次の瞬間、世界が再び裏返る。

×　　　×

スノーフィールド　繰丘邸《くるおかてい》

「ん……」

シグマが目を醒《さ》ますと、そこは意識を失う前と変わらぬ場所だった。

繰丘夕鶴《くるおかゆうかく》の邸宅の、庭と繋《つな》がっている一角だ。

だが、空は青く、芝生は青々と茂っている。

破壊されていたビル群もそのままの姿を取り戻しており、シグマは自分達が結界世界ではなく、現実の世界に戻されたのだと理解した。

その証拠として――繰丘椿《くるおかつばき》の姿だけが、ポッカリと家の中から消えている。

見ると、同じく目を醒《さ》ましたと思《おぼ》しきアサシンが、拳を握りしめながら声を上げていた。

「ここで……この流れで、あの幼き子供がそれを選ぶのか⁉」

よろめきながら立ち上がると、明確な怒りを籠めた瞳で、同じく立ち上がろうとしていた繰《くる》丘《おか》夫妻へと叫ぶ。

「どんな生き方を……何を強制されて生きてくれば、幼子が自らそれを選ぶ⁉　貴様らは……貴様らはあの幼子に、自らの娘に何をした⁉　何をしてきた！」

「……何を言っているのか解《わか》らないが、私達の相手をしている暇はあるのかね？」

頭を押さえながらクツクツと笑う繰丘夕鶴《くるおかゆうかく》は、アサシン達の後ろにいる存在に目を向けた。

「興醒《きょうざ》めだよ……まさか、あそこまで壊されてたなんてさ。死にたくないって叫ぶ無邪気な椿《つばき》ちゃんの首を、アサシンのお姉ちゃんが泣く泣く刎《は》ねるのを期待してたのにさぁ……」

苛立《いらだ》ちの色を浮かべた少年が、自らの服の前をはだけさせ、心臓のあたりに描かれたリボルバーの弾倉を思わせる刺青《いれずみ》を露《あら》わにする。

その紋様の上に指を滑らせると——平面に焼き付けられていた筈《はず》のタトゥーがくるりと回転し、別の紋様が最上部に装塡された。

すると、ジェスター少年の身体《からだ》が瞬時に膨れあがり、身の丈2mを超える赤毛の人狼《じんろう》となってその場を跳躍した。

「あばよ、アサシン！　てめぇを俺の愛で嬲《なぶ》り尽くしてやるのは、また次の機会だ！」

乱暴な口調になったその存在はそのまま屋根へと登り、身を翻《ひるがえ》してアサシンから逃げるように宙を駆ける。

「……！　逃がすか！」

アサシンは己の傷も構わずに自ら床を蹴り、そのままジェスターを追って姿を消した。

そして、後にはシグマと繰丘《くるおか》夫妻だけが残される。

「ああ……酷《ひど》い目にあったよ。まさか私達ではなく、娘に令呪が宿るとは」

「そうね、でも、これは一つの証明よ。あの歳《とし》で、椿《つばき》は私達よりも魔術回路の質が上がったからこそ選ばれたと見るべきだわ」

淡々とした調子で語る夫妻に、シグマは妙な違和感を覚えていた。

——？　なんだ、この感覚は。

まだ椿《つばき》のサーヴァントに操られているのだろうか？

いや、そういった違和感ではないとシグマは判断する。

「ああ、君は……シグマ君だったか、ファルデウスの部下との事だが、奴《やつ》と連絡は取れるか？」

「貴方《あなた》、それよりも先に病院に向かわないと」

「……そうだな、右手を切る道具は、向こうで調達するか」

「そうね」

二人の会話を聞き、シグマは思わず尋ねる。

「右手を……切る？」

「ああ、そうだ。椿《つばき》の奴《やつ》め、二画も令呪を使ったようだが、一画でも残っていればあの英霊と再契約は可能だ。あれほどの英霊の力があれば、ファルデウスと連携をとれば大分有利に事を進められる」

シグマは理解した。

この夫妻は、操られていた間の事を全て覚えていると。

にも拘《かかわ》らず、最初に口をついた言葉は、椿《つばき》を案じる言葉でもなんでもなく、その椿《つばき》の右手を切り落として令呪を奪う算段をしているのだと。

——ああ、そうだな。これが魔術師というものだ。

——魔術刻印はまだ両親のどちらかのものだろう。たとえ椿《つばき》が死んでもそこまで悲観はしないだろう。彼らにとって重要なのは、自分達の魔術を受け継がせる血の繋《つな》がった個体だけだ。

——血の、繋《つな》がった。

「……切るのですか？　椿《つばき》ちゃんの手を」

「ああ、大丈夫だ。どの道意識はないからな。悲鳴を上げられる心配はない。もっとも、将来子孫を残す機能まで失われては困るから、心臓や神経には最大限の注意は払う必要がある。その間の病院関係者への処理をするよう、ファルデウスとリーヴ署長に伝えてくれ。フランチェスカには頼みたくないが、奴《やつ》の魔術であれば、最悪、首を落としても生殖機能だけ残す事は可能だ」

露悪趣味や皮肉などではなく、淡々と事実を告げていると思《おぼ》しき夕鶴《ゆうかく》の言葉。

そして、シグマは気付く。

奇妙な感覚は外部から来たものではないと。

自らの腹の内からこみ上げて来ている、一つの『感情』であると。

――「君よ、君よ。よくお聞きなさい、同胞の子よ」

シグマの中に、声が響く。

――「君達が討ち滅ぼすべきものは、我々から何かを奪おうとする者達です」

懐《なつ》かしき声、もはや意味の無い言葉。

だが、その声こそが今のシグマの心を揺らす。

――ああ。

――そうか。そうなのか。

――俺は……繰丘椿《くるおかつばき》は俺とは違う世界の住人だと思っていた。

――魔術師ではあるが、ちゃんと親がいる。血の繋《つな》がった親がいると。

――関係なかったんだな……そんな事は。

頭の中に、椿《つばき》の笑顔と過去の自分達が受けた仕打ち、そして、自らの手で殺した同胞の顔などが次から次へと浮かび上がった。

――ああ……なんだ？　なんなんだ、この妙な感覚は。

ふと、シグマは自らが何かを持っている事に気付く。

それは、夢の中で地下から持ち出した筈《はず》の、あの弩弓《どきゅう》だ。

「む……何故《なぜ》それを君が持っている？　武器としては扱い辛《づら》いし、英霊が出そろった今となっては今回の戦争で使う事はできない。返して貰《もら》おうか」

夕鶴《ゆうかく》がそう言うのを聞きながら、シグマはふと考える。

「……椿《つばき》を護《まも》る、と。言ったな。俺が、自分の口で」

そして、あの赤い装束の不思議な存在は、そんなシグマの事をあっさりと信用した。

「なんだかブツブツ言ってるけど……貴方《あなた》、大丈夫なのこの傭兵《ようへい》？」

「なに、この敷地《しきち》内で何かができるという事もあるまい」

よほどこの家の中の防衛機構に自信があるのか、椿《つばき》の父親はこちらを怖《おそ》れる様子はない。

さりとて油断や慢心をしているわけでもなく、既にその指はいつでも術式を発動してこちらを始末できる体勢を取っているのがわかった。

シグマは小さく息を吸い、無機質な魔術使いの傭兵《ようへい》の顔を取り戻しながら口を開く。

「失礼しました。繰丘夕鶴《くるおかゆうかく》殿。ファルデウス殿には、こちらから子細は報告しておきます」

「ああ、そうしてくれ。こちらの英霊の情報は、まあ、君が理解できた部分までは伝えて構わんよ」

「はい、それと、もう一つ。繰丘《くるおか》殿にも通達する事が」

「通達？」

訝《いぶか》しむ夕鶴《ゆうかく》に、シグマは淡々と告げた。

「これは、聖杯戦争であり、自分も参加者の一人として所属しています」

「それで？　先ほどのアサシンが君の英霊だろう？」

自分が致命的な勘違いをしている事に気付かぬまま、夕鶴《ゆうかく》は訝《いぶか》しげに言う。

つまり、シグマは今英霊から離れており、レベルの低い魔術使いに過ぎないと。

何かあったとしても、令呪であのアサシンを喚《よ》び戻す前に始末すれば良いだけだと。

「私の直接の上司はファルデウスではなく、フランチェスカであり……自由裁量で戦争を行う事を許可されています」

「おい……妙な事を考えるなよ」

不穏な空気を感じた夕鶴《ゆうかく》が指を動かすより先に、シグマは最後の言葉を言い切った。

それをわざわざ伝える事さえ、相手の動きを誘導する為《ため》の計算の内だった。

「これは、俺から貴方達《あなたたち》に対する……宣戦布告だ」

数分後。

「大したもんだ。確かに俺達が術式の位置は教えてやったが、ミス一つなく全部迎撃して見せるとはな」

横に立つ『影法師』の一人——年老いた船長がニィ、と笑った。

「貴方達《あなたたち》の情報が正確だったお陰だ。そうでなければ倒れていたのは俺だろう。……感謝する」

「サーヴァントにホイホイ感謝すんな。持ちつ持たれつなんだからな」

クツクツと笑いながら言う船長は、そのまま床に転がる二つの塊を見る。

「あう……うぐぅ……が……」「なん……で……」

白眼を剝《む》きながら、ただ意味不明な呻《うめ》きを上げ続けるだけとなっている、人型をした肉の塊。

「どうすんだこいつら？　ほっといたら魔術刻印で再生するぜ？」

「再生の経路は阻害してある。魔術刻印の質からいって、半月はこの状態が続く筈《はず》だ」

それは、全身の四肢を麻痺《まひ》させられ、魔術回路の大半を特殊な礼装で焼かれた繰丘《くるおか》夫妻だ。

かろうじて息をしているだけという状態の二人を前に、シグマは言う。

「迷っているんだ」

目の前に転がる夫妻に対してはなんの感情も抱かず、無表情のまま言葉を続けた。

「殺せと指示があれば躊躇《ためら》いなく殺すし、殺すなという指示ならば殺さない。だが、今回は指示がない。長期的な目標すらない状態だ」

「でも、君は自分で目指すべき場所を決めた、そうだろう？」

人工的な翼を身につけた『影法師』の言葉に、シグマはやはり淡々と答える。

「俺は椿《つばき》を護《まも》ると言ったが、彼女が目を醒《さ》ました後、両親が死んでいたと知ったらあの子は悲しむと思う……というか、自分の責任だと感じてそれこそ自殺しかねない。だが、こいつらを生かしておいたらまた同じ事の繰り返しだ」

「だから、生かさず殺さず、かい？　いや、正直凄《すご》いよ、その魔術回路も全身の神経も不随にする技術。魔術師というより確かに魔術使いのやり口だ」

「フランチェスカに、この手の事は散々教わったからな」

そして、繰丘椿《くるおかつばき》の母親の方を見ながら、影法師に言った。

「俺の母親は、もういない。日本の聖杯戦争で死んだとフランチェスカから聞いた」

彼の頭の中では、『もはや意味の無い言葉』が繰り返し繰り返し流れている。

――「君の両親も、外から来た人間によって奪われました」

――「君の父親『達《たち》』は外の穢《けが》れに満ちた侵略者達に殺されました」

――「君の母親も外から来た恐ろしき悪魔に拐《かど》かされました」

――「君よ、だから討ち滅ぼしなさい。我々から奪おうとする者を」

――「君よ、だから戦いなさい。いつか君の母親を我々の手に取り戻せるように」

その声が小さくなった頃、タイミングを計ったかのように影法師が声をあげた。

「ああ、前にもそう言っていたね」

顔の半分が石化した蛇杖《づえ》の少年は、シグマの顔を見て少し踏み込んで問い掛ける。

「……何か、親というものに思う事があるのかい？」

「俺の母親は……こんな奴《やつ》じゃなければいいなと思っただけだ」

今さら意味の無い事だと解《わか》ってはいるが、それでもシグマはそう願った。

「それで、これからどうするの？」

飛行士姿の女性の『影法師』に、シグマは空を仰ぎながら答える。

「自由に動いていいと言われたからな。そうするだけだ。ファルデウスは俺を殺そうとするだろうが、フランチェスカは喜んでくれると思う」

「何しようと『喜ぶ』だけだぞ？　助けてはくれそうにないがね、あの魔物は」

船長の言葉に、シグマは無表情のまま頷《うなず》いた。

「知ってる。ただ、喜んでくれるなら、これまで世話してくれた恩返しにはなるだろう」

託された弩弓《どきゅう》を手にしたまま、シグマは己と、サーヴァントである『番人』へと宣言する。

ここからは、自分も舞台の内側に躍り出るのだと。

「俺は……この聖杯戦争《システム》を破壊する」

接続章
『カラリコロリ』

「……あれ？」

気付けば、アヤカは交差点の真ん中にいた。

病院や警察署に程近い、クリスタル・ヒルの手前の交差点だ。

周りはアスファルトなどが派手に破壊されており、遠くの方に立ち入り禁止を示す封鎖や、この通りを覆い隠すように止まっているパトカーや工事用車両などが見える。

周囲には同じように周りを見渡している警官達がおり、大分離れた位置まで戦いに行っていたセイバーの姿は見当たらないが、自分の周りに浮かぶ水球だけは残されていた。

「戻って来た……？」

×　　　×

コールズマン特殊矯正センター

「ほう……無事に帰還しましたか。いやいや、道を封鎖しておいて良かった」

肩を竦《すく》めながら言うファルデウスは、街に張り巡らせた監視カメラ越しの映像を見ながら、自らの腹心であるアルドラに告げた。

「さて、胃の痛い日々が続きましたが、残り数日。こちらも本腰を入れて調整をしないといけませんね……」

「まずは、何を?」

彼女の言葉に、ファルデウスは苦笑しながら片目を瞑《つぶ》る。

「とりあえず、胃薬でも処方するとしましょう」

×　　　×

中央交差点

「ああ！　いたいた！　あれですよジャックさん！　あの子がセイバーのマスターです！」

アヤカの姿を見つけてはしゃぐフラットに、腕時計携帯のジャックが窘《たしな》める。

『迂闊《うかつ》に近づくな。あれほどの力を持つセイバーだ。敵だったら一瞬で葬《ほうむ》りさられるぞ』

「それはそうなんですけど、俺、やっぱりあのマスターの事は凄《すご》く気になって……。そうだ、ジャックさん白旗に変身してくれませんか？」

『無機物だったという説から時計にはなれたが、流石《さすが》に「切り裂きジャックの正体は白旗だった」などという説は聞いた事もない』

「探せばありますよ！　きっと！　人間の可能性は無限大にちょっと近いんですから、ジャックさんの正体だって五千個ぐらいありますって！」

『無限大と比べると随分減ったな……』

そんないつも通りの会話も含めて、ジャックは自分とマスターが元の世界に戻って来たという事を実感した。

周囲を気にしながらセイバーのマスターへと近づいて行くフラットをいつでも魔術師や英霊の攻撃から守れるように警戒しながら、ジャックは改めてフラットに語りかける。

『だが……私は戦闘においてはこの先ろくに役には立たないだろう。病院前の弓兵に宝具を奪われ、他の英霊達にもあそこまで差を見せつけられてはな』

「大丈夫ですよ。ハードモードだと思えば、ステータスの差は手数でなんとかなりますって」

『……君があのアサシンに聖杯の事を聞かれた時、自分の答えよりも私の事を先に気遣ってくれたことは、感謝すべきであろうな』

「何を言ってるんですか！　だって、俺だって知りたいですよ！　切り裂きジャックの正体！」

目を耀《かがや》かせながら言うフラットに、ジャックは更に続けた。

『……がっかりするだけかもしれないぞ。ただのクズが、たまたま捕まらなかっただけという可能性も大きい。……どちらにせよ、私のような存在に憧れるのはやめておきたまえ。私は、正体が明かされた所で、ようやく罪を償う権利を得るだけだ。正体を知る事は、私にとっての救いだが、決して償いではない。犯罪者に憧れなど持つのはそもそも健全ではないのだ』

説教するように言った後、ジャックは声の質を緩くする。

『だが、こうして君と駆ける日々は……君の記憶に残るものは紛れもない「私」だ。恐らく正体が聖杯の力で確定すれば私の存在は消え、その本物が君の前に立つ事になるだろう。それがも忘れてくれ』

君を殺そうとしたら、構う事はない。すぐに殺すなり逃げるなりして、そいつの事はすぐにで

「ジャックさん……」

『ただ……こうして今君と話している「私」の事は、覚えておいてくれれば助かる』

恐らくは、自分がこの先の戦いの中で勝ち残る事は難しいと確信しているのだろう。

まるで遺言のような事を言うジャックに、フラットはいつも通りの笑顔を向けた。

「俺だって同じですよ。ジャックさんの正体がなんであれ、それはそれです。今話してるジャックさんが、俺にとってのジャックさんなんですから。もしも今のジャックさんに『殺人の罪を償え』って言ってくる人が居ても、俺が証言しますよ！　このジャックさんは正真正銘の偽《にせ》物《もの》です、償う必要はありませんって！」

『……。くく……ハハハハ！　それは、色々と本末転倒だろう！』

声を上げて笑うジャック。

楽しげに笑う、魔術師らしくない魔術師の青年と殺人鬼のコンビ。

彼らは何物をも怖《おそ》れぬという軽やかな足取りで、そのままセイバーのマスターである少女へと接触する事にした。

「おーい、アヤカちゃーん！」

「えッ⁉　誰⁉」

　突然声をかけられたアヤカが振り返ると、そこには十代中頃から二十歳手前といった年頃の青年が立って手を振っていた。

「なんで私の名前を……」

　警戒するアヤカの反応を見て、青年が言った。

「ああ、やっぱり別人だね！　だよねー、魔力の流れが全然違うもの！　でも、君もやっぱりアヤカって名前なんだ？」

「え……？」

　わけが分からず、青年の方を見るアヤカ。

「あなた誰⁉　もしかして私の事を知っているの？」

「俺はフラットだよ、よろしく。君と同じ顔と名前の人がいて、その子とは友達なんだけど……君の魔力の流れ、やっぱりそうか……」

　アヤカを見て何やら言い出す青年に、アヤカは警戒して距離を取りつつ問い掛けた。

「待って……教えて！　私の事を知ってるなら……、アヤカ・サジョウが何者なのか知ってるなら、私に教えて……！」

　奇妙な事を言い出すアヤカに、フラットは真剣な表情になって頷《うなず》く。

「うん……わかった。やっぱり君、自分がなんなのか良く解《わか》ってないんだね」

「……」

沈黙するアヤカ。

それを肯定と受け取ったフラットは、彼女を安堵《あんど》させるように口を開いた。

「あのね、君の身体《からだ》は――」


ヒュン、と、風を切る音が先に走る。


続いて、フラットと名乗った青年の胴体に咲いた『赤』がアヤカの視界を彩《いろど》ったかと思うと――一瞬遅れて、ドン、というアスファルトが破砕する音が鳴り響いた。

「え？」

その声を発したのは、アヤカだったか、それともフラットだったのか。

フラットはその場にトン、と膝をつく。

『……フラット？』

　ジャックの声が周囲に響く。

　アヤカという魔術師に警戒はしていた。

　セイバーを含め、他の英霊達《たち》の襲撃があるやもしれないとも。

　周囲にいた同盟相手の警官達をフラットもジャックも信頼していたという事はあるにせよ、セイバーは初めて接触する相手という事に変わりはないからだ。

だが──そのフラットを撃ち抜いたのは、セイバーとは無関係な陣営による、長距離からの魔力を媒介としない狙撃。

　そんな現代戦からマスターを直接護《まも》る方法を、力の大部分を失っている状態のジャックは持ち合わせていなかったのである。


「あ……」

　フラットは自らの腹に穿《うが》たれた穴を見ながら、恐らく自分が斜め上──どこかのビルの屋上から撃たれたのだと、やけに冷静に分析する事ができた。

　そちらの方を見ようと、顔を上げる。

「まぶしいなあ……良く見えないや」

西へと落ちかけた太陽が眼《め》に入り、フラットは思わず手を翳《かざ》し、何事も無かったかのように呟《つぶや》いた。

「ゴメンなさい、ジャックさん……ミスっちゃいました」

ジャックの叫びが聞こえた気がする。

何か凄《すご》い物に変身して、銃弾が飛んできた方向に何かをしようとしている動きを感じた。

だが、フラットは知っていた。

恐らく、もう間に合わないと。

何故《なぜ》なら——フラットの強化された視力は、複数の方角のビルに配置された、複数の狙撃手達の姿を眼《め》にしていたからだ。

「……すみません、教授」

そして、どこか寂しげに笑いながら、最期《さいご》の言葉を口にする。

「みんな……ごめん————」

アヤカの目の前で二度目の風切り音が走り、もう一輪の赤い花が咲いた。

咲いた場所は、先刻よりも1m程高い位置。

即《すなわ》ち——フラットと名乗った青年の、頭があった場所だった。

「ひ……や……」

目の前で人が死ぬのは初めてではない。

だが、数秒前まで笑顔で自分に語りかけてきた者の頭が消えるという光景は、初めてだった。

アヤカ・サジョウの悲鳴が響き渡る中——フラット・エスカルドスの身体《からだ》は自ら流した赤い海の中に崩れ落ちた。

×　　　×

何処《いずこ》かの場所にて

「どうした？　スヴィン」

隣を歩いていた魔術師に問われたその青年は、首を傾《かし》げながら何度か鼻を鳴らした後、妙な胸騒ぎを覚えながら口を開いた。

「いや、今……とっちらかった匂いが、消えたような気がして……」

×　　　×

コールズマン特殊矯正センター

『対象の頭部破壊を確認。追撃に入ります』

「ええ。魔術刻印も気にせずに破壊して下さい。『歴史倒れのエスカルドス』のものですから」

無線機から入る報告を聞きつつ、ファルデウスは紅茶を飲みながらモニターを確認する。

アスファルトに倒れ臥《ふ》した青年の死体が、追撃の銃弾によってダンスを踊っていた。

ランガルの時と違うのは、あれが人形ではなく本物の肉体であるという事である。

「私はね、ムードメーカーというものが一番危険だと思っています」

アルドラに対してそんな事を告げながら、ファルデウスは優雅に紅茶に口を付けた。

「今回で言えば、次々と味方を増やしているあのフラットとセイバーは危険だと見ていました。その二人が結界内の世界で接触した可能性があるとなれば、早い内に始末をつけなければ私の胃が死んでしまいますよ」

「では、セイバーのマスターも？」

「フラットの次にあわよくば……と思いましたが、もう無理ですね」

見ると、セイバーのマスターである少女は既に水のドームのような魔力によって囲まれており、駆けつけたセイバーが彼女を抱きかかえる形で屋内へと運んでいった。

「あのマスターの正体には、私も興味があります。始末するのは、少し探ってからにしますよ」

やがてモニター内での銃撃が止《や》み、無線機からの音が静かになったタイミングでアルドラが問いかける。

「これが、『胃薬』ですか」

その言葉に、ファルデウスは肩を竦《すく》めて笑った。

「ええ、その通りですよ」

「ストレスは、その元凶を一つずつ取り去るのが一番ですからね」

紅茶の最後の一口を啜《すす》り終えようとした時――

ファルデウスの目の前で、モニターが一つ暗転した。

「……？」

それが、フラット・エスカルドスの死体を映していたカメラだと気づくと同時に、狙撃の実行部隊から無線が入る。

『――――応答求む、こちら【スペード】……ら……ード！』

「どうしました、何が……」

答えようとした所で、無線が途絶えた。

続いて、中央交差点の側を監視していた別のモニターが暗転する。

「……！」

それが攻撃であると判断したファルデウスは、現場に散開させているチームの魔術的な無線を自動送信に切り替えるが――

『なんだ！　なんなんだアレは！』

『おい、撃て！』『あぁ……ダメだぁ』『畜生！　なんで、こんな……』

『化け物だ！』『いいから撃て！　すぐに殺せ！』

『違う……なんで……』　『魔術師……？』

『やめろ、やめ……アァアアガァァアアァァアッ！』

『助……ゴッ……ボァッ……』　『人間じゃ……アァアァッ！』


モニターが次々と暗転し続け、それと調和するかのように、狙撃部隊の悲鳴が響き続ける。

やがて、少し離れていた場所から状況を監視していたチームから連絡が入った。

『こちら【ジャッカル！】ファルデウス！　なんだアレは！　聞いていないぞ、こんな……フラット・エスカルドスは魔術師だって言ってたよな、なぁ!?』

「落ち着いて下さい！　怪物……？　フラットのサーヴァントが変身した姿の可能性があります。まもなく魔力が消えて霧散する筈《はず》、持ちこたえて下さい！」

『違う！　確かに英霊っぽい奴《やつ》も変身した！　だが、そっちはお前の言う通りすぐ消えた！　そいつとは別の……くそ、ああ、ああ、ありゃ人間でも魔術師でもない！　なんなんだありゃ！　吸血種だの英霊だのじゃねえ！　正真正銘の……のの……のうぁららっらっらっらぁべぁ』

何かが折りたたまれるような音と悲鳴が重奏を奏《かな》で、そのまま無線は沈黙する。

それで留《とど》まる事はなく、ファルデウスが設置した街中の監視システムが、次から次へと連鎖的に暗転していき――

僅か数十秒で、スノーフィールド市内の全ての監視カメラがストップした。

その状況を前にしたファルデウスは、手から紅茶のカップを取り落とし、床でそれが割れる音すら耳に入らぬまま言葉を漏らす。

「いったい……何が起こっている……？」

×　　×

モナコ某所
「なるほど……フラット・エスカルドスは終わりを迎えたか」

つい先刻まで電話を通してフラットと会話をしていた、とある夜宴《カーサ》の主であるその男は──

遙《はる》か昔に世界から消えた何者かに向かって、静かに献杯を捧《ささ》げていた。

「祝福はしよう。我が旧《ふる》き隣人、メサラ・エスカルドスの成し遂げた偉業に」

「だが……未来ある若者と引き替えに手にしたものが『過去』だと言うのならば、決して喜ばしい事だとは思わないがね」

×　　　　×

からからから、と、音がなる。

それが全ての終わりと共に響いた音だと気付いた時——

ああ、始まったのだ、と『僕』は考えた。

カラリコロリと鳴り響く音の正体は、すぐにわかった。

フラット・エスカルドスを終わらせた狙撃銃から飛び出した空薬莢《からやっきょう》が、ビルの上方から地面へと転がり落ちた音であると。

何十メートルもの距離を跳《は》ねては転がり、ついにはフラット・エスカルドスだった肉塊の側まで辿《たど》り着《つ》いた音だ。

永い長い時を待ち続けた。

『存る』という事実そのものを目的として生み出された『僕』が、ようやく意味を成す時が来たのだ。

ああ、そうだ、動かなければならない。次の段階に移らなければならない。
『僕』は既に理解している。
自分がこの先に成すべき事を。
エスカルドス家より与えられた、最大にして最後の目的を。
生まれて来た意味を。
そうだよね、フラット。

——ああ、ああ。

——暮れたのだ。

——辿《たど》り着《つ》いたのだ。

——終わったのだ。

——滅びたのだ。

——完了したのだ。

——最初から、失う事こそが最後のピースだったのだから。

己の生まれた理《ことわり》に従い、『僕』は自らを再起動させる。

『僕』は、己に課せられた使命を改めて演算する。
困難な道か、あるいは容易なる道か。
推測に意味などない。
どちらにせよ、やり遂げる以外に道などないのだ。
それ以外に、自分に意味など与えられてはいないのだから。
在り続ける。在り続ける。
真実のヒトとなりて、ただ、星の中に在り続けるだけで良《い》い。
ああ、約束するよ、フラット《俺》。
君の分まで、『僕』はこの世界に在り続けて見せる。

たとえ、この星から――
　『人』として定義されている種を、残らず滅ぼす事になったとしてもね。

×　　×

時計塔

「くそッ……やはり通じないか……」

時計塔の一画。

現代魔術科の準備室の中で、ロード・エルメロイⅡ世は何度も携帯電話を操作しながら焦燥の声を上げ続けている。

先刻、ビルが崩れるような音と叫びの中で、唐突に通話が途切れて以降、一切フラットと連絡が取れなくなっていた。

「警察署長の方に連絡を取って見るか……？　いや、個人の番号が解《わか》らん……警察署に電話して繋《つな》がるとも思えないが……」

机に両手を置き、暫《しば》し考え込んだ後、彼は何かを決意したように立ち上がる。

「仕方あるまい……やはりここは……ぐぁッ」

扉を開けた瞬間、その身体《からだ》が弾《はじ》かれて部屋の中に押し戻された。

見れば、入口には白蛇を模した結界が強固に張られているではないか。

「……この執拗《しつよう》に編み込まれた術式……化野《あだしの》の結界か！　法政科め……ここまでやるか！」

窓から外を見ると、法政科のゴルドルフ・ムジークが従えるホムンクルスが数名見張っており、どうやら完全にロード・エルメロイⅡ世を軟禁するつもりだと窺《うかが》えた。

「どうする……ライネスかメルヴィンに連絡を……」

そんな事を思案するⅡ世だったが――

ふと、耳慣れない音が部屋の中に響いている事に気が付いた。

準備室の隅に置かれた、小さな化粧箱。

普段は葉巻の予備を入れている箱なのだが、その中から何か電子音が鳴っているようだ。

「……？」

訝《いぶか》しげに箱を開いたⅡ世は、中にあったものを見て殊更に首を傾《かし》げる。

「なんだ、これは……？　さっきまでこんなものは……」

いつの間にか箱の中に顕現し、古い着信メロディを響かせていたそれは――

瑠璃よりも深い青を湛《たた》える、一台の携帯電話だった。

next episode [Fake07]

CLASS
ライダー

マスター	繰丘椿
真名	ペイルライダー
性別	その概念は無い
身長・体重	感染・拡散状況によって変化 (最小でパルボウイルスと同程度)
属性	中立・中庸

筋力	E	魔力	A
耐久	A	幸運	C
敏捷	B	宝具	EX

保有スキル

感染：A

細菌やウイルスの形状を取った己の分け身を他の生物に感染させ、己の領域を広げるスキル。

感染者は精神と肉体を支配下され、精神が宝具によって生み出された世界へと引き込まれる。

時に魔力などを吸収される事もある。

無辜の世界：EX

『死』や『疫病』に対する人々の怖れが生み出したイメージが色濃く反映されたスキル。
イメージが余りにも雑多な為に召還時はプレーンな存在となっており、
宝具による『冥界』に取り込んだモノによって存在の方向性そのものが変化する。

冥界の導き：EX

宝具により冥界化した領域へと引き込んだ者の内、味方に対して様々な加護を与えるスキル。

ペイルライダー自身が冥界の王というわけではない為、とある神が持つ【冥界の護り】のスキルとはやや異なる。

クラス別能力

対魔力：C　騎乗：EX

宝具

来たれ、冥き途よ、来たれ《ドゥームズデイ・カム》

ランク：EX　種別：対界宝具　レンジ：–　最大捕捉：–
自らの与えた『死』という結果の受け皿として、マスターを起点として擬似的な『冥界』となる結界世界を造り上げる宝具。マスターのイメージに引き摺られる為、典型的な地獄や天国のようになる事もあれば、完全なる虚無として魂を砕く空間となる場合もある。緊急時は対象を肉体ごと結界内に引き入れる。本来はもっと小規模であるが、土地そのものやその他の要素と結びついた結果、現在通常召喚時より広い結界を造り出している。

剣、饑饉、死、獣《かごめ　かごめ》

ランク：A　種別：対軍宝具　レンジ：99　最大捕捉：999
己の結界内において他者に『死』を与える数多の物を具現化させ、その力を行使するスキル。
環境が完全に整えば、神話における『終末』を魔力が許す範囲でのみ再現する事も可能。
しかし椿が黙示録やラグナロクの知識を有さず、地獄を望まなかった為そのレベルには
到らなかった。宝具の読み方はマスターによって変化する。

CLASS

ウォッチャー

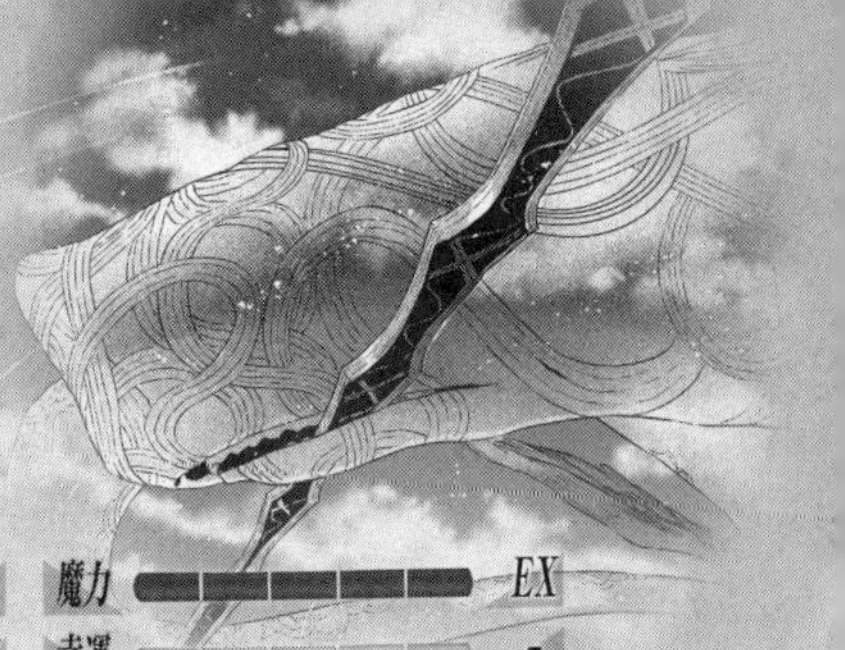

マスター	シグマ
真名	●●●・●●●●、あるいは●●●●●●●
性別	女性と伝えられているが現状の マスター(シグマ)には確認不能
身長・体重	質量を持った存在としては顕現できない
属性	中立・秩序

筋力	-	魔力	EX
耐久	EX	幸運	-
敏捷	-	宝具	EX

保有スキル

番人：B

ウォッチャーとしての、マスターに対する特殊な契約形態を表したスキル。
この英霊の場合は「影法師」を通じてマスターと交流する。

[redacted]の試練：B

とある対人類スキルが変化したもの。母胎より生まれし生命に対し、
幸運値を変動させて試練を与える事ができるが、運命を操作できるほど万能ではない上に、
主にそれは自らと契約したマスターに対して向けられるものである。マスターは高確率で死ぬ。

万象俯瞰：B

自らが召喚された一定領域で起こっている事を把握するスキル。
Bランクでは視覚と聴覚、魔力感知で観測される事に限る。

異相の住人：A

特定の状況を除き不滅である事を示す能力。現在の世界の在り方と矛盾する為に
他のサーヴァントのように肉体を持つ形では決して顕現できない。
逆に言うと条件が揃って滅する瞬間にのみ、0.00001秒に満たぬ時間、肉体の一部だけを顕現させる事ができる。

[redacted]

クラス別能力

陣地蹂躙：B　対魔力：EX

宝具

[redacted]

あとがき（多大な本編のネタバレを含みますので読了後に読むのを推奨します）

どうも、お久しぶりです、成田《なりた》です。
というわけで、令和としては初の新春、strange Fakeの新刊をお届けさせて頂きました！
なんとか２０１９年度内に２冊出せた形となりますが、今後もなんとかペースを保ちながら出せていければと思います……！

年末にＦＧＯの特番を御覧になった方々は、ＣＭにおいて動くＦａｋｅの面々や素敵な楽曲、そして何より喋るセイバーを御堪能頂けたかと思います……！

様々な経緯を経て、アニメーションによる小説のＣＭの制作が決まりまして、この後書きを書いている時点ではまだ制作中で、セイバーの声優である小野友樹《おのゆうき》さんによるアフレコを待つ段階なのですが――もう、次々と送られてくるキャラデザやコンテ、楽曲などの情報で『これは素晴らしいものになるぞ……』と確信しておりますので、その興奮冷めやらぬまま本作をお楽しみ頂けたのならば幸いです！

さて、今回を読んでまず『Ｆａｔｅ』に纏わる本家や他のスピンオフのシリーズを多く読まれてきたファンの方々には、大きく『おや？』と思われた箇所があるかと思います。

そう、虚淵玄《うろぶちげん》さんの執筆なされた『Ｆａｔｅ／Ｚｅｒｏ』の中で描かれていた【聖杯問答】――今回作中で描写させて頂いたのは、Ｚｅｒｏの中には存在しなかったやりとりです。

セイバーの前で第四次を『再演』するというのは執筆開始時から決めていた事でして、虚淵さんからは快く許可を頂いていたものの、「がっつり書きすぎるとＺｅｒｏのネタバレになるし、全てのスピンオフ作品（完全に『Ｆａｔｅ／ｓｔａｙ ｎｉｇｈｔ』と同じ世界線の『ロード・エルメロイII世の事件簿』は除く）ごとに微妙に異なる世界線のニュアンスの違いをさてどう処理したもんかしら」と悩んでいた所、奈須《なす》さんから天恵が。

奈須さん「リョーゴ、それは全ての世界線の整合性を取ろうとするからだよ。逆に考えるんだ。『Ｆａｋｅ世界線だけの聖杯問答を書いちゃってもいいさ』と考えるんだ」

そんなロマンホラーで深紅の秘に満ちた英国貴族のような調子で言う奈須さんに、

私「えっ⁉　同じ王の面子でＦａｋｅ世界線だけのオリジナル会話を⁉」

と、暫く戸惑った後――深く考えずに叫んでいました。

私「出来らぁっ！」

そんな勢い任せで書かれたシーンですが、最初はもっと長々と書いていたのを「いかん、これＺｅｒｏどころじゃなく他の色んな作品のネタバレになる」と大分縮めてあの形とさせて頂きました。というわけで、時折バニーになったりするアーサー王の風味が混じった会話となっておりますが、Ｆａｋｅの世界線を形作る要素の一つとして見て頂ければ幸いです！

そしてもう一箇所、昔からのＴＹＰＥ－ＭＯＯＮファンの方々には馴染みのある人類肯定派のキャラクターが登場したかと思いますが――『ジェスターの話を知ったらどう動くか』という行動指針を示して下さったのが奈須《なす》さんであり、台詞も完全監修して頂いております……！

とはいえ「いや、え？　私が書いちゃっていいの？」と無茶苦茶緊張はしましたが……！

ちなみにＳＮや事件簿の世界線だと二十七祖という枠組みが無いので、僅かに纏う雰囲気が変わるとの事ですが――どう変わるかは、いつかＴＹＰＥ－ＭＯＯＮさんがカジノ周りで描いて下さる事でしょう！（キラーパス）

同じく二十七祖の有無の関係で、フラットの話に出て来たウェールズの話は事件簿と基本同じ流れですが、あるキャラだけは別の誰かが代役として来ていた感じになるかと。その辺は現段階では皆さんの御想像にお任せする、という方向で一つ！

さて、スノーフィールドにおける聖杯戦争、後半戦に突入した六巻となりますが、この勢いで転がしきれるよう頑張りますのでよろしくお願いします……！

以下は、御礼関係となります。

まずは今回のアニメコマーシャルを企画して下さったアニプレックスさん、ＴＹＰＥ－ＭＯＯＮさん、ＫＡＤＯＫＡＷＡさん。そして最高の映像を制作して下さったA-1Picturesさんをはじめとする作画の皆さん、ナレーションの小野友樹《おのゆうき》さん、楽曲を作成して下さった澤野弘之《さわのひろゆき》さん、ボーカルのYoshさん。並びにＣＭに関わった全ての皆様。

今回は分厚くなってしまってご迷惑をおかけした担当の阿南《あなん》さん。並びに出版社の皆さんと、スケジュール調整して下さったⅡＶ《トゥーファイブ》の皆さん。

『聖杯問答』を組み込む許可を下さった虚淵さんをはじめとする、Ｆａｔｅ関係者のライター&漫画家の皆さん。

特定のサーヴァントの設定の考証をして下さっている、三輪清宗《みわきよむね》さんをはじめとするチーム・バレルロールさん。

事件簿周りのキャラクターたちのチェック、設定を考証をして下さり、色々と御意見を下さいました三田誠《さんだまこと》さん。今回はⅡ世の長い『講義』の台詞監修で大変お世話になりました……！

そして、コミカライズ最新４巻が発売する中、今回も素晴らしいイラストを仕上げて下さいました森井《もりい》しづきさん。（コミカライズ、本当に素晴らしい完成度ですので是非！）

そして何より、Ｆａｔｅという作品を生み出して監修をして下さっている奈須きのこさん&ＴＹＰＥ-ＭＯＯＮの皆様と、エルキドゥの幕間で私も関わらせて頂いているFate/Grand Orderスタッフの皆様――そして、本書を手にとってここまでお読み頂いた読者の皆さん。

本当にありがとうございました！

２０１９年11月　『機能美Ｐの【煩悩事変】を繰り返し観ながら』　成田良悟《なりたりょうご》

◉成田良悟著作リスト

「バッカーノ！シリーズ
1705〜1711／1930〜1935／2001〜2002　計22冊」（電撃文庫）
「バウワウ！　Two Dog Night」（同）
「Mew Mew！　Crazy Cat's Night」（同）
「がるぐる！〈上〉　Dancing Beast Night」（同）
「がるぐる！〈下〉　Dancing Beast Night」（同）
「5656！　Knights' Strange Night」（同）
「デュラララ!!×1〜13」（同）
「デュラララ!!　外伝!?」（同）
「デュラララ!!SH×1〜4」（同）
「折原臨也と、夕焼けを」（同）
「折原臨也と、喝采を」（同）
「ヴぁんぷ！I〜V」（同）
「世界の中心、針山さん①〜③」（同）
「Fate/strange Fake①〜⑥」（同）
「オツベルと笑う水曜日」（メディアワークス文庫）

本書に対するご意見、ご感想をお寄せください。

ファンレターあて先
〒 102-8177　東京都千代田区富士見 2-13-3
電撃文庫編集部
「成田良悟先生」係
「森井しづき先生」係

本書は書き下ろしです。

電撃文庫

Fate/strange Fake⑥

成田良悟《なりたりょうご》

2020年1月10日　初版発行
2020年3月20日　再版発行

発行者　郡司 聡
発行　株式会社KADOKAWA
〒102-8177　東京都千代田区富士見2-13-3
0570-06-4008（ナビダイヤル）
装丁者　荻窪裕司（META＋MANIERA）
印刷　旭印刷株式会社
製本　旭印刷株式会社

ISBN978-4-04-912956-4　C0193　Printed in Japan

電撃文庫　https://dengekibunko.jp/

電撃文庫創刊に際して

文庫は、我が国にとどまらず、世界の書籍の流れのなかで〝小さな巨人〟としての地位を築いてきた。古今東西の名著を、廉価で手に入りやすい形で提供してきたからこそ、人は文庫を自分の師として、また青春の想い出として、語りついできたのである。

その源を、文化的にはドイツのレクラム文庫に求めるにせよ、規模の上でイギリスのペンギンブックスに求めるにせよ、いま文庫は知識人の層の多様化に従って、ますますその意義を大きくしていると言ってよい。

文庫出版の意味するものは、激動の現代のみならず将来にわたって、大きくなることはあっても、小さくなることはないだろう。

「電撃文庫」は、そのように多様化した対象に応え、歴史に耐えうる作品を収録するのはもちろん、新しい世紀を迎えるにあたって、既成の枠をこえる新鮮で強烈なアイ・オープナーたりたい。

その特異さ故に、この存在は、かつて文庫がはじめて出版世界に登場したときと、同じ戸惑いを読書人に与えるかもしれない。

しかし、〈Changing Times,Changing Publishing〉時代は変わって、出版も変わる。時を重ねるなかで、精神の糧として、心の一隅を占めるものとして、次なる文化の担い手の若者たちに確かな評価を得られると信じて、ここに「電撃文庫」を出版する。

1993年6月10日
角川歴彦

電撃文庫DIGEST　1月の新刊

発売日2020年1月10日

魔法科高校の劣等生
司波達也暗殺計画③

【著】佐島 勤　【イラスト】石田可奈

榛有希に国防軍の軍人たちの暗殺依頼が届く。任務達成を目前に控えた有希たちの前に現れたのは、同じ標的を狙う謎の暗殺者。その正体は、有希の因縁の相手・司波達也が得意とする『術式解体』の使い手で――!

Fate/strange Fake⑥

【著】成田良悟　【イラスト】森井しづき
【原作】TYPE-MOON

女神・イシュタル。彼女の計略によって討たれ、最初の脱落者となったのは、最強の一角アーチャー・ギルガメッシュだった。そしてペイルライダーの生み出した世界に取り込まれたセイバーたちの運命は。

ストライク・ザ・ブラッド21
十二眷獣と血の従者たち

【著】三雲岳斗　【イラスト】マニャ子

異形の怪物と化した古城の暴走を止められるのは、十二人の〝血の伴侶〟のみ!　古城を救うために集結した雪菜たちの決断は!?　世界最強の吸血鬼が、常夏の人工島で繰り広げる学園アクションファンタジー、待望の第二十一弾!

乃木坂明日夏の秘密⑤

【著】五十嵐雄策　【イラスト】しゃあ

いよいよ始まる修学旅行――の前に、空港限定ソシャゲイベントを楽しむ善人と明日夏。そして、そんな二人を怪しむ冬姫は……。波乱の予感を抱えつつ、グルメに観光に恋の三角関係にと超ホットな冬の北海道ツアー開幕!!

つるぎのかなた3

【著】渋谷瑞也　【イラスト】伊藤宗一

神童・水上悠は再び「剣鬼」となった。その裏側で、少女たちの戦いもまた動く。相手は女子剣道の雄、剣姫・吹雪を擁する桐桜学院。勝つためなら、なんでもする――可愛いだけじゃ物足りない!　青春剣道譚、第三弾!

マッド・バレット・アンダーグラウンドⅢ

【著】野宮 有　【イラスト】マシマサキ

シエナを解放するためロベルタファミリーの幹部ハイルの誘拐を企むラルフとリザ。しかし、ハイルの護衛にはリザの昔の仲間たちを虐殺した男の姿が。因縁の相手を前にしたリザは――。

女神なアパート管理人さんと始める異世界勇者計画2

【著】土橋真二郎　【イラスト】希望つばめ

「似非の無邪気さじゃアパートを維持できないのです!」家賃を滞納し続ける住人たちにさすがの管理人さんも堪忍袋の緒が切れた!　今月の家賃代を稼ぐため、神代湊は"女性騎士団"に入隊することに……!?

新作
君を失いたくない僕と、僕の幸せを願う君

【著】神田夏生　【イラスト】Aちき

「そうちゃんに、幸せになってほしいの。だから、私じゃ駄目」想いを告げた日、最愛の幼馴染はそう答えた。どうやら彼女は3年後に植物状態になる運命らしく――。これは、互いの幸せを望んだ二人の、繰り返す夏の恋物語。

新作
最強の冒険者だった俺、ちいさい女の子にペットとして甘やかされてます……

【著】泉谷一樹　【イラスト】カンザリン

最強の冒険者だった俺は、引退して憧れのスローライフをおくるはずだった。しかし、店長はちいさい女の子でペット扱いして甘やかしてくるし、ドタバタばかり巻き起こるしどうなっちゃうの俺のスローライフ!?

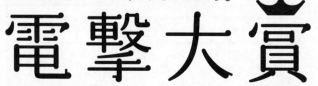